アイルランド戯曲
―リアリズムをめぐって―

前波 清一

大学教育出版

千晶と美由紀に

目　次

近代劇——はじめに……………………………………………………… 2
Ⅰ．マーティン——イプセンに倣って…………………………………… 5
　　1.『ヒースの原野』…………………………………………………… 6
　　2.『メイヴ』…………………………………………………………… 10
　　3.『魅惑の海』………………………………………………………… 12
　　4.『ある町の物語』…………………………………………………… 14
　　5.『グレンジコルマン』……………………………………………… 18
　　6. マーティンとイプセン…………………………………………… 20

Ⅱ．コラム——農民劇と能プレイ……………………………………… 25
　　1. 農民劇………………………………………………………………… 27
　　2. 能プレイ……………………………………………………………… 34

Ⅲ．フィッツモーリス——リアリスティックとファンタスティック……… 42
　　1. リアリスティック…………………………………………………… 43
　　2. ファンタスティック………………………………………………… 50

Ⅳ．ロビンソン——アイルランド演劇のトレンド……………………… 57
　　1. 農民劇………………………………………………………………… 58
　　2. 政治劇………………………………………………………………… 61
　　3. 喜劇…………………………………………………………………… 64
　　4. 実験劇………………………………………………………………… 66
　　5.『屋敷』……………………………………………………………… 71

Ⅴ．マレー——アイルランドのリアリズム…………………………… 78
　　1.『長子相続権』……………………………………………………… 79
　　2.『モーリス・ハート』……………………………………………… 81

3. 恋愛悲劇「三部作」……………………………………… *85*
　　4. カトリック作家のリアリズム ………………………… *91*

Ⅵ．キャロル──聖職者の「影と実体」……………………… *94*
　　1.『カイザルのもの』……………………………………… *95*
　　2.『影と実体』……………………………………………… *97*
　　3.『白馬』…………………………………………………… *100*
　　4. 聖職者列伝 ……………………………………………… *102*

現代劇──はじめに……………………………………………… *110*
Ⅶ．ジョンストン──リアリズムとモダニズム …………… *113*
　　1. 劇作の軌跡 ……………………………………………… *113*
　　2.『ユニコーンの花嫁』…………………………………… *119*
　　3.『夢見る遺骨』…………………………………………… *123*

Ⅷ．ビーアン──笑いで撃つ ………………………………… *132*
　　1.『凄い奴』………………………………………………… *133*
　　2.『人質』…………………………………………………… *137*

Ⅸ．フリール──歴史とフィクション ……………………… *144*
　　1.『内なる敵』……………………………………………… *145*
　　2.『デリーの名誉市民権』………………………………… *148*
　　3.『志願者たち』…………………………………………… *153*
　　4.『翻訳』…………………………………………………… *154*
　　5.『歴史をつくる』………………………………………… *160*

Ⅹ．マーフィ──変革期の「魂の飢餓」……………………… *167*
　　1.『外側で』………………………………………………… *167*

2. 『暗がりの強がり』 ……………………………………… 169
3. 『食品雑貨店店員の生涯の決定的一週間』 …………… 173
4. 『飢饉』 …………………………………………………… 176
5. 『帰郷の会話』 …………………………………………… 179
6. 『ジリ・コンサート』 …………………………………… 181
7. 『バリャガンガーラ』 …………………………………… 185

XI. キルロイ―― 'the play's the thing' ……………………… 190
1. 『オニール』 ……………………………………………… 191
2. 『ロウチ氏の死と復活』 ………………………………… 194
3. 『お茶とセックスとシェイクスピア』 ………………… 198
4. 『タルボットの箱』 ……………………………………… 200
5. 『ダブル・クロス』 ……………………………………… 203
6. 『マダム・マカダム旅興業一座』 ……………………… 208
7. 『コンスタンス・ワイルドの秘密の転落』 …………… 209

XII. マクギネス――異質な他者 ……………………………… 214
ⅰ. 異なるジェンダーと性 ………………………………… 215
1. 『工場の女たち』 ………………………………………… 215
2. 『バッグレディ』 ………………………………………… 217
3. 『メアリーとリジー』 …………………………………… 218
4. 『イノセンス』 …………………………………………… 219
5. 『黄金の門』 ……………………………………………… 222
ⅱ. 異国と異文化 …………………………………………… 223
1. 『ソンム川へ向かって行進するアルスターの息子たちをご照覧あれ』…… 224
2. 『カルタゴの人びと』 …………………………………… 227
3. 『私を見守ってくれる人』 ……………………………… 228
4. 『有為転変』 ……………………………………………… 230
5. 『ドリー・ウェストのキッチン』 ……………………… 233

注………………………………………………………………… *235*

主要参考書目 ………………………………………………… *248*

あとがき……………………………………………………… *253*

索引…………………………………………………………… *255*

近 代 劇

2 近代劇

近代劇——はじめに

　1939年、死を目前にするイェイツは、「演劇は私の思いどおりに進まず、また私が望むいかなる方向にも進まなかった」[1]と振り返る。いや、それより二十年も前に、リアリスティックな農民劇がアベイ劇場を支配する状況に、「われわれはこのような劇場を創設しようとしたのではなく、その成功は私には失望であり敗北です」[2]とグレゴリー夫人に告白している。そして伝承と精神、様式と詩美の詩劇を目指したイェイツの、意図と結果の乖離に対して、かつては演劇運動に協力したジョージ・ムアは、「イェイツはリアリズムの劇場を創設した」[3]と皮肉る。
　「あなたと私とシングは時計を理解せず、シェイクスピアあるいはむしろソポクレスの演劇を再びもたらそうとしました」[4]とイェイツの手紙は続くが、グレゴリー夫人は、「リアリズムを土台にして美の頂点をもつ劇場をアイルランドのために創設する」[5]意図を表明し、シングも、「舞台には現実がなければならないし、喜びがなければならない」[6]と主張し、ラディカルな演劇論のイェイツ自身も、アベイ劇場にふさわしい作品の要件の一つに、「書き手の体験か個人的観察に基づく、なんらかの人生批評」[7]を挙げていて、アイルランド演劇は最初からリアリズムの伝統をもつと言えなくもない。
　アイルランド演劇運動の最初から、イェイツの演劇論や詩劇に対立して、イプセンに心酔するマーティンの演劇理念や劇作があり、次の世代のナショナリスティックなコラムや「コーク・リアリスト」たちが、新しい農民劇や社会問題のリアリズムの流れをつくる。だからアイルランド演劇の特徴とされる詩的演劇は、イェイツに当てはまるだけで、アイルランド演劇は早々とリアリズムに転じたと見なすことも可能である。
　アイルランド演劇草創の黄金期に続く「コーク・リアリスト」の演劇を、

イェイツは次のように記す——

> 1909年頃、最初の風刺作家たちが現れた。私たちは「コーク・リアリスト」と呼んだが、恨みつらみのただ中で成年に達した人たちだった。当時の現実のアイルランドに背を向けるのでなく、そういう現実を可能にしたあらゆるものを攻撃し、その攻撃によって、アイルランドでも、イギリスのアイルランド人の中でも、敵を上まわる味方を得た。[8]

その一人であるロビンソンを、シングの没後、後任の幹部に任じて、容認と継続性を示してはいるが、基本的に相容れないことは明白だった。リアリズムの否定的評価で、イェイツの批判の基準は、常に自分たち「最後のロマンティスト」である。

イェイツにとってリアリズム劇への不満は、町の生活や中流階級の「現代風俗劇」[9]や、議論や論理に頼る「頭の演劇」[10]は、人間と外界の表相、その観察と模倣にすぎないことにある。「われわれの知る世の中の一端をそれだけ取り上げて、いわばその写真を豪華な、あるいは飾り気のないフレームに入れることで満足する」[11]プロパガンダ劇や問題劇の物足りなさである。「最良の劇とは、外的リアリティの感じを与える劇ではなくて、生命そのもの、精神のリアリティを最も豊かにもつ劇ではなかろうか」[12]という主張からくる、「精神の深奥」[13]の表現を忘れ、ヴィジョンも情熱も欠く、現代生活の演劇への不満である。

また「精彩のない言葉、狭い可能性に押しこまれた動作」[14]のリアリズム劇が、想像力と詩、情熱と様式を排除することへの不服でもある。「普通の英語で書かれて、すべてが堅苦しくペダンティックか、ユーモラスないし感傷的な決まり文句がいっぱいの劇」[15]、あるいは、「せいぜい巷や食卓の些細で美しくない言いまわしをうまく真似るのが取柄の言葉で、平凡な感情を表す」[16]ドラマは、演劇における言葉の主導権を主張するイェイツには受け入れられない。真実味、現実にありそうなことを目ざすリアリズム劇の「極度の真険さ、最も完全な論理も、鮮やかで美しい言葉がなければ、不完全な喜びしか与えない」[17]のである。

イェイツの批判に対して、リアリストの側では反論をもっていた。リアリストたちは劇作に、自らの見聞や体験からくる真実性、本当らしさを追求し、そ

4 近代劇

れを詩美よりも素朴なリアルな言葉で表現しようとした。

　農民の想像力と言葉による農民劇は、イェイツとしては自らの詩劇と共存するはずであったが、リアリストたちが農民や田舎町の現実と深く関わっていく時、その離間は不可避となる。「アイルランドの社会生活、経済生活を表現する新しい動き……時代の歴史家」[18]の登場と活躍は必然だった。イェイツの演劇理念とリーダーシップがアイルランド演劇を生んだのは事実でも、変貌するアイルランドが新しいドラマツルギーを必要とするのは自明である。

　リアルな農民劇や中産階級劇がアベイ劇場を占める「失望と敗北」の中で、イェイツ自らの劇作は、ギリシア悲劇や日本の能に影響を受けた、様式と象徴、詩と儀式を強めていき、しだいに上演されなくなる。

　しかし、彼らリアリストを先導したのも結局はイェイツであり、若い作家たちのリアリズムの波を、イェイツは全面的に否定したのではなく、力量のある作家や優れた作品ならば、「リアリズムもまた本物で、必要であり……美しいこともある」[19]と認めた。「舞台のアイルランド人」を追放する目的で、民衆の生活をリアルに描く劇は、当初からイェイツの視野に入っていて、リアリズム劇が必然的な過程であることを弁えていた——

　　議論を見せる劇が最良とは思いませんし、たぶんその作家に書ける最良のものとも思いません。……しかし私はリアリスティックな劇はあらゆる国で国民演劇の一局面だと見なしています。その波があるのです。ですから今日の利害や思想の衝突を表現する劇を、私たちは喜んで受け入れるのです。[20]

　アイルランド演劇は、草創の黄金時代から急速な変貌と下り坂を経るが、独立をめぐる「紛争」と内戦の混乱、そして圧倒的にカトリック的、ナショナリスティックな、保守的国家の成立で、演劇も時代の荒波をもろにかぶり、オケイシーとジョンストンの傑作と実験で再生する一方で、全般的孤立主義のため「致命的な50年代」[21]まで衰退の一途をたどり、アベイ劇場の焼失（1951）がその象徴的出来事となる。

　現実やリアリズムの概念は当然あいまいであり、その功罪は歴史的に見極めがたいが、アイルランド近代劇、広義のリアリストたちが、主題と技法でどう現実を捉え、表現したかを考察してみる。

I. マーティン——イプセンに倣って

　イェイツの先導するアイルランド演劇は、まずエドワード・マーティン (1859-1923) との関わり次第で、異なった道をたどっただろう。
　イギリスの商業演劇や「舞台のアイルランド人」への反撥を共有して、アイルランド演劇運動を始めた二人だが、イェイツが「スカンジナヴィアの演劇が、近代ヨーロッパで理想の演劇に最も近い」[1]と認めながら、「イプセンのリアリズムのあと反動があり、ロマンスの出番がくるだろう」[2]と信じて、詩劇を志向したのと違って、「最もすぐれて最も独創的な」[3]イプセンに心酔し、「高尚で哲学的な真実を表明する」[4]劇を導入しようとするマーティンが、アイルランド固有の演劇の実現のために手を組みながらも、方向と手段で意見が対立し、決別するのは必然だった。
　アイルランドの伝説や農民を扱う、イェイツらの英雄劇や農民劇、詩劇や民俗劇では、近代ヨーロッパ演劇の動向に開かれた、「もっと複雑で洗練された人々の生活や問題」[5]を表現するのには不適当だというのがマーティンの批判で、「農民の原始的な頭はいかなる興味ある複雑な取扱いにも粗野すぎるから」[6]、イプセンのように、「複雑で知的な人物」である知的職業人や商工業者のような中流階級を描く、「文学的で心理的な劇」[7]が必要であると主張した。
　アイルランド西部の大地主マーティンにとって、農民は、地所と自由を脅かす土地戦争の小作人と結びつき、また、単純でみすぼらしい「舞台のアイルランド人」を連想させて、農民を理想化する演劇運動には違和感しかなく、思想と心理と無縁の農民劇は真摯な関心の対象にならなかった。しかも、主として農業国のアイルランドで、イプセン劇の人物や環境は未発達で、同じレベルの中産階級や専門職を意図しても、まだ無理であることは自明であった。
　アイルランド演劇運動のために戯曲と資金を提供したマーティンは、イェイ

ツ劇などを補完する近代市民劇の作家として期待されながら、独特の個性と理念、教条的なカトリック信仰と禁欲的な孤立のため、イェイツと袂を分かち、結局は「才能あるアマチュア」[8]のままで急速に舞台から消えていく。

1.『ヒースの原野』

イプセン最後の『私たち死んだものが目覚めたら』が出版された1899年、アイルランド文芸座の第一回公演で、イェイツの『伯爵夫人キャスリーン』とともに上演された『ヒースの原野』は、イェイツ劇が愛国主義的批判を受け、宗教上の問題を惹き起こしたのと違って、比較的好評を博し、演劇運動の最初の成功作となる。

アイルランド西部の若い地主カーデン・ティレルは、ヒースの生い茂る原野の開墾に取りつかれ、破産を心配する妻グレイスの強硬な反対にもかかわらず、屋敷を抵当に入れ、さらに排水工事のために借入金をふやそうとする。財産を守るために夫の狂気の証明を医者に依頼する妻の企みは、夫の親友アシャーに阻まれる。しかしティレルは、差し迫る抵当流れを阻止できないことを知らされ、子供キットが原野から持ち帰るヒースの芽で「ヒースの原野の復讐」(265)を悟り、現実と夢の見境をなくして、青春の喜びの追憶に逃れる。

明確な主題、鮮明な人物像、一貫した構成、そして「ヒースの原野」のイメージで、マーティンの佳作である『ヒースの原野』が、「イプセンの先例に示唆された、英語で書かれた最初の劇」[9]かどうかはともかく、「詩的気質と実際的気質の衝突から生じる精神のドラマ」[10]と作者が称えるイプセン劇の心理的リアリズムの影響が明らかである——

> イプセンは演劇にまったく新しい世界を創り出し、それは昔のどんな演劇よりも興味深い。創り出したのは精神のドラマで、意志と感情のすさまじい衝突が、外的行動のすべてを支配し、避けられない結末をもたらす、その完璧な技巧が、考える観客に知的喜びを与える。[11]

自らのヴィジョンに心を奪われ、地主として現実に不向きな思想家肌、詩人気質のティレルと、金と地位のみを考えて、夫に無理解な実際家グレイスの衝突は、『ブラン』から『野鴨』、『小さなエイヨルフ』から『私たち死んだもの

I．マーティン——イプセンに倣って　7

が目覚めたら』まで、イプセンを一貫する観念と現実の衝突、意志と俗世との戦いに通じ、イプセン風の手堅い心理分析のドラマを目指している。

　大西洋にさらされる原野を開墾しようとするティレルのヴィジョンは、さらにアイルランド中の荒地を開墾する恩人という誇大妄想のオブセションで、ボルクマンの自然制圧計画に似ており、風に運ばれる「天の歌」(228)を聞く、「ほとんど神秘的な烈しさの顕著な人物像」[12]は、熱狂的な説教師ブランのミニチュアである。親友の悲劇に直面するアシャーが口にする「ヒースの原野の復讐」は、『野鴨』の老人エクダルが繰り返す「森は復讐する」と反響して主題をなすと見なすこともできるし、主人公最後の虹の幻想は、『幽霊』の最後を直ちに連想させる。また、ティレルの書斎の窓から見える遠景による「ダブル・パースペクティヴ」[13]は、『海の夫人』や『小さなエイヨルフ』に典型的な、風景と人物とドラマを結びつけるイプセン風設定であるとも言えよう。

　執拗なオブセションで開墾を完遂しようとするティレルは、厳しい土地追立てのため、小作人に脅かされて身辺警護を必要とし、「ここでの自分の苦労と不安の生活は、結局ただの夢にすぎないとよく考え」、「悪夢」に迷いこむ前の、幸せだった青春の「本当の生活」(227)に戻っていく。狂気による現実と夢の反転で解放される、魂のエクスタシーである。

　このように狂気にまで追いつめられる孤高の魂の主人公は、イプセン劇の使命感に一途な、固定観念に取りつかれる、多くの夢想家や独善家を連想させると同時に、土地戦争が真っ最中の1890年頃を時代背景とした、作者自身の投影でもある。ただ、小作料をめぐる土地戦争の背景があっても、マーティンの主眼は、社会問題よりも主人公の魂にある。

　ティレルと同じように、富裕なカトリックの大地主で、同じようなヨーロッパ旅行で、風景や建築や音楽に愛着と理解を示すマーティンは、世俗や因襲との妥協を知らない書斎人である。だから主人公の周囲に、親友の富裕な地主アシャーと、青春の喜びを共有する弟マイルズ、さらに理解ある父親役のシュルール卿を配して、ティレルを単なる狂信者にせず、作者の共感を示す。

　ティレルとともに作者の分身といえる「地主、学究、賢人等」(216)のアシャーは、親友の学識や芸術愛好を共有しながら、実務家の貴族的紳士、節度

と理性の持ち主で、かつてはグレイスとの結婚に反対し、今は無謀な灌漑計画を憂いながらも、奇矯なティレルに好意的な心理的裏付けを与える——

　　ああ、私はすべてを予感したよ。この変化は続くはずがないとわかっていた。目新しさがなくなれば、昔の野性がまた現れなければならなかったんだ。結婚しての不幸で、避けられなかった。良き堅実な家庭的栽培には不向きな、不気味で霊妙で慣らしにくい気質というものがあって、もしそのように家庭的にされると、あとで仕返しする。ああ、奥さんやその友人たちがカーデンを自分たちの青年像に変えようと考えたのは愚かなことだった。見えない慣らしにくい性質は従えさせられなかった。抑圧に対する反抗の最初の表れが、このヒースの原野の大仕事を始めた時だった。(220)

このように親友を説明するアシャーは、端役だが慈父のようにティレルに接するシュルール卿とともに、マーティンには珍しい、分別のある円満な人格の紳士である。

理想を追って精神的に不安定になる男の内面だけでなく、男の運命を操り、容赦なく追いつめていく女性、性格の違う男女の結婚の現実も、『ブラン』から『私たち死んだものが目覚めたら』まで、イプセンを一貫するテーマである。

「単純で不毛な散文精神」(232)のグレイスは、「詩的で独自な気質」(249)の夫の理想には無関心の打算的な実際家で、その肖像には、成り上がりのマーティンの母親が、息子の経歴を気遣って、野心的で抑圧的だった姿の反映があるのだろう。

夫の向こう見ずな企てによる破産から自分と子供を守るためにやむなく行動する、現実的に有能な立場もかなり客観的に描きこんで、それは結婚にまったく打算的な友人シュルール夫人との対比で明らかだが、作者の共感はほとんど感じられず、夫の開墾計画はもちろん、その芸術観や美術品にも冷淡な、世俗的価値観の心の狭い女性像になっている。

夫の両親が異常だったと初めて教えられる今、なおさら子の帰属をめぐって争い、夫を精神病院に送ろうとするところは『父』を連想させ、近代社会での女性の役割を追究したイプセンより、むしろ同じく尊敬したストリンドベリの影響の方が強いのかもしれないが、[14] イプセン劇の力強い女性像とは「同じ方

向に追いやるのではなく……その力は抑圧に用いられる」。[15]

　冷たいグレイス像には、マーティンを一貫する「意識下の女性嫌悪」[16] が見られる。「あの人が愛するのはなにか不思議な——わたしを超越したものに思えた」(236) とグレイスは友人に告白し、アシャーを「わたしの敵」(237) とする。友情に篤いアシャーとティレルの関係は、必ずしも同性愛と断じることはできないが、グレイスを「おそらく他のほとんどどんな男にでもいい奥さんになっただろう」、ティレルを「結婚をまったく考えなきゃよかったのかもしれない」(219) と説明するアシャーの会話は微妙である。親友の異常を怖れながらも理解と共感を示すアシャーの容喙で、ティレルはグレイスの強硬手段を免れ、破滅を一時避けることができる。以後の作品でも、マーティン劇の男女関係は自己実現の障害で、むしろ男同士の友情を阻む不幸の源となる。

　観客の共感が、ティレルの狂気のオブセションに向かうか、グレイスの現実的対処にいくか、ダブリンとロンドンでの正反対の反応が伝えられるが、一概に当否は言えない。「ヒースの原野」を牧草地に変える開墾事業の「理想化」は、実はその「本性」を変え、「利益」(245) を図るという自己矛盾を抱え、自然の「霊妙な」「魔力」(246) を説く「自然愛……ほとんど自然神秘主義」[17] は、現実と夢を逆転させて周囲を困惑させ、また冷たい夫婦関係は、作者の同性愛の反映であるかもしれない。一方、グレイスの干渉は、ヘッダ・ガブラーやヒルデ・ワンゲルらイプセン劇の力強い女性の支配欲や達成感とは違って、夫の無謀な開墾と莫大な出費から自衛するためで、良識的な範囲内であることも否定できない。

　作者の意図は圧倒的に、神経質だが個性的なティレルに傾いているとしても、「複雑で知的な人物」の明快な造形であり、一気に主人公を説明する冒頭から、バランスの取れた引き締まったプロット構成であり、ティレルからアイルランドにも通じる「ヒースの原野」の象徴的詩的イメージが一貫し、生硬な会話の難はあっても、イプセン風の心理的リアリズムに近づき、劇作家マーティンへのイェイツら仲間の期待をふくらませるスタートとなった。

2. 『メイヴ』

　『ヒースの原野』と同じように、理想か現実かの選択に直面する魂の苦悶を描く『メイヴ』は、『海の夫人』などを連想させる「心理劇」（副題）であるが、『ヒースの原野』のリアリズムから後退し、『心願の郷』などイェイツの「ケルトの薄明」の詩劇に近い、夢のような雰囲気の象徴劇である。

　サーガによるイプセンの劇作を知り、国民伝承を活用するワーグナーの影響や、世紀末の唯美主義の反映もあって、イェイツの伝説劇に否定的だったマーティンとしては、最大限に詩的想像と神話的雰囲気に富む『メイヴ』で、舞台は「現代」でも、限りなくイェイツ劇に接近している。

　アイルランド西部の落ちぶれた領主の夢見がちな娘メイヴは、父親の窮状を救うために、金持のイギリス青年ヒューとの結婚を余儀なくされるが、相手には冷淡無関心で、かつては乳母だった放浪女ペグの語るメイヴ女王の伝説に魅せられ、幻の恋人に心を奪われて、挙式前夜、ペグの導くメイヴ女王ら妖精のページェントに恍惚となる。翌朝、心配しながら婚礼の用意に来る妹フィノラは、窓辺で、理想郷ティール・ナ・ノーグに魂を奪われて冷たくなったメイヴを発見する。

　マーティンの郷里の自然と伝承に基づく民俗劇で、打算的な現実に堪えられない孤独な魂のメイヴは、荒れ果てた古城や修道院など歴史と伝承の宝庫である環境や、夜の世界ではメイヴ女王に仕えると称するペグや、考古学でケルトとギリシアの関係を主張する伯父の著書の影響で、ティレル以上に、現実世界を逃れる自己陶酔の夢想家である。

　父親のための結婚の「むごい犠牲」(287)「無限の悲しみ」(286) を避けて、メイヴが「幻」(271) の世界に魅了されるのは、「あらゆる個人の魂の選択を象徴するとともに、イギリスの実利主義とアイルランド本来の理想主義との間でのアイルランド選択を象徴する」[18] と見なされ、だから「女性嫌悪」のマーティンとしては共感をもって描かれるが、「愛情が返されることに怯み」(280)、現実の婚約者を避ける「ボーイッシュな美しさ」(271) のメイヴは、「現実にまったく無頓着な」(274)、「冷たくよそよそしい」(276) 娘にすぎない。

イプセンにも『幽霊』の肉感的な女中レギーネや『棟梁ソルネス』の妖精のようなヒルデなど、若い娘が登場するが、メイヴよりもっと血の通った人物像であり、またマーティン自身は『海の夫人』と比べて、「存在しない恋人のために、娘に焦がれ死にさせ、それに真実らしさを与えた」[19]と自賛しているが、あまりにもおぼろな弱い人物であり、むしろ「マーティンは、極端な唯美主義と熱烈なケルト主義の両方の最悪の性質を、一人の性格に組み合わせた」[20]と言える。「善良で無私」な「天使の性質」(279)を称えられるフィノラが、ヒューに懸命に姉を説明し、とりなそうとするが、現実的人物と思わせることも、現実に対処させることもできない。

一方、メイヴとは対蹠的人物であるはずのヒューも、結婚相手の冷淡さに寛大で暢気な、茫漠とした生気のない恋人で、一家の窮状を救う金持のイギリス青年であっても、「わたしたちに初めて屈辱をもたらしたストロングボウ」にたとえられ、「わたしたちが持っていた美しいものをことごとく破壊したイギリス人祖先と同じ盗賊」(288)と非難される、イギリス人の実利主義や征服欲の代表としてはまったく説得力がない。作者のナショナリズムによる偏向で、両国関係のアレゴリーにはならない。

メイヴの真の恋人は、生きた人間でも伝承の戦士でもなく、氷のイメージによる死の観念にすぎない。「美しい氷の乙女」(294)と呼ばれ、「わたしの恋は神々しく冷たいの」(290)と言うメイヴの「白日夢の恋人」(294)である「白霜のプリンス」(291)は、「美しい死者」(272)の代表、いわば死の象徴である。狂気のティレルが青春の思い出に見いだすヴィジョンの実現を、メイヴは死に見いだし、「ケルトの薄明」の幻に惹かれるあまり、魂の自由と喜びを保つために、現世での親への責務にも現実の結婚相手にも背を向けて、婚礼直前に死を選び取ると言える。だから、自由に憧れる魂が妖精にさらわれ、そのあとに亡骸を残すヒロインの『心願の郷』に似た、ファンタジー劇である。

メイヴよりもアイルランド的人物は、放浪の老女ペグで、異教的な民衆の想像力、民間伝承による造形である。不思議な理想美の女王の話と盛観な「亡霊の行列」(291)の夢で、すでにティール・ナ・ノーグに傾くメイヴを魅了し刺激する、「貧しい老女」アイルランドの象徴として成功している。

この世で理想を貫くことの困難さを知る魂の危機というテーマでは似ていながら、『ヒースの原野』の心理的リアリズムを失う『メイヴ』は、現実の外枠は具体性を欠き、夢幻的なヴィジョンは空漠とし、「心理劇」としては、マーティンの抽象的観念性と台詞のまずさが目立ち、実体を欠く陳腐な劇である。

3. 『魅惑の海』

　『ヒースの原野』の女性嫌悪と『メイヴ』の超自然を継ぐ『魅惑の海』は、四幕構成のプロットと海の統一イメージをもつが、不自然な人物像とメロドラマ的筋立てで、テーマと人物構成が似た前二作と比べても、不器用な仕上がりである。

　アイルランド西海岸の農漁民の中で育ち、海に魅せられる少年ガイは、伯父と子息の死で地所を引き継ぐものの、それを恨む野心家の後見人、伯母フォント夫人の奸計によって、案内した海の洞穴で殺害される。夫人の計略は、地所を奪い返して、娘アグネスを若い貴族マスク卿に嫁がせることだったが、犯行を小作人に目撃され、亡き友ガイを波間に求めるマスク卿も海に奪われて、逮捕直前に自害する。

　フェニクス公園暗殺や土地追立てなど、混乱した当代への時事的言及が少なくないにもかかわらず、社会へのリアリズムより、超自然への関心に貫かれ、両者が水と油で融合せず、観念的な人物とウェルメイドなストーリー展開に終始する。

　海に心を奪われ、「一種の千里眼」(130)で「海の精」(158)と見なされるナイーヴなガイは、伯母には海の妖精の取り替えっ子であり、オックスフォード大学を出たマスク卿が海に惹かれ、内陸に住めない一因は、ガイの影響だけでなく、祖先が海の妖精と結婚したと伝えられるためである。神秘的な出自の二人は、同じ気質と「想像力の激しさ」(125)をもつ「幻視者」(210)で、醜い現実を避けて夢の世界に逃避し、「魅惑の海」に惹きつけられる、おぼろな人物である。

　海の背景と海が人の心を魅了する威力が、ただちに『海の夫人』のエリーダと海の男の不思議な関係を連想させることは言うまでもない。『海の夫人』評

I．マーティン——イプセンに倣って　13

で、マーティンは「魅惑の海」という言葉自体を用いている——

　『海の夫人』は、ある気質の人が海にもつ憧れと魅惑を表現する。魅惑の海！われわれが遠く海を見やる時、例えばアイルランド西部の不毛の海岸から見やる時、胸にわく感情をどう伝えられようか。神秘と美しさに満ちた限りない大西洋がわれわれに呼びかける。……

　あらゆる時代の詩人が海に惹かれる。……そしてイプセンもまた同じ憧れの美しさに取りつかれる。遠く、内陸のミュンヘンにさすらって、海を求め、1887年、海に戻ると、この見事な『海の夫人』で、情熱といっさいの郷愁の念を表す。[21]

　しかし、双方のストーリーはまったく共通性を欠き、マーティン独特の要素にすぐ気づく。巧みな結婚で農夫の娘から成り上がり、「非常に無慈悲な行為」(129)でガイの父から屋敷を奪った、「石の女」(169)伯母は、イプセン劇の意志や支配欲の強いヒロインより、マーティンの母親を連想させる、メロドラマの悪役である。また、その野望を挫くガイとマスク卿の男同士の心の絆は、作者の共感にもかかわらず、現実感に乏しいぎこちなさである。それぞれ作者の女性嫌悪と同性愛的傾向を反映する人物であり、また「粗野な利己主義と物質主義の手で挫折させられる詩的理想主義」[22]という構図も、心理が伴わない人物では説得力に欠ける。

　ガイもマスク卿も半ば海の生まれで、ガイが洞穴で溺れさせられ、ガイの死で海辺をさまようマスク卿が大波にのみこまれるのも、いわば本性に帰ることであり、『海の夫人』が海の男への憧れが消えて、現実に戻ることとは異なる。

　だから『魅惑の海』の基調はガイとマスク卿の唯美主義で、「アイルランド・ルネサンスの本質とマーティンの主要な二作を振り返る」[23]。アグネスと海軍中佐ライルの結婚予示による終幕は、ライルが「この淋しい海は、幻とともに消えた幻視者にふさわしかった……現実生活に目覚めたあなたには、ここに居場所はありません」(210)とプロポーズするとしても、「マーティン後年のこの世ならぬ唯美主義の拒否を示唆している」[24]というより、『海の夫人』のポレッテと教師アーンホルムの結婚予測の変形にすぎない。しかし唯美主義の『魅惑の海』が現実主義の『ある町の物語』のあとの創作で、同時出版であることは注目に値する。

4.『ある町の物語』

『ヒースの原野』と『メイヴ』の成功でアイルランド演劇をリードする形になったマーティンだが、『ある町の物語』はイェイツたちの期待をまったく裏切り、「全般的に粗野、部分的に幼稚で、われわれの運動やわれわれをこっけいにする劇に思えた」[25] と批判される。

アイルランドとイギリスの政治経済の対立を背景に、公益より私欲を選ぶ地方政治家の無責任な日和見を描く『ある町の物語』は、現実よりもヴィジョンが大事な前三作の心理や抒情性から一転して、露骨に「風刺的で時局的な」[26] 劇である。

アイルランド西海岸のある町が、地の利でアメリカ郵便船の寄航港として栄えながら、競合するイングランドの町アングルベリーによる議員への賄賂攻勢のため航路を廃したが、その賠償金がいっこうに支払われない。これまで内部対立や利害関係で「致命的不統一」(326)のアイルランド側は、愛国的で私心のない新選出のディーン議員の活躍で結束し、イングランドへの圧力を強めるが、アングルベリー町長ハードマンの姪ミリセントと婚約のディーンは、その階級的イギリス的立場の影響で変節し、事態の急を知らされて急遽訪れるハードマンによる懐柔で、政治のリーダーシップより恋を選んで、町の期待を裏切る。

大地主またナショナリストとして、地方の政治や経済に関わった作者の体験と見聞に基づき、いかにもありそうな視野の狭い地方政治の混乱によって、アイルランドとイギリスの当時の政争をあてこする現代リアリズム劇は、新興のアイルランド演劇では独創的であり、農漁民でなく、中産階級や公職の堕落や日和見主義などに対する辛辣な社会風刺劇は、新しい分野の開拓であった。

もちろん、その着想やプロットがただちに『青年同盟』や『社会の柱』や『人民の敵』などを連想させることは言うまでもない。地方政治の枠組や港町の舞台、危機に瀕する町の収入源、主人公の理想主義と町当局の思惑、偽善と日和見の中産階級の俗物根性、ジャーナリズムの裏切りなど、イプセン劇の影響を示し、例えば、町の要求を支持する大衆集会が荒れて、街頭デモに進展し、議員が避難し、群衆が主人公の家に投石するのは『人民の敵』そっくりで

ある。

しかし、アイルランド版であることは明らかである——

> この劇を非常に時局的で面白い作品にするのは中心テーマである。アイルランドで地方自治はほんの数年の歴史しかなく、一般大衆は懐疑的な見方をしていた。大抵の議会は小工場主、食料雑貨商、パブ主人、地主で構成されていた。彼らは民衆の繁栄にほとんど関心がなかった。ジャスパー・ディーンの背景は酒業、「アイルランドで大いに尊敬される」商売だった。小さな腐敗はほとんど生得で、利権と政治的無関心が支配した。エドワードはこの状況と、当時のアイルランド議会党に明らかな分裂を風刺したかった。[27]

しかも表向きは小さな町の混乱だが、広い国家的問題を風刺している。二つの港町は両国を象徴し、アングルベリーに航路が一本化されることは、イギリスによるアイルランド併合のアレゴリーで、賠償金はイギリスによるアイルランドへの重税問題への言及であり、協定をめぐる「致命的分裂」は、イギリスによる賄賂や懐柔策によるユニオニストと自治派および自治派内部の分裂をあてこする。ハードマン町長とミリセントの会話は正にイギリスの戦略の風刺である——

ミリセント　伯父さん、ジャスパーは正しくないと本当に思うの？

ハードマン　もちろんだよ、おまえ。この町に正義をなすのが、わが町当局と町民の今の願いじゃないか。

ミリセント　そうね、アイルランドの隣人に正義をが、今、イングランドのわたしたちの叫びですもの。

ハードマン　そう、もちろんすべてのことに正義だが、わが町がなにも失ったり傷つかない場合だ……

ミリセント　それならジャスパーの立場に正義がありえないのがすごくわかる。

ハードマン　わかるだろう、ミリセント、もしこの町の一派や一階級が、ほかの一派や一階級を犠牲にして、われわれによって得をするのなら、もちろんわれわれは正義をなすのをためらってはならない。しかしそのことでわれわれ自身がなんらかの損失をこうむることを予期するなら、まあ、それは実際的良識の範囲を超えるな。

ミリセント　そう、わたしたちはアイルランドの隣人に十分同情している。わたしたちは実際ほんとうにアイルランドを愛している。でも何よりも、わたしたちがイングランド人であることを忘れてはならないし、イングランド人として、

どんなことがあってもわたしたちの利益を少しでも害してはならない。それがわたしたちの立場よね、伯父さん。
ハードマン　それがまったくわれわれの立場だよ、おまえ。われわれは強い正義感と公正感をもつ道義的国民だから。
ミリセント　でも、ほかの国民がなぜわたしたちをしつこくけなすのかわからないわ。(332-3)

　パーネルの女性問題による内紛で、目前の自治達成に失敗した経緯も連想させながら、政治の分裂や利害の衝突でイギリスに抗しえずに惨めな結果を招く、「なまの直接性といえる」[28]状況設定はまずくなく、「みじめな内紛」(303)に明け暮れる無能な議員たちの、議場と家庭での対比の風刺も利いている。
　しかし、ただでさえ散漫になる素材を選択し圧縮しない五幕物で、つめこみすぎた人物と無関係な出来事の騒々しい連続になる。「主要な筋と重要な出来事が、ありあまる無関係な要素に巻きこまれるだけでなく、人物は大声の騒々しさで特色を失い、劇と個々の場面のテンポは一定の形をなさない。感情と動作の緩急はマーティンにはなんの価値もなかったように見える」。[29]
　会ったばかりのミリセントに求愛するフォリー、猟官にのみかかずらうロレンス、妻の目を盗む酒で酔っぱらうキャシディなど、奇矯な言動の議員たちには、ドラマを動かす器量がなく、粗雑で騒々しい会話に終始する。
　議員を取りまき、おせっかいをする女性たちは、マーティンに一番近いカーワン議員に、「女は男が教化するのに最も不適当な野生動物だ」(304)と述べさせる、マーティン特有の辛辣なカリカチャ群である。ディーンの富裕な伯母や議員夫人たちは、体面を重んじる浅薄な俗物で、議場の混乱を反映するおしゃべりやゴシップには生気もテンポもなく、安易な笑いの対象でしかない。
　ディーンの変心に重要な役割を果たすミリセントも、「アングルベリーでの盛んな政治生活と社会的影響力」(331)を垣間見させるより、階級的偏見と家族の利害に捉われる、イギリス的物質主義の、魅力のない娘である。従ってディーンの変節が、理想と現実、公益と私欲、政治と恋の二者択一を迫られる深刻な道徳的決断であるよりも、恋と欲のために理想をなげうつ安易な裏切り

になる。本来所属する階級の保守的な価値観から離れられないディーンは、一時は毅然たるリーダーを気取るものの、優柔不断と自己満足の青年にすぎず、矛盾やためらいを示しても、結局はミリセントに従って、「貧しい卑しい土地」より「富と繁栄」(337)のイングランドを選ぶ。

　身近な現実の裏付けとイプセンの影響にもかかわらず、ナショナリスト的立場からの、グロテスクな誇張によるシニカルな風刺劇であり、「風刺はマーティンの強みではない、当節風刺家に要求される、筆致の凝縮と軽みに欠ける」[30]と評される。

　ドラマとしてのリアリティに欠ける『ある町の物語』を、イェイツらは上演に値しない「非常にまずい劇」[31]と批判し、主としてG. ムアが『枝のたわみ』に改作して上演するが、マーティンの時局的風刺に通じない急場の仕事で、アイルランド－イギリス両国関係の風刺は弱まる。

　しかし、作家的技巧から、ストーリーの骨組は守りながら、余計な人物や気紛れな出来事を刈りこみ、プロットを引き締めて、平板な会話をドラマの台詞にする。主人公を取りまく伯母たちを、辛辣なカリカチャでなくし、議員の奇矯な言動も抑える。

　特に全面的な書き直しの第三幕は、ディーンを左右する二つの立場——ケルトの精神性と公益を力説して、大幅に拡大されたカーワン議員と、女らしさを増し、プラクティカルな手管の恋人ミリセントとの対比で、ディーンの選択のディレンマを強化する。しかし、カーワンとディーンの師弟関係はあいまいであり、ミリセントの伯父町長との結びつきも弱まって、ディーンのスケールがそれだけ小さくなる。

　マーティンの名前を冠さない『枝のたわみ』初演は、演じたイギリスの役者たちをとまどわせる成功であったが、基本的には政治風刺劇という側面は強く残り、揺籃のアイルランド演劇での『ある町の物語』のオリジナリティを損なうものではない。この件でマーティンの演劇運動からの離反を招くが、その後のマーティン劇の貧弱さは、上演拒否の悪影響ではない。

5. 『グレンジコルマン』

『魅惑の海』と『ある町の物語』から十年を隔てて出版された『グレンジコルマン』は、イェイツらとすっかり手を切ってから長い時期の創作である。『ヒースの原野』と『メイヴ』でG. ムアやA. シモンズの協力が云々される時、ある意味ではマーティンの特色をよりよく示す、三単一の緊密な構成による、イプセン風の「三幕の家庭劇」（副題）で、特にヒロインの魂の危機を扱う心理劇である。

紋章学系図学を趣味とする父親の世話から解放されたいために、キャサリンは父の秘書に若いクレアを雇うが、信頼と精励の二人のスムーズな関係に、かえって嫉妬する。自らの医師の仕事にも、不毛な観念で無為な夫との生活にも失望するキャサリンは、結婚に進展する父とクレアの仲を裂くために、クレアの解雇を言い渡し、屋敷に伝わる白衣の女の亡霊に扮して、沈着なクレアの銃で命を落とす形で、二人の幸せを絶ちながら、自らの苦悶に終止符をうつ。

> 『ロスメルスホルム』は巨匠の、心理的行為の最もすぐれ最も興味深い研究の一つである。その繊細でも強い思想の筋道をたどると、豊かな創意とすばらしい技巧にうっとりする……
>
> 『ロスメルスホルム』の思想は『海の夫人』より厳しく悲劇的であり、異様に鮮やかな雰囲気で成就されるのは、良心の呵責の復讐である。……カタストロフィへの全過程は、ギリシア悲劇のように恐ろしく無慈悲で、またギリシア悲劇のようにすぐれた詩美で刺激し、そのように描かれた精神的苦悩を考察することで、われわれの魂は満足を与えられる。これが芸術の喜びと呼ばれるものである。[32]

『グレンジコルマン』には、マーティンがこのように称える『ロスメルスホルム』の主題と人物、筋と心理の影響が明らかである。孤立した陰気な古い屋敷、当主と魅力的な秘書、挫折と失意の弱い男性と強い女性、「白い馬」の迷信と白衣の女の亡霊など、秘書をうっかり名で呼んで親密さを表してしまう細部まで、イプセン的状況である。

キャサリンに死んだベアーテを蘇らせる趣向は興味深いが、イプセン劇に見られる過去の呪縛、厳しい倫理的問い、女性の性を扱わないという大差があり、またカタストロフィを予告する小銃の手入れでの開幕は、『ヘッダ・ガブ

ラー』のまずい応用である。

　コルマンもクレアも『ロスメルスホルム』のモデルの振幅や陰影に欠け、最も興味深い人物は「ヘッダ・ガブラーのミニチュア」[33]キャサリンである。フェミニスト思想を抱く高学歴の医者だが、才能と支配欲の捌け口がなく、境遇に適応できない自己中心的で不機嫌な女性で、特に期待を裏切る夫とのうっとうしい結婚生活への挫折感や、父の世話を逃れながらライヴァルと闘う片意地で、リアルな心理を示す。しかし、積極的な生きる目標を失って、自らの罠にはまる半ば自殺的なラストは、出没する白衣の女の亡霊の話とともに、「冷徹なリアリズムが時にメロドラマに陥る劇」[34]にする。

　問題は夢と現実との関わりで、初期三作の主人公たちのヴィジョンや夢想に共感を示してきたマーティンが、ここでは「人生の崇高さ、偉大さ、美しさに情熱をもっていた」(37)と誇るキャサリンの、現実での出口なしの姿を描く──

コルマン　（真剣に）なあ、キャサリン、おまえの何が問題か今わかったようだ。
キャサリン　ほんとう、やっと？
コルマン　うん。今まではおまえをちゃんと理解していなかったと思う。
キャサリン　それで、何がわかったの。
コルマン　おまえが本当の生活に近づこうとしなかったことだ。
キャサリン　（考えこんで）そうかもね、ただ、今は……
コルマン　人生をありのままに見ることができなくて、自分の望みにそうように、いつも人生を違うように想像しないとおれないのだ。
キャサリン　そうかもしれないわ。ただわかっているのは、とうとう本当の生活がどうもわたしに近づいて、（激しく）それがいやだということ。
コルマン　そう、そう。自分を生活から締めだすからそうなんだ。
キャサリン　むしろ生活がわたしの人生の望みをすべて締めだすからよ。
コルマン　望むものをすべて手にするのはだれにもできない。手にすることができるもので満足しなければ。(41)

　マーティンの側面をもつ、内気で上品で「プラクティカルな」コルマンを通して、「むなしい夢—現実のなさ」(41)の虚妄と危険性を示唆している。

　そして『グレンジコルマン』に続く『夢の医者』では、ムアやイェイツらかつての仲間の痛烈な風刺で「ケルトの薄明」の理想主義を嘲笑し、存在しない恋人に夢中になる人物のバーレスクで、自らのメイヴをパロディ化する。

現実の厳しさを逃れる夢想家をからかって、これまでの世俗に妨げられずに理想を追う主人公たちに背を向けるようであるが、それをマーティンの「リアリズムへの進展」[35]とは言えない。むしろマーティンが最初から示す風刺精神の発露、あるいは演劇運動に挫折した晩年の「苦々しさと失望」[36]の反映にすぎないだろう。実際、これら後年の作品は、マーティンの才能の欠除、あるいはその衰えの無残な暴露でしかない。

6. マーティンとイプセン

「G. B. ショオとおそらくジェイムズ・ジョイスを明らかな例外として、エドワード・マーティンほど忠実にイプセンの弟子を経験したアイルランド作家は考えにくい」[37]と評される。実際、冷徹なリアリズムの散文劇を嫌って、イプセン劇の展開を把握しなかったイェイツや、「生活の現実を喜びも活気もない言葉で扱うイプセン」[38]と批判したシングと違って、マーティンは演劇の革新者としてイプセンを信奉し、劇作にイプセンの主題と人物と手法を利用した。

しかしは同時代の世評とは異なって、イプセンを上演禁止になるようなラディカルな問題劇や教訓的な思想劇の作家と見なすのは誤解であるとして、『人形の家』や『幽霊』のような、問題摘発や社会批判の主題や、明確な写実と緊密な構成による厳しいリアリズム手法よりも、むしろ後半の代表作での詩的リアリズム、象徴的心理劇に共鳴した。それは劇評に『ロスメルスホルム』『海の夫人』『棟梁ソルネス』『小さなエイヨルフ』を取り上げていることに端的に表れていて、そのリアリズムとシンボリズム、現実と超自然との結合や、内面との直面や無意識の力などへの理解は、わずかな短評にも、特に『小さなエイヨルフ』上演への興奮に明らかである――

> リトル・シアターでの上演後、その見事な音楽がまだ胸に震えたまま立ち去った。高揚感が妨げられないように一人になりたかった。微妙な心の詩が最も直接的なリアリズムの台詞で表現されるすばらしい劇、この作や『ロスメルスホルム』や殊に『棟梁ソルネス』の手法は、稀なハーモニーの感覚を与え、輝かしい構成でシンフォニーの効果を生み出すことであり、思想が自然に思想から発展し、劇的効果は状況の論理的組合せの自然な結果である。人間の心と性格の深い知識が正確な知性で書きとめられ、巨匠の画家の絵のラインのようであ

る。……

　　夫と妻の場面、特に第三幕で、『棟梁ソルネス』と同じシンフォニーの美しさ
　があり、魂につきまとう美の高揚感がある。アルフレッドとリータの性格の微
　妙な心理から、夫妻それぞれの精神的悲劇が葛藤のクライマックスに達する時、
　心理の劇的状況が、肉体的行為だけで表されるただの外面的状況よりはるかに
　大きいことを、観客はとてつもない印象深さで認識させられる。この論理的つ
　ながりによる劇的心理こそ、イプセン作品がふつうの芝居好きを寄せつけない
　性質である。……[39]

　イプセンの劇作法をアイルランドの状況に適用しようとした劇作でも、理想
と現実、精神的価値と社会的条件の緊張から自滅する孤高の精神のドラマは、
イプセンを思わせる。観念的な主人公が自己のヴィジョンを追うあまり、平凡
で抑圧的な家庭や物質的で因襲的な社会に受け入れられずに、理想と現実を取
りかえて、狂気や死に逃げ、あるいは追いやられるところを描く、リアリズム
とシンボリズムを併せもつ作風である。

　イプセンを一貫する、社会との関わりでの人間の自由と自己達成のテーマ
が、ただちに『ヒースの原野』や『メイヴ』と結びつくだけでなく、『魅惑の
海』は「海への情熱と郷愁」で『海の夫人』の影響を示し、『グレンジコル
マン』は「ノルウェーの古い邸宅が幻のように静かな生活で背景を満たす」[40]
『ロスメルスホルム』と似た構図である。

　気質の違う夫婦あるいは男女の厳しい関係にもイプセンの影響が見られ、
『小さなエイヨルフ』の「精神的悲劇」は、マーティン劇の男女関係でも似て
いる。しかしその性の悲劇を無視するマーティンには、より親密な男同士の友
情があるだけでなく、女性像にすぐれたイプセンと違って、例えばレベッカ、
ヘッダ、ヒルデなどと比肩できるヒロインの創造は、まったく不可能である。

　また、マーティン劇に現実や社会への批判はあっても、イプセン劇の厳しい
倫理的問いは見られない。イプセンのナショナリズムに惹かれ、愛国的な大地
主として社会と関わりながらも、敬虔なカトリック教徒として、周囲や時流と
は極力接触を控えた禁欲生活を送り、孤高の魂に耽溺し、自らの観念の世界に
閉じこもるマーティンに、改革者や説教者の姿勢がない反面、個人の自己実現
と社会の規範との葛藤が弱く、あまりに共感と侮辱が片寄って、ドラマティッ

一方、イプセン劇の見事な構成と技巧への賞賛にもかかわらず、その最大の特徴である回顧的手法をマーティンは用いない。イプセン劇通有の、過去の秘密を告白し、無意識の罪に覚醒して、悲劇に導く要素はない。マーティン劇でも過去は重要であるが、重圧や束縛でないから、過去に遡って悲劇が形成され、アイロニーを生むのではなく、ティレルにもメイヴにもガイにも、「幸福な時は過去にあり……現在は逃れなければならない悪夢である」[41]ため、回顧的分析によって、過去を意識化し、因果関係で過去をドラマ化するプロセスは重要でない。

　イプセンへの心酔にもかかわらず、マーティンをマイナーな劇作家にするのは、イェイツが指摘する、「人生に対する関心の欠如」[42]と「言葉で失敗している」[43]ことによる。

　作者の理念や感受性を反映する主人公の観念やヴィジョンのみに共感して、全般的に人間性の理解に欠け、生活の実感に乏しい。「無垢」の人の現実の「経験」を描けず、極端な女性嫌悪による奇矯な女性像には説得力がない。

　現実との接点が多い社会風刺劇では、作者が共感できる人物を欠き、むしろ作者の理念と衝突する嫌悪の対象だから、観察と理解によるリアリズムから程遠く、ドグマ的裁断による風刺と侮蔑のカリカチャに陥る。

　理想やヴィジョンを受けつけない現実に対処できずに、狂気や死に向かう主人公を描いてきたマーティンは、わずかのリリシズムも失って、かつての仲間をグロテスクに戯画化する駄作『夢の医者』や『ロムルスとレムス』の毒々しいバーレスクで、劇作家として失墜してしまう。実生活に背を向ける夢想家を否定する新しい姿勢を示しながら、リアリズムに向かうのではなく、個人攻撃の風刺になってしまう。

　マーティンの失敗は、「むらのある文体と堅苦しい会話」[44]による。「イプセンの美しい散文詩劇『海の夫人』」の「じかにリアリズムからくる詩の特性」[45]を称え、「生気あふれ、同時に凝縮され、リアリズムが詩的、魅力が束の間」[46]の『ロスメルスホルム』などを、ベートーベンのシンフォニーにたとえて、卑俗な日常語でなく文学的知的文体を目指すのは間違っていないが、人が話して

いる自然な台詞を書けなくては、「会話の才能と、話し言葉の光彩と閃きへの喜び」[47]がなくては、個性と感情による人物造形ができず、生気のない退屈な台詞で作品を台なしにする。

　例えば『ヒースの原野』のラストは、現実感を失って幻の虹に恍惚となるティレルの狂気の台詞としても、もったいぶって人工的なレトリックの「救いがたい文体」[48]である――

　　　（感動と、もがく身振りで）ああ、あの美しさはどこへいった――あの朝の音楽は？（急に気を止めて）こんなに不思議な厳かなハーモニー。（耳を傾ける）声だ――そう、声が家中に聞こえる――白いストールをかけた朝の子供たちだ。（彼の目はすぐに舞台奥の戸口にゆっくりと移る）ああ、虹だ！（キットに）早くおいで、きれいな虹をごらん！（二人は手をつないで見に行く）ああ、言葉にならない人間の憧れの神秘的なハイウェイ！わたしの心は虹に乗ってあの喜びの地平に向かう！（おののく昂ぶりで）声だ――銀の輝きの歌声で勝ち誇る声が聞こえる！(268)

台詞が書けないことは、要するに、人間性への共感からくる温かさや、日常生活の観察による生気がないことである。自らの生活と信条に類似する人物は、その洞察と分析にもかかわらず、観念と抽象の人物で、観客を惹きつけず、また、その思想と感受性が受けつけない社会と人間への侮蔑と皮肉が強くて、白黒のはっきりした型にはまってしまう。

　マーティンはすべての登場人物を、個々に順に生きることがなかった。すべての作品に多かれ少なかれマーティン自身がいるが、意見と偏見と激情の合成である。劇的に均整のとれた人物描写さえも、基本的に非演劇的であることが多いのは、台詞がどんなに忠実で、もっともらしくても、客観的観察の成果で、共感によらないからである。ある分野で示す微妙な心理的眼力さえも、あまりに狭く、普通の生活をあまりに多く省く。そして省いたことこそ普通の経験の根底をなす。……

　マーティンが最も尊敬したのは、イプセンの詩的心理分析家で、「それは台詞の最も直接的なリアリズムで表現される」。それはマーティンに理解できても再生できない結びつきで、イプセンが同情と憤りをもたらしたリアリズムに、マーティンは風刺しか使えなかった。風刺家マーティンはイプセンに倣って、『ある町の物語』『魅惑の海』『グレンジコルマン』『夢の医者』で新境地を拓くのに役立ったが、「人生への嫌悪感を育て」、作品にはほとんど登場人物への嫌

悪感しか残らない。風刺的気分が攻撃を促し、それ以上に出る広い人間性がない……。[49]

イプセンのプロット構成と心理描写への賞賛も、マーティンの欠点を克服するにはほとんど役に立たなかった。「人生に卑俗さと誘惑しか見ようとしない抽象的な頭」[50]で、人間や社会の現実を回避し孤立しては、劇作家としての大成はありえなかった。当初の成功と期待にもかかわらず、観客の理解も共感も失っていくのは仕方がない。そして演劇はマーティンの関心事の一つにすぎなかった。

マーティンの劇作は、あとに続くアイルランド演劇の発展にほとんど影響力をもたずに終わってしまう。シングとオケイシーに代表されるように、人物造形と台詞と悲喜劇をぬきんでた特徴とするアイルランド演劇と、まさにそれらを欠くマーティン劇は相容れない。

イプセン、ストリンドベリ、チェーホフなどのヨーロッパ近代劇の導入と、それに倣うコスモポリタン的なアイルランド演劇という意図は正当であったが、マーティンの路線はアイルランドではまだ機が熟さなかった。マーティンの劇団によるコスモポリタンな演劇の紹介は、後年イェイツとロビンソンによるダブリン演劇同盟や、エドワーズとマクリアモアによるゲイト劇場につながると言える。

劇作家として、地主や中産階級を扱う独自性の発揮は、中産階級の社会的地位や経済的変化とともに、のちのリアリストたちに受け継がれていくが、リアリストたちは主として農村や田舎町、農民や小市民を描き、マーティンが意図した商工業や専門職の中産階級への方向は、さらに年月を要する。

結局、マーティンはパイオニアではあったが、その「イプセニズムは過大評価で」[51]、劇作家としては、「才能あるアマチュア」のままで終わった。

II. コラム——農民劇と能プレイ

　ポードリック・コラム（1881-1972）の劇作家としてのスタートは、アイルランド演劇の揺籃期に属し、その農民劇「三部作」はシングを凌駕する好評を博して、イェイツらの詩劇に対するリアリズム劇として期待された。コラムが大成しなかったのは、早々にアベイ劇場と袂を分かち、アメリカに渡って、児童文学や神話伝説の再話などに転じてしまったからである。

　「私は主として演劇人だし、昔からずっとそうだ。もし私が劇作家でないとしたら、私は何者でもない」[1]と最晩年に振り返る、早熟かつ長命のコラムは、実際、演劇への興味を失わず、八十代までいくつもの作品を発表しているが、ナショナリスティックなプロパガンダ劇から、イェイツ風の能プレイまで、同一作家とは思えない変貌、実験と挫折の軌跡を示す。

　ナショナリズムから演劇に関わったコラム二十歳の第一作『サクソン・シリング』は、生活のためにイギリス軍に入隊したアイルランド青年が、自分の家族の追立てと家の破壊への参加を命じられ、父が捕えられ妹しか残らないのを知って、父の銃を取って兵士に反抗して殺されるという、メロドラマ的反英プロパガンダ劇である。「わが身を売った金でわが身を買い戻すことはできない」(69)に凝縮される「徴兵反対劇」[2]で、アイルランドのナショナリズム気運が高まっている時、極めて扇動的なテーマの素朴なリアリズム劇であり、「コラムが結末の改訂軟化にしぶしぶ同意したあとでようやく上演された」。[3]

　十八世紀アイルランドの田舎町を舞台に、外国の圧制への抵抗とナショナリズムの大義への裏切りを、歌うたいの母と従軍の息子の対比で提示する『裏切り』では、イギリス当局に協力する手先の兄弟が、イギリス下士官暗殺者に懸かる賞金を狙って、脱走兵の息子の命乞いに来た歌うたいペグを威し、密告を迫るが、協力を拒まれ、逆に刺される。しかしペグは、民衆による誤解は解く

ものの、皮肉にも息子自身が密告したことを知らされる。ペグは暴虐なイギリスの植民地支配に抵抗するアイルランドを象徴し、ドラマは「裏切り」への世代間の違いを、見かけと実際で示す、時局的な対英闘争の「ささやかな」「メロドラマ」[4]である。

長年にわたって書き直した『放浪者モギュ、あるいは砂漠』は、娘がペルシャ王に見染められて結婚したために、砂漠の放浪者モギュが高官に引き立てられるものの、結局は元の乞食になって砂漠に帰るという、浮世での盛衰の素朴な寓意のお伽劇であり、ダンセイニ卿に献じていることからわかるように、例えば『アラビア人の天幕』や『アルギメネス王と知られざる兵士』を思わせる、現実のアイルランドを離れた、エキゾティックな異色作である。コラムが資質としてもつロマンティックな想像力と東方趣味を発揮する「ファンタスティック・コメディ」(副題)であるが、「エキゾティシズムを深遠さと誤解した」[5]失敗作である。

アイルランドと直接には関わらないが、ジョイスの影響を示す『気球』は、公園で働くキャスパーが、成功を求めて近くのディーダラス・ホテルに勤め、ヒーローになろうとし、恋人にも出会うが、素朴な自然に憧れる笛吹き老人の感化で公園に戻る経過を描く。「現代社会におけるヒーローの定義を求め、物質的価値を拒むことでもたらされる素朴な自然世界への回帰を探る、象徴的超自然的探求」[6]のアレゴリー劇であろうが、リアリティに欠ける筋とあまりに多い登場人物だけでなく、ホテル屋上の「気球」による宣伝の不発など象徴的行為も意味のない拙作「喜劇」である。

習作期の若いコラムは、『サクソン・シリング』の前に、アイルランドの伝承や歴史に基づく小品を数編書いているから、農民劇「三部作」のあと、劇作家としての長い低迷とブランクの間に、これらの失敗作でナショナリスティックとファンタスティックの二つの傾向を見せるのは必ずしも矛盾でなく、ナショナリズムと詩作に発する劇作家として自然な展開かもしれないが、最晩年のコラムはさらに、リアリズムからもファンタジーからも一転して、いや、両方の要素を備える能プレイを創作して、リアリズムの農民劇で盛名を馳せたコラムが、意想外の方向転換で復活する。

1. 農民劇

　アベイ劇場に拠る、主としてプロテスタントの作家が、アイルランド西部を舞台とする詩的演劇を志向したのに対して、『土地』『フィドル弾きの家』『トマス・マスケリー』のコラム初期の「三部作」は、いずれも当代の十九世紀末から二十世紀初頭の時代背景で、生まれ育ったアイルランド中部を舞台にして、普通の農村と田舎町の問題を、特に家庭内の価値観の対立を軸に、簡潔な筋と直截な台詞で描くリアリズム劇である。しかもそれぞれ「農民、芸術家、役人」(8)の老人を主人公にして理解と同情を示す、コラム二十代の佳作群であり、圧倒的にカトリック教徒の田舎の人々の実態と問題を、自らの体験と見聞からくる洞察と権威で描ける、カトリック作家のリアリズムである。

　永年の、時には血なまぐさい土地闘争を経て、ようやく小作人が自分の耕す土地を初めて所有できるようになる時、残されるのは老人と凡骨で、アイルランドの希望であるべき有能な若者は、親が執着する土地より魅力のあるアメリカに渡ってしまう『土地』は、土地購入法の成立というごく近年の、歴史的に重要な時事問題を論じるリアリティと、親子の世代の意識の対立という普遍的なテーマを併せもつ、シーリアスで皮肉な、苦い喜劇である。

　アイルランド中部の六十歳ぐらいの農民マーターとマーティン——父親の権威と農民の土地執着で、多くの子供たちに逃げられたマーターも、知的で若者への理解を示すが、ナショナリズムのために投獄されたマーティンも、いずれもじゃがいも飢饉後の典型的な農民気質の親たちで、「辛い戦い」で「永久に取り戻して、あとのもんに渡せる」(21)農地に希望を託すが、そういう親の苦労と喜びを知らない若い世代との衝突は必至である。

　双方の息子と娘の恋愛と縁結びが進行する中、マーティンの娘で、教師になる利発なエレンは、都会文明、アメリカ移民にこだわって、農家の嫁になることに抵抗し、相手のマットは土地を愛し、父親マーターとの妥協を図りながらも、エレンの強い意向に従って去るため、親たちは勝ち取った土地のよい後継者を失い、あとに残るもう一組は、「ややポカンとした表情」のコーネリウスと「半ば眠りから覚めた者の表情をした」(11)サリーであり、手放しでは喜ばれない結末になる。

初演では、「土地戦争を戦った人々が、当然手にするべき土地を得るのが描かれたので、再征服の一章と感じられて」(6)支持された。経済的自立とも政治的自由とも関わる土地所有を記念しながら、重大な社会改革が無に帰しかねないことを訴える、政治的問題劇でありえたが、アイルランド現代史での現実の大きな変化が作品の意味を変えると、後年のコラムは考える――
　　第一作の動機となる土地熱には今日反応がありそうもない。農地が手放されていて、マーター・コスガーやマーティン・ドゥラスのように地主制度の抑圧を知っていた人にじかに会うことがないのだから。もし今日上演するなら、『土地』は歴史物、性格物として上演されなければならないだろう。しかし別の問題に関連しうる――親の所有欲に対する若者の反抗である。(6-7)
　そういう意味では、パターン化された『土地』の真価は、現実とのリアルな関わりよりも、「二つの争う家族というルネサンス喜劇の約束事」[7]、「喜劇の伝統で、二つの家にそれぞれ父親と娘と息子のいる、均衡と補完のキャスト」[8]で、親の権威や所有欲に対する若者の態度を扱う、古典的三単一を守る短い三幕構成の「農村喜劇」[9]になるかもしれない。
　土地獲得への情熱と執着、農業への疑問と逃避、双方の対立は時事的局地的であるが、二つの家族関係にしぼった、世代による価値観の対立は、若者の一組は残り、一組は去る図式的結末と相まって、「土地が表すルーツと伝統への一体感と、冒険・成功・プロテスタント倫理の魅力との、普遍的対照」[10]の悲喜劇となり、歴史性や一過性は免れるだろう。
　しかし、やはりナショナリストのコラムが、独立前夜の現実と対峙する社会性、しかも土地戦争の解決で終わらせない客観性と問題意識こそ重要である。親の世代の土地や地主との苦闘、土地に執着する親と逃れる若者の当惑を捉え、双方とも断罪せず、また頭の鈍いコーネリウスの台詞「あげえに行ってしまうのは馬鹿でねえけ、お父、オレたちはいい時代の入口におるのに」(47)で幕にして、安易な結末を用意しない、作者の苦い現実感、皮肉な客観性が『土地』のリアリズムである。
　元来は『土地』の前の『ブロークン・ソイル』の改作で、[11]『土地』のあとに上演される『フィドル弾きの家』は、土地と家への義務と、音楽と放浪の喜

び、という基本的な選択の葛藤で、『土地』の主題と人物に似た農民劇である。

　農作業を避ける怠け者で、放浪癖をもつフィドル弾きの農民コンは、地元のパブでの演奏では物足りず、親としての責務を放ってでも、音楽の放浪生活を送ろうとする。二人の娘は父には家に落ち着いてほしいのだが、母の死後、家を切り盛りしてきた姉娘モーリャは、妹アンのために土地家屋を譲り、恋人ブライアンの結婚の要請も蹴って、父とともに流しの旅に出る。

　十九世紀末のアイルランド中部を舞台に、音楽と自由に憧れて、安穏な農業と定着の生活から逃れるコンと、アンの結婚相手ジェイムズ父子の貪欲な土地への執着との対比、また、落ち着かない父親に同情して恋を犠牲にするモーリャと、働き者と結婚して農地を守る農民気質のアンとの対照に、『土地』に似た人物構成のバランスとコントラストが見られる。しかし、『土地』を引き継ぎながら、作者がよく知る田舎、農民の「目で見る現実」に、登場人物たちの「頭の中の現実」[12]、心理的葛藤を重ねて、人物描写が『土地』のタイプを脱し、少なくとも矛盾とあいまいさを避けない人物造形になる。

　放浪生活から戻り、数年間落ち着いても、農作業にも娘たちにも不熱心なコンは、「オレはいつも自分の思いどおりにやってきたし、いつも自分の思いどおりにやる」(63) と言う、わがままで無分別な面をもちながら、一方では、「人間が才能を授かって生まれるのは世間が承知、だから才能は神様の恩寵のしるしじゃねえか」(81) と信じ、自由に憧れ、芸で人を喜ばせ認められたいと思う「芸術家気質」を示す。

　物質的生活より芸を追うコンには、「生来わたしは放浪者です」[13]という作者の反映があるのだろうが、シングが浮浪者に見いだす芸術との関連——農民社会からドロップアウトし、その所有欲と因襲から自由になる浮浪者に、物質的精神的呪縛から解き放たれ、アウトサイダー的自由をもつ芸術家を重ねる立場に似る。[14] 土地と農耕と定着、片や酒と音楽と放浪で、コンはアイルランド人のアーキタイプと言えなくもない。

　ためらうものの、志向ははっきりしているコンよりも、選択のディレンマはモーリャの方が大きい。「自分も放浪癖をもつ」のか、「男のものになるのが怖い——アイルランドの田舎育ちの娘には異常でない怯み」(7) なのか、内面の

展開は不十分であるが、モーリャは体面上父親の定着を願い、村での生活がよいと思いながら、放浪生活にも惹かれ、ブライアンを愛し誘うようでありながら、怖れはねつけて、『土地』の強硬なエレンと違って、アンビヴァレントな心は複雑である。

馬を飼いならす仕事のブライアンも、「顔付に向こう見ずなところがあり」(54)、「腕っ節が強く、気持が荒く」(99) て、野性味と性的魅力でモーリャを魅了しながら、コンを酒場に誘って娘への約束を破らせたり、モーリャに駈落ちをほのめかしたり、少し不気味なアモラルな行動を取る、抑制を知らない反抗者である。

このペアと比べると、もう一組の、土地と家にこだわる「控え目で静かな」アンと、欲深い父親に従う「少し退屈で独りよがり」(51) の働き者ジェイムズは平凡であるが、『土地』の愚鈍な二人とは異なり、ジェイムズでさえ、「オレもよく放浪の考えに取りつかれる。天気のいい朝、市場に出かける時、なにもかも脇に置いて放浪しようとよく考えたもんだ。ぶらつきたい性質があるんだろう」(94) と言ってアンを驚かすほどである。

ふさわしい聴衆を求めて立ち去るコンにモーリャが従う幕になる──

> さて、フィドル弾きのコン・フーリカンがまた旅にお出かけじゃ。家をあとにするが、丘に登り目に涙をためてこの家を見る時が来るかもしれん。土地もあとにするが、そもそも土地がなんじゃ。夜がやってきて、草むらの鳥が静かな時、遠くのよそから聞こえてくる音楽に比べたらな。だれにも一生がどう終わるかわからねえ、だが才能のあるもんは才能に従わにゃならねえ。(109)

これらの登場人物は「心理的総合体」[15] には達しないとしても、『土地』と比べて、プロットと人物像の巧みさは明らかである──

> 『フィドル弾きの家』は、人物造形とディレンマで『土地』に類似しているにもかかわらず、ずっと繊細に描写され個性化された人物群、もっと流動的で、均整はそれほど目立たないプロット、そして技法の新生面を少し見せる。コラムは劇作家として進歩していた。[16]

「三部作」最後の『トマス・マスケリー』は、アイルランドを象徴する土地をめぐる農民劇と違って、田舎町の小市民階級に題材を求め、自らの救貧院体験を反映させて、[17]「頭の中の現実と目で見る現実」を併せもつ、コラムの代

表作である。「私の劇の中でどの作よりも生き残るのは『フィドル弾きの家』かもしれない」[18]と作者は述べているが、『トマス・マスケリー』は四幕五場、十人を越える登場人物で、その規模でも人物造形でも前二作を上回る。

　アイルランド中部の救貧院院長として、家族と地域のために長年働いてきたトマス・マスケリーが、出入りの商人にだまされ、娘ら一族の無情な策謀のため、早すぎる辞職に追いこまれ、ついにはかつて院長だった救貧院の収容ベッドで卒中で死ぬという大作は、『リア王』を連想させる悲劇で、視点と技法の成長によって、舞台のアイルランドを越える普遍性とインパクトをもつ。

　忘恩と卑劣の一族によって追いつめられるトマスは、善意と憐れみの人で、収容者に同情的な院長として尽くしながら、他者に嫌われ謀られる。うぬぼれとひとりよがりも見せるが、家族と救貧院に裏切られ、しだいに目を開かれて、苦悩とともに自らの立場を理解していく。

　悪徳商人にだまされて背負う負債が悲劇に導き、過去の不始末が明るみに出て現在を縛るイプセン劇の要素をもっても、回顧的分析的プロット構成にはならず、また、「貧しい者にやさしかった人」(187)が周囲の欲得に振りまわされる「パセティック」な人で、発見と認識から苦悶と行動に導かれる悲劇的人物ではない——

　　　マスケリーの人物像は、価値の真の葛藤を経るのでないから、悲劇的よりも、むしろパセティックである。……マスケリーは解決に苦心する大きなディレンマを、自分の内にも外にももたない。その役割は絶え間ない敗北の続発で示され、その結果は疑う余地がない。その限りで偉大な悲劇に劣る劇である。……マスケリーの没落に、人間本来の親切と尊厳の時代の終わりを感じる。このことが、マスケリーの個人的不運とともに、ドラマの結末に本当のペーソスを与える。[19]

しかし二十代のコラムが、老人の威厳と悲哀を見事に捉えている。田舎で名誉ある年金生活を送る夢を、不祥事の責任を負う不名誉な退職で諦めなければならないトマスだけでなく、同じ立場でありながら、パイプ作りの夢に乗り出すマクナボや、救貧院を出て笛吹きの放浪に出る盲目のゴーマンなど、足場を失う不利な状況にめげない老人たちが、センチメンタルに陥らずに描かれる。

　忘恩と卑劣と貪欲のトマス一族は、人物としての陰影や深みよりも、トマス

を没落させる非情な悪役として、前二作の農民よりずっと容赦のない人物造形である。娘のクリリー夫人も孫娘アナも、それぞれ正当なトマスの金を返さず、世間の目を気にしたり、実利を失うのを怖れたりして、利己的な冷淡さでトマスを助けない。同じ詐欺にあいながらトマスの後任になる無能なクリリーも、アナと結婚する冷たいスコラードも、女たちと同じ気持と役割である。

また救貧院は、門番ターナーがトマスの築いた善意と信頼の関係から、貪欲と妬みの巣に変えてしまう。ただ、救貧院育ちの少年クリスティと、盲目の笛吹きゴーマンだけが、トマスの最後を慰め、「パセティックな姿」の救いとなる。

こうして家族の桎梏と個人の自由の格闘を、トマスの言葉では、「わしの信頼の喪失、わしの威厳、わしの自尊心の喪失」（170）を怖れる老人を描く『トマス・マスケリー』は、プロットも人物像も入念で、『土地』の時事性や『フィドル弾きの家』の抒情性はないが、否定面も肯定面も、人間への目が熟し、「三部作」の掉尾を飾るにふさわしい。

> 誰も『トマス・マスケリー』を陰うつな劇と見なさないでほしい。もし問題が主人公の死にしぼられていたら、私はこの作品を書けなかっただろう。『トマス・マスケリー』の結びは呼び笛で、精力的で想像的な男が自由になり放浪することで終わる。クリリー一家は風刺で攻撃してしまったかなと思う。カトリックの教えでは、人生は魂を個性化する手段です。社会的には人は、クロフトン・クリリーやフェリックス・ターナーよりもトマス・マスケリーに共感するかもしれないが、劇作家は一つの人生が他の人生より意味がないという考え方はできない。[20]

作者はこのように記すが、1960年の再演に際しては、『土地』の場合のように、時代の変化に言及し、「救貧院は国民の意識から消えているから、アベイ劇場は歴史劇として上演すべきだった」[21]と述べている。

> 三つの作品はテーマが共通です。マーター・コスガー、メアリー・フーリカン、トマス・マスケリーはそれぞれ、家庭生活から起こる問題に直面しなければならない。父、娘、祖父がなにか利己的なもので家族と結ばれている。家族の形成と維持にいくぶん意欲を注いだのだが、それぞれ誰か似た人物の反対にあう。……

II. コラム——農民劇と能プレイ　*33*

　　数年前、私は壮大な仕事を考えた、あらゆる社会的階層によるアイルランド生活の喜劇を書くことです。（おそらくバルザックを発見したあとだが）社会史の一部としてその仕事を考えていた。しかし、私の人間喜劇の最初のタイプの三人、農民、芸術家、役人——マーター・コスガー、コン・フーリカン、トマス・マスケリーを書き留めることができて喜んでいる。[22]

　コラムがこのように説明する農民劇「三部作」はいずれも、「人物の創造」より「状況の創造」を主とし、人物は個性や心理よりもタイプの傾向が強い。状況は単純明快で、複雑なプロットは使わない。アイルランド中部の農村出身のカトリックで、よく知る環境——歴史の転機に立つ田舎の平凡な人々の状況、特に物欲が支配していく変化を、家族関係で提示する、素朴なリアリズム劇である。それは作者の信条に明らかである——

　　作品は劇作家と同じである。その時代、場所、人々は劇作家のそれと似る。より生き生きとした表現のためには、劇作家は自分の知る生活の観点から考えざるをえない。本当らしさを目指すのなら、よく知る風俗、習慣、人物の正確さで書くことができる。関心があるから生活を観察するのである。[23]
　　劇作家の主たる関心は、人物の創造ではなく、状況の創造です。心理的総合体として考えられた人物には二次的関心しかない。劇作家の主たる努力はいつも、観客に強い印象を与える状況の創造に向かう。われわれに最も強くアピールして共感を呼ぶのは状況だからです。[24]
　　アイルランドでは人物に対する感受性が強い。現代の小説家が考える人物、単なる心理的素材でなく、生きて、息して、動く、一言で言えば行動する人物に対する感受性がある。また会話する本当の適性もある。新聞や居間での会話が、農民や労働者の会話から色彩を消すことはなかった。[25]

　ただ、コラム劇の台詞は、シングやグレゴリー夫人の語彙やリズムよりずっと簡潔平板で、アイルランド中部の田舎の人々の素朴な方言をリアリスティックに再現しながら、本来詩人であるコラムの技巧を発揮した、簡潔なスタイルとリアルなイメージによる、直截な力強さと抑制の魅力をもつ、コラムの詩に共通するリアリズムとリリシズムの台詞である——

　　イェイツもグレゴリー夫人もシングも、皆やっていたことだけど、実のところ、本当の田舎言葉がどんなものか知っているのは、その中で私だけだった。シングの言葉に異を唱えるつもりはない。精巧で見事だ。ただそれが人々の実

際の話し方と関係がないのは、オスカー・ワイルドの喜劇の台詞が1890年代のロンドンの客間の話し方と無関係なのと同じことだ。イェイツなどになかった不利な立場という利点があったとも言えよう。私は救貧院で生まれて、生まれた時から普通の話し方を知っていたのだから。[26]

　このように力説するコラムは、主題でも手法でも言葉でも、イェイツらの詩的演劇と「コーク・リアリスト」の中間に位置すると言えよう。

2. 能プレイ

　「『トマス・マスケリー』のあと、アイルランドの舞台になにも書いていない。おそらくその魅力が薄れたからか、あるいは、農民・芸術家・役人のあと、私の知る地方に、表現したいと思う他のタイプがいなかったからだろう」(8) とコラムは記しているが、「三部作」のあと主題を探しあぐねて、むなしい探求と実験を重ねた半世紀ののち、最晩年の八十代のコラムは、主題でアイルランドに回帰し、近現代史の重要人物を主人公とするサイクル劇を試みる。しかも「作家としての私への大きな影響はイプセンです」[27]と自認するコラムの「三部作」のリアリズムとはまったく異なって、能に影響を受けた一幕物の連作である。

　当時の欧米の現代劇が、ナチュラリズムやリアリズムの覇絆を脱し、実験的な演劇を目指した潮流に影響を受けているのかもしれないが、一方では、コラムが最初からもっているナショナリスティックな目的、神話伝承への興味、詩人としての関心など、それまでのコラム劇のさまざまな要素の発現でもある。

　コラムに能の直接体験はないだろうが、イェイツの能プレイの有効な先例の影響であることは間違いない。共に演劇運動に携わったイェイツへの回帰であり、イェイツ後年の詩劇へのオマージュである。

　コラムは能あるいは能プレイの特徴を次のように捉えている——

　　だれもが新しい劇形式を求めていると思う……どのように詩を組みこむか。どのように精神性を組み入れるか。それが問題です。……[私が試みたのは]日本の形式で、それを新しく使うのです、儀式や音楽など……それは詩であって、詩とドラマを結合するよりよい機会を与えてくれます。私が常にやりたいと

思っていたことで、詩を本当にドラマティックにする試みです。[28]

　日本の能では場所が中心をなし、場所の祀る伝承が劇の主題をなす。能とわれわれの劇場の劇との主要な違いの一つは、時間の要素である。われわれの劇は単一の時間の位相で進む、現在の位相なり、歴史の位相なりであるが、能では劇行為は位相を移動し、現在から、歴史、神話へ移る。役によって仮面をかぶり、踊りや儀式的動作がある。[29]

　われわれの劇場では、観客を劇行為に、劇行為を観客に近づけようと努める。能の劇場では違った効果を狙う。劇行為は観客に近づけず、距離を置く。隔てられるのだが、感情的効果は距離のパトスから生じる。[30]

これらの言及は能の特徴をよく捉えているが、コラムはそれをどのように応用したのだろうか。またイェイツの能プレイに対する新しさは何だろうか。コラムは一言で「私の新機軸は歴史の人物だった」[31]と言う。

ゆかりの場所に設定することの多い能のように、コラムの能プレイはすべて、アイルランドの伝承や歴史にまつわる旧跡をタイトルにもち、そこに設定して、時間の連続性、同時性を示唆する。しかしイェイツが、クフーリンなど伝承の人物を好んで題材にし、人間の個性より情念の永遠性に重点を置くのと違って、十八、十九、二十世紀のアイルランド近現代史の重要な時点で、実在した政治・軍事・文化の著名人を主人公にする。だから歴史の時間が明確で人物に具体性があり、「アイルランドの遠い過去と近年の歴史が一つながりにまざりはじめ、旧跡を訪れる時に得る歴史に生きる感覚が説得的に伝えられる」[32]歴史劇であり、また「主人公たちが人生の転機を、旧跡とのフィクションの関連で追体験して、個人的危機を熟考する」[33]伝記劇でもある。

よく知られた近現代史の人物や出来事を主題にすることは、「不人気な劇場と秘密結社のような観客」[34]というイェイツの高踏趣味にくみしないことで、実社会や日常語から離れた、「心眼」[35]「精神の深奥」に訴えるイェイツの儀式化、抽象化、集約化より、むしろ歴史的問題や心理的葛藤でリアリズムとの結合を目指し、観客の理解を助けようとする。

　能の美しさと力強さは集中にある。あらゆる要素——装束、動作、詩歌、音楽が、結合して単一の明確な印象を与える。それぞれの作品はなにか基本的な人間の関係や感情を具現する。そしてそのことによる詩的甘美さや痛切さが極

度に高まるのは、物まねのリアリズムや俗悪な感覚が要求するような邪魔な要素をすべて排除することによる。感情は常に個性でなく、観念に注がれる。[36]

能の特徴をこのように総括するフェノロサの影響による、イェイツの能プレイとの違いである。「私は短いものを書きたかった、詩のあるものを書きたかった、ドラマを書きたかった」[37]とコラムは語っているが、そして亡霊やコロス、時間の重層や詩歌の挿入など、リアリズムから遠い能の様式を活用しているが、イェイツのような、音楽と踊りと詩歌の統合による高度な様式化儀式化や、現実性の抑制による、観客の詩心や情緒への訴えの方向には進まなかった。

だから主人公は時間空間を越えた存在ではなく、主題はその難局やディレンマである。能によくある、解脱や悪霊払いによる唐突な結末、抒情や余韻に流れる気分劇ではない。「リーダーシップの苦悩について、偉大な人、強力な人にさえもあるもろさについてである。忍耐と強い性格を重んじ、悲劇的欠点でさえも勇気や決断力で克服される」[38]ようなドラマである。能の五番立てとも、イェイツのクフーリン連作とも異なるが、ごく短い一幕物の五編のサイクルで、アイルランド史の叙事劇を目指す、コラムの野心的試みである。

第一作『モイツラ』は、オスカー・ワイルドの父で、好古家としてアイルランド神話の古戦場モイツラを発掘したサー・ウィリアム・ワイルド（1815-1876）を主人公に、モイツラを舞台にして、ワイルドの亡霊が、私生児二人を火災事故で亡くした苦悩と罪意識を追体験する。

モイツラを訪れる青年が、薬草を摘む老女に出会う。老女は昔ワイルドのメイドで、ワイルドが五十年前に亡くなったことを知ると、「あの方はここに戻ってくると時々思います」と言い、青年は「ここは亡霊の出る所だ」（12）と古戦場であることを説明する。

このいわばワキとツレによる導入で、一方では、シテのワイルドの亡霊が登場し、若いメイドが手渡す郵便で、世間に隠してきた二人の娘がダンス・パーティで死んだ悲報に接し、他方では、「光と闇の勢力の神話の戦場」[39]の古戦士たちが現れる。遠く隔たった二つの時代を結びつけ、自らの内に「光と闇」を抱えるワイルドの個人的悲劇感の高まりと古戦士たちの激情が重なり、ワイ

ルドが古王ヌアダから、死にも付きまとう煩悩に対処する力を得て慰められるという構成である。

　ゆかりの地にワイルドが出没し、悲劇を再体験するとも、老女の回想にワイルドが現れ、劇的瞬間を目撃するともとれる、擬似夢幻能プレイであり、青年が「彼は持っていた名声を失った。持ったかもしれない名声を失った。ならず者の評判で終わった」(37) と現代の審判を下すことで現在に戻る。

　一幕物には収まりにくい歴史の重層化であるが、史跡や旧跡を訪れる時われわれの抱く感慨であり、「歴史が、単に連続であるだけでなく、幾層もの過去の出来事が反響する記憶であることを意味する」[40] のであろう。

　ドラムとフルートの二人の楽師、楽師と古戦士の仮面、場面をぬう二人の娘のダンス、ワイルドの亡霊の登場など、サイクル劇の中でイェイツの能プレイに最も近く、「踊り手たちのための劇」とサブタイトルを付けている。

　第二作『グレンダロホ』は、アイルランド・ナショナリズムの「無冠の帝王」パーネル (1846-1891) を主人公に、自治獲得のためのリーダーとしての闘いと、失墜の原因となった恋愛スキャンダルとの関わりを追究する。

　キャサリン・オシェとの不倫騒ぎで、リーダーとしての命運が決められる国民党会議の前夜、パーネルが訪れるのは聖地グレンダロホで、六世紀の聖者ケヴィンが妖婆キャサリンの誘惑を退けた伝承との対比で、誘惑に負けてしまったパーネルが、「今や自分を知った。グレンダロホには自分を知らしめる他のものがいる」(82) と、自分の弱さ、誤りを再確認する。

　『モイツラ』のワイルドの亡霊と違って、パーネルと妹アナの対話を中心とする、いわば現在能プレイであり、当時の政争、対イギリス関係、カトリック教会の反撥、ピゴットのでっちあげなど、パーネルをめぐる有名なエピソードをからませて、リーダーシップと関わるパーネルの人物像を描く。

　現実のイギリス首相の特使とグレンダロホの妖婆が登場するだけでなく、グラタンとピゴットが亡霊として現れ、さらにオシェとキャサリンが「声」として訴え、それぞれの立場で、パーネルの人となりとリーダーとしての資質を問う。

　イギリスの働きかけを拒絶し、ピゴットのでっちあげに潔白を証明する一

方で、オシェが国会議員になる手助けをし、不倫が宗教界の非難を招くなど、リーダーシップに迷うパーネルが、「私が試練と誘惑の時をもたなかったとは言えないが、考えでも言葉でも行為でも、アイルランド国民が私に示した信頼を裏切ったことは決してないと主張する」、「アイルランド国民は私を知り、私の彼らへの愛情を知るだろう。……ここで私が得た決意でアイルランドを変えよう」(85) と慰めを見いだすにいたる。

「頭巾付きの外套を着た二人の男」と、歌い踊る「グレンダロホの妖婆の一隊」がコロスを演じるものの、政治のテーマに対して能の要素は極めて少ない。有名な人物とエピソードを巧みに配して、人物像の興味と自然なドラマ展開で、能プレイとしては、主人公のリーダーシップの苦悩という主題に、観客が感応できる現代劇になっている。

第三作『クルーウフター』は、「踊り手たちのための劇」(副題) として『グレンダロホ』の前の創作であるが、史実の年代から作者はあとにまわす。そして『グレンダロホ』と逆に、歴史の錯綜がドラマを妨げる。

1916年復活祭蜂起のあと、大逆罪でイギリスで処刑されるナショナリストのロジャ・ケイスメント (1864-1916) が、蜂起のリーダーシップをとることに迷って、イギリス軍を追いつめた十七世紀反乱の将軍オーエン・ロー・オニール (1590頃-1649) の死んだ城跡クルーウフターを訪れ、オニールの亡霊たちの勧めで、アイルランドのために命を捧げる決心をする。

大別すればこの二つの時代に、オーエン・ローの伯父ヒュー・オニール (1550頃-1616) のキンセールでの大敗が重なるだけでなく、第一場から十年を隔てる第二場で、ケイスメントの処刑後に同じ城跡を弟が訪れ、兄を賞揚するバラッド歌いを聞く後日譚が続く。

ケイスメントとオーエン・ローの問答が説明的に長くなるだけでなく、オーエン・ローも参戦したキンセールの戦いの敗残兵と、ケイスメントが原地人に尽くしたコンゴとアマゾン河の部族たちの、二つのコロス、さらに「歴史のあらゆる時代を生きた」(124) アイルランド神話のフィンタンが加わる重層化である。

二十世紀の蜂起を十七世紀の反乱と結びつけ、リーダーと民衆の反応を対比

するのだが、歴史の時代転換と多様なコロスでかえって錯綜し、歴史がドラマとならず、「歴史の脚注」(125) で終わる憾みがある。

　パーネル、「リーダーシップ」、「私は自分の人となりを知っている」(133) など、同じ言葉で『グレンダロホ』と主題の連続性を示すが、能プレイの要素も少ない、失敗作である。

　第四作『モナスタボイス』は、コラムの尊敬する友人ジェイムズ・ジョイス (1882-1941) の人と作品へのオマージュで、能プレイの中で異色である。

　ジョイスがエマと訪れるモナスタボイスは、「人間の転落、新たな上昇、それから前進」あるいは「初めは終わりにあり、終わりは初めにある」(89) ことを表すケルト十字架で知られる、六世紀の修道院跡で、「石碑の形態、ジョイス作品の循環的性質、そしてこの劇の循環的構造のすべてが、一つの視覚的、歴史的、精神的シンボルに融合する」[41] ところがある。

　ジョイスを誘ったエマは、ジョイスの自伝的小説『若き日の芸術家の肖像』とその前身『スティーヴン・ヒアロー』に登場する女性で、ドラマの大半は二人の会話で成り立ち、それだけリアリスティックで単純な構成である。

　エマからカトリック信仰と中産階級的価値観に順応する結婚を懇願されてジョイスは断り、「使者」の「声」の信仰と禁欲の聖職者への勧誘も拒んで、父と友人と「浮かれ騒ぎ」(105) に出かける。結婚でも信仰でも「盲従からの自由」(98) を求めるジョイスの自己探求は「ワレハ仕ヘズ」(92) の信念に帰結し、芸術家として「沈黙、狡猾、離郷を誓い……自分の魂の鍛冶場で民族のまだ創造されていない良心を細工しに行く」(103) と宣言する。

　『肖像』の自画像スティーヴン・ディーダラスと重ねて、若き日のジョイスの人と作品を一体化する試みで、自己認識の苦悩をリアルに扱うのだが、結婚、宗教、ナショナリズム、芸術など、ジョイスのさまざまな見解のちりばめは、自己探求や背信のテーマで貫いても、ドラマ性にも様式性にも欠ける。

　「修道院時代を思わせる頭巾姿の二人」(89) のコロスが、十字架の説明でドラマを始め、ジョイスの「価値」を示唆して閉じる——

　　このような男は抑圧され、
　　選択が軽率かもしれないが、

それでも敬うのだ、
聖なる時を生きるように
人を導けるのは彼だけ。
彼の仕事のみ価値をもつ。(106)

　もう一組のコロス「二人の管理人」はほとんど役をなさず、グレンダロホの妖婆を再登場させ、パーネルを話題にして、前作と結びつけても、伝承や歴史との重層性が重要なわけではない。
　結局、ジョイスの内面の葛藤は、能プレイよりリアリズム劇の方が、ジョイス作品のモザイクの方がふさわしいのではないかと思わせる。ただ、能プレイとしては興味深く、わかりやすい試みではある。
　第五作で、コラム最後の作品となった『キルモア』は、第一場は1642年、第二場は1798年、場所はキルモアの教会墓地とする二場からなる。
　キルモアの主教をし、カトリック教徒の抑圧を嘆いて、聖書のアイルランド語訳などに努めたウィリアム・ベデル（1571-1642）と、ユナイテッド・アイリッシュメンを組織し、フランスの援軍が来ないのを知りながら、1798年の蜂起を計画、指揮したヘンリー・ジョイ・マクラッケン（1767-1798）の、カトリックとプロテスタントの宗派を超える仕事で歴史に名を残す二人に、さらにアイルランドの伝統音楽の蒐集家エドワード・バンティング（1773-1843）を重ねる。
　息子によってベデルの棺がかつぎこまれる第一場は、イギリスによる「ジェノサイド」(8)からベデルの聖書訳を国外に持ち出して救おうとする二人の修道士と兵士の一団が見守る中で、ベデルの埋葬を行なう、ごく短い場面である。
　プロテスタントとカトリックを糾合するマクラッケンの反乱の動静を探るスパイとヨーマンの士官で始まる第二場は、キルモアにマクラッケンとバンティングが登場し、片やユナイテッド・アイリッシュメンの反乱を、片や音楽による助力を、ためらい、裏切りそうになりながら、決断をくだす。
　第二場にはベデルの亡霊が現れて、スパイを震えあがらせ、バンティングを激励するが、明確に年月を区切る第一場との結びつきは、キルモアと亡霊だけ

で、まずい構成と平凡な台詞の、能プレイの要素が少ない作品である。

オーエン・ロー・オニールの登場、ベデルが投獄されたクルーウフター域で、『キルモア』は第三作と結びつくが、コラムは『グレンダロホ』と『クルーウフター』と『モナスタボイス』の三本立てを『チャレンジャーズ』として、いわば三幕物として上演した。アイルランドの政治と軍事と文化のリーダーたちのサイクル劇として、『キルモア』を加えれば四部作になりうる。

コラムの能プレイは、一続きの歴史でも、基盤を共有するのでもないが、過去と現在の関連で歴史の連続性を示し、「チャレンジャーズ」が迷い苦しみながらも、自らの真実を発見認識して、決断実行するテーマをもつ。

『モイツラ』のワイルド以外は、亡霊が出ても、死の時点から回想する夢幻能より、現実の人物や出来事を現在進行形で再現する現在能に近く、執心からの解脱や唐突な鎮魂より、発見と決断の西洋劇の骨組をもち、従って能の象徴化や幽玄美はない。

イェイツの能プレイに近い『モイツラ』から、能の要素が非常に少ない『モナスタボイス』や『キルモア』まで、コラムの能プレイは、音楽と踊りを融合する詩劇の様式と、模倣による本当らしさのリアリズムの間で一様でなく、ドラマとしての成否も異なるが、近現代の重要人物を主人公にしてアイルランドを描くサイクル劇として興味深く、音楽と踊りを融合するイェイツの能プレイの現実からの遊離を克服する現代劇の可能性を示唆する、リアリストによるリアリスティックな能プレイと言えるかもしれない。

しかし結局、コラムの劇作家としての評価は、時代と実生活を反映するリアリスティックな農民劇の形成に寄与した、二十代の初期「三部作」に懸かるだろう。普通のアイルランド人の問題と風俗と言葉を、「書き手の体験か個人的観察に基づく、なんらかの人生批評」で真実らしさをもって描く、リアリズムというアイルランド演劇の新しい方向づけ、ナショナリスティックな演劇運動初期のイェイツらの詩的演劇から、ロビンソン、マレーらに引き継がれる、アイルランド演劇主流のリアリズムのパイオニアかつモデルとなったことに、先駆者としてのコラムの歴史的意義がある。

Ⅲ. フィッツモーリス──リアリスティックとファンタスティック

『西の国のプレイボーイ』と同年にアベイ劇場で上演された『田舎の仕立屋』が好評で、一時は第二のシングと期待されたジョージ・フィッツモーリス (1877-1963) は、リアリズムとファンタジーを併せもつ特異な劇作家である。

『田舎の仕立屋』のあとの冷遇は、その才能をイェイツが妬んだからと評されることがあったが、本人の性格と観客の不評が重なったためと考えられる。演劇の現場だけでなく、社会との接触からも身を退く孤独な姿は、アイルランドの劇作家で他に例を見ない。

『田舎の仕立屋』のあと、次々にファンタスティックでグロテスクな劇を書いたことが、フィッツモーリスの不評と閑却を招いたことは間違いない。『パイ皿』『魔法のグラス』『ダンディ人形』などは、ある観念に取りつかれる主人公と周囲との軋轢を、ファンタジーとリアリズム、伝承と日常生活を組み合わせる、特異な暗い喜劇であり、それこそ「田舎生活の浅ましい側面を暴く」「手厳しい、力強い、醜い喜劇」[1]で、リアリズムや喜劇を求める時流から外れる、個性的作風である。

生まれ育った北部ケリー地方に根ざす、鮮やかな人物造形と、グロサリーの助けを必要とする生気あふれる方言の作品群は、大半が、リアルで超現実的、ユニークで詩的、こっけいで厳しく、愉快でグロテスクで、アイルランド演劇草創のロマンティックな詩劇と次に来るリアリズム劇の流れを結ぶだけでなく、双方を超越して、見聞の現実感と横溢する想像力とに満ちた、皮肉なテーマの独自なドラマである。

当時の観客に受け入れられず、長らく軽視されてきたフィッツモーリスの『戯曲集』全三巻の出版は画期的だったが、「劇的ファンタジー」「民俗劇」「写

実劇」というジャンルの三区分は必然性を欠き、むしろリアリスティックとファンタスティックに大別する方がよい。

1. リアリスティック

フィッツモーリス劇はほとんど、ケリー地方の農家の台所を舞台にする現実感と真実らしさがありながら、農民の想像力も迷信も含めて丸ごと描くため、リアリスティックな作品は少ない。その中で、仲人婚の風習と関わる『田舎の仕立屋』と、農民の反乱を正面から扱う『月光団員』は、アイルランド的テーマによる、リアリスティックな代表作である。

フィッツモーリス唯一の人気作『田舎の仕立屋』は、それに続く作品群と違って、激しさもグロテスクさも、超自然も抒情性も抑えた、穏やかな喜劇である。

開幕冒頭、耽読する感傷的な恋愛小説を置き、写真を取り出して、「あの人の写真を眺めると、この頃浮かぶちょっとした疑いが恥ずかしい」(17) と独白する「田舎の仕立屋」ジュリアは、村娘のいたずら手紙に煽られて、十年前に渡米したパッツを理想化して愛し続ける。男の帰国で、容姿も変わり、既婚歴もある実態に幻滅するものの、結局は現実に妥協して結婚する。

理想と現実の対比で、娘の感傷や村人の物欲を風刺する、リアリスティックな劇であると同時に、アイルランド演劇得意の「縁結び」と「神話作り」の主題による、ロマンティック・コメディでもある。

読物のロマンスの影響で、ハイクラスのロマンティック・ラヴを夢見るジュリアは、村娘たちのからかいの恰好の餌食になる愚かな娘で、自分には直接手紙が来ないにもかかわらず、孤児のため一つ屋根の下で住んだ幼馴染みのパッツが、結婚資金を稼ぎに渡米し、きっと自分に求婚するために帰国すると思いこむ。ロマンス好みの感傷性に仕かけられたいたずらで、ジュリアはパッツをロマンスのヒーローに仕立てあげる。結婚の経済的理由を強調する仲人婚の風習のもとで、物欲と無縁なロマンティックなイリュージョンが、結婚の現実に直面する展開はコンヴェンショナルであるが、冗談が結局ロマンスを成就させるまでのジュリアの心の動きにはリアリティがある。

パッツの帰国によるジュリアの現実開眼は苦い幻滅で始まる。十年の歳月は当然まず外貌の変化に表れ、パッツは十年前に別れたハンサムな若者でも、夢想で美化されたロマンティックな姿でもない。しかもパッツの既婚歴が幻滅に追撃ちをかけ、パッツはジュリアを思い続けていたどころか、ドイツ女と結婚して謎めいた死別をし、他に女がいたとさえ噂されて、思い描いてきたロマンティック・ヒーローでないことを知る。

しかし、外的内的現実を突きつけられるジュリアは、「わたしは命のばねは切れたけど、あんたのたっての願いなら、せいぜい大切にするわ」(57) とパッツを受け入れるしかない。一応ハッピーエンディングであるが、諦めと妥協による苦い現実の甘受で、その皮肉な現実感覚——「現実が期待どおりになることはない、だから賢い人は、理想の代わりにならなくても、現実に満足しなければならないという、フィッツモーリスの不変の考え」[2] が一貫し、『田舎の仕立屋』はロマンスと現実のバランスを巧みに保つウェルメイド劇で、だからこそ人気作であるのだろう。

『田舎の仕立屋』は軽信と覚醒、幻滅と受容を扱って、ジュリアの内面のドラマであるが、縁結びの慣習の中で、周囲の人物がよく描かれ、貪欲、狡さ、お節介など、物欲の支配する農村と農民の現実を露骨に見せる。

縁談を頼まれるルークは、ジュリアを思いつめるエドマンドとの縁組に現れ、三カ月後の結婚を約束させながら、結局パッツと結びつける現実感を示す。「年は物悲しい、恐ろしい不幸だよ」(24) と威しての誘いから、パッツの変貌と不実への寛容を説くラストまで、時にはジュリアに「あんたうまく話すわ」(52) と認めさせる豊かな方言の台詞、時には三度の結婚歴の分別で、「これまでしたことのない憶病な縁組」(57) を成しとげる、生き生きした人物である。

借金と抵当で困窮し、金目当てにパッツを二人の娘のどちらかと結婚させようと画策する、貪欲な「富農」クロエシー一家は、土地持ちという身分意識を振りかざし、パッツとの親戚を強調し、娘の悪ふざけでジュリアをかつぎ、総出でドラマを動かして、ジュリアの結婚話に終わらせない喜劇の賑々しさを与える。

その他、土地を追い出されて、自らは救貧院行きを、娘には未婚を怖れるため、パッツの噂をジュリアに隠して結婚させようとする母親ノリー、ジュリア母娘の話を引き出し、現実感で働きかける隣家のディレーン父娘、そしてひたすらジュリアを思いつめながら諦めて別の娘に妥協するエドマンドまで、脇役が見事なアンサンブルをなして、ロマンスの現実的側面を表す。

ジュリアはこれら周囲の人々に動かされ、真実を見抜けない、素朴な受動的人物であり、ドラマを仕切るこれらの脇役がよく描かれているから、双方が関わる時、パッツに執着し、物欲から遠いジュリアの内面、夢想―幻滅―妥協の経過がよく捉えられ、ドラマが生きる。

しかし、プロットは必ずしも単純ではない。パッツの横取りを企むクロエシーの台所に場面を移す第二幕は、娘ベイブからジュリアをだましてきたことを明かされるパッツが、その悪ふざけに便乗し、ジュリアはその秘密を知らないで、ハッピーエンドへの道を進むことを予想させる。だからジュリアがパッツとの結婚にもはや乗り気でない第三幕は、意外な新たな開幕で、幕間の三週の間に、ジュリアはパッツが思い描いた献身的な恋人でなかったことを知って、ロマンスの熱を失ったことになる。

第二幕で帰国のパッツを見て、「あんなに変わって、あんなに変わって！……あれが本当にパッツなの？」(38)と驚くジュリアは、ドラマの最後で、パッツの外貌の変化こそ問題であると友人に告白する――

> レディ・クララのように、わたしは屠殺に行く牛。ドイツ女のためじゃないの、ミン――何もかもあんたに打ち明けるけど――あの人がやったかもしれない悪事のためでもなくて、あの人が昔のままでなく、今のようだからなの、ミン。クロエシーさんとこで初めてあの人を見た時、恋は死んだ、わたしの夢は永久に終わったの。(56-57)

そうすると、パッツの過去を表沙汰にして障害とする第三幕によって、ジュリアの幻滅がパッツの容貌か身持ちか、いずれが主となるのか不明になり、C. W. ゲルダーマンが疑問視するように、改良の余地がある――

> ジュリアの反応を第二幕の終わりで明らかにする方が、構造上ベターであろう。幻滅のあとに受容がくることが作品の焦点である。第二幕の終わりまでに幻滅が疑う余地がないものでなければならない。そうでなければ第三幕をもっ

てくる理由がない。……構造上の本当の問題は、ドラマが第二幕で終わるべきだというのではなく、ジュリアの幻滅の危機が完全に明確にされるのは第三幕の終わりでしかないこと、言いかえれば、問題が明確に説明されないうちに解決されていることである。[3]

貪欲な計算と鈍感ないたずらのクロエシー一家の喜劇的サブプロットが、第二幕の最後で、姉と競ってパッツを自分のものにするために再び悪さをすると、ベイブが安易な宣言をする以上に展開されない難がある。敗残のパッツが後悔の念もあって、うまい話に飛びつくのは自然だが、ジュリアの困惑の反応があいまいになる。

しかし、パッツの実態を突きつけられたジュリアが、それまで無視してきたエドマンドの一途な思いが急に気になって、エドマンドの挙式当日に衝動的に会おうとし、手紙を送る軽挙を行なってしまうように、ジュリアの微妙な心の動きが捉えられる時、『田舎の仕立屋』は、ロマンスと現在の対比というありふれた手法ながら、甘くて苦い、真剣でこっけいな作者の手法を典型的に示す悲喜劇の佳作になる。

だがその微妙な手法の危うさは、一見同じように金持と誤解されるアメリカ帰りの男が、気の進まない縁組み話を避ける、皮肉たっぷりながらぎこちない策謀の平凡な笑劇『ギルティナン家とカーモディ家の間で』や、期待を裏切られても現実に妥協するしかないという同じ主題ながら、初夜に花嫁の実体を知る、グロテスクなだましの結婚話の『素朴なハンラハン一家』に、露呈される。

リアリスティックな劇のもう一編の佳作『月光団員』は、現想と現実の主題を『田舎の仕立屋』と共有しながら、現実社会との関わりがずっと大きい悲劇である。地方の四家族の境遇を全四幕で展開するドラマは、作者としては例外的に、アイルランドの政治経済状況への抵抗を扱う大作であり、のちのオケイシーやジョンストンの傑作につながる。

1880年代の土地戦争の混乱した時代相で、土地所有制への愛国的農民一揆ともいえる、秘密結社「月光団員」のドラマである。ケリー地方の酪農民を主な登場人物として、地主の横暴と農民の反抗、愛国の理想と英雄の条件、新旧

世代の対立、密告と暗殺、恋愛と仲人婚など、アイルランド農村社会のさまざまな現実をテーマにして、作者として最大限のリアリズムで展開し、「感情の激しさ、人物描写の奥行き、抒情味のある方言、人生の悲劇の意識」[4]をもつ、リアリスティックな歴史劇である。

かつてはアイルランド独立を目指す秘密結社フィニア会に属して行動したピーターは、成功と老いの分別で、息子たちの過激なナショナリズムの抵抗運動に反対し、一人残ったユージーンが「ならず者、くず、卑劣な人殺しの月光団員」(129)に加わるため、父子が衝突する状況で、ユージーンが土地横領と密告の伯父の屋敷を襲う仲間一味と行動を共にすることが、第一幕から第三幕を通して展開される。

一年経過の第四幕は、ユージーンが土壇場で屋敷の襲撃に加わらずに、外国へ逃げていたことを暴露し、帰郷した息子の不甲斐なさに失望するピーターは、かつてのフィニア魂が戻って、襲撃を密告されたユージーンの仲間トムの逃走を助けるために加勢して共に倒れ、ユージーンは周囲の軽蔑に囲まれる結末になる。

ピーターとユージーン父子の対照が際立つ一家だけでなく、本物の月光団員トムの一家など、多数の登場人物を、個性と気慨、世代の対立、実力行使への反応など、さまざまの点で特徴づけて、人物造形が巧みである。

その中でまずピーターの悲劇が目立つ。かつてのフィニアンが、酪農に成功した今は逆に不在地主のために働き、体面を重んじて、息子たちの過激な心情や行動を毛嫌いする。ところが身近に悲惨な出来事が続く一年の経過で豹変した息子のシニカルな態度に、眠っていたナショナリズムが覚まされ、銃を取って倒れるという、矛盾と逡巡の悲劇が、個人としてよく描かれるだけでなく、アイルランドの歴史と現実を反映するリアルな人物像として捉えられる。

主義主張より個人的ヒロイズムで団員になるユージーンは、初めこそ愛国の虚勢、浅薄な反抗心を示すが、結局は付焼刃の理想は消え、簡単に挫折する。一年間潜んでいた間に、平穏な農業生活を願うだけの、恋人と妹の悲劇にも無頓着な、自己中心的な皮肉屋になってしまう。撃たれたピーターを嘆く母に訴えるユージーンの台詞が、その正体を露にする——

どうしてそんなに嘆き続けるんだ、おふくろ。おやじが飛び出して死んだのは愚の骨頂、だれにも止められなんだ。どうして顔をそむけるんだ。頼むからおふくろのやさしい顔を見せてくれ、おれも苦しいんだ。(間) おれにもフェアにしてくれ。まさかおやじがやったことを、おれに当てにしたんではなかろう? おやじは盛りがすぎたが、おれが絶望的な行動で警官に向かっていったら何を失うか考えてくれ。前途のすべて、五十年、六十年もの元気な弾む生活だぜ。(149)

ドラマの重点は、ピーターとユージーン父子の皮肉な逆転にある。ユージーンの「月光団」の運動への幻滅は、「田舎の仕立屋」のロマンスへの幻滅に対応し、現実に妥協する皮肉が、一方は喜劇、片方は悲劇として扱われている。

ユージーンの意気と挫折を、迷わずに主義を貫くトムとも対照させる。月光団員はリアルに描かれるだけに多様で、参加の動機も任務遂行の情熱もまちまちで、キャプテンの個人的復讐の意志や、団員同士のライヴァル意識も関わって、それぞれに屋敷襲撃に当たる。だからタイトルは単数形でも、個人ではなく、「月光団員」たちの動静に焦点を合わせる。その中でも、ユージーンのロマンティックな動機、愛国の観念とおしゃべりに、もっと真剣な目的で行動し、殺害されるトムを対置させ、恋人ブリーダがユージーンを責め、トムを悼む嘆きでドラマを締めくくる。

土地戦争とナショナリズムがからむ時代相だけでなく、登場人物が大勢で幅広いため、単純なプロットではすまなくなる。愛国運動と個人、忠誠と幻滅、暴力と苦闘、恋と恨みのドラマを四幕で展開するには、単なる農村リアリズムよりテクニックが必要であり、『田舎の仕立屋』より入り組んだプロットである。

金貨しマラカイが持ちこむ、ユージーンとブリーダへの縁組み話が、トムとブリーダ、ユージーンとモーリャの恋愛と交錯し、これら若者たちがデートで月光団員としての約束を忘れて、ピーターに活動を知られ、マラカイが屋敷襲撃の情報を密告し、モーリャが襲撃に恋人ユージーンより兄トムを推して、あとの悲劇に導くように、月光団員の行動に、家族や恋人や村人たちの思惑がからんで、周囲の人々の反応がドラマを動かす。

『月光団員』でも、第三幕と第四幕の幕間に舞台裏で事件が多発する。地主

ビッグ・ウィリアムの殺害、モーリャの狂気、ユージーンの妹の死、さらにトムは殺害者と密告されて捕えられ、月光団は切り崩され、ユージーンは姿を消して変貌する。しかし、これらは一年の経過による変化の強調で、『田舎の仕立屋』の幕間より自然な構成である。

ロマンティックな熱意を失って、静かな暮らしを望むユージーンが、利己的で無関心な皮肉屋として帰郷し、母親にはそれが喜びでも、ピーターは逆に昔の記憶と感情をよびさまされて、悲劇につらなる第四幕は、たとえピーターの犠牲はメロドラマティックでも、幕間の出来事の多発で可能になる感情の極端な動きであり、三幕までとの対照が悲劇的ヴィジョンを深める。

秘密結社の月光団員たちは当然隠密行動をとるため、ユージーンの加入式や屋敷襲撃計画の動きを、深夜、「谷間の淋しいところ」（107）で、団員たちのすぐ側の藪蔭にひそむ母親たちによる立ち聞きによって伝達する安易さや、舞台の上で二組の恋人たちが寝こむのをドラマの転機とする、メロドラマ的不自然さの欠点はあるが、ケリー地方の農民気質や習俗も辛辣に取り入れて、一つの歴史的な時代相をリアルに提示している。土地戦争の政治経済面や、地主への実力行使そのものへの関心より、それに巻きこまれる人々の混乱のドラマである。

夢と幻滅をテーマとするリアリスティックな劇が、ストイックに人生をありのままに受け入れるヒロインのロマンスの喜劇と、社会の現状を否定して闘う農民たちの群像の悲劇で代表されるのは興味深い。『月光団員』のあと、フィッツモーリスはもっぱら悲喜劇、暗い喜劇に向かう。

ファンタスティックな要素が少ないという意味で、リアリスティックと言ってよい劇は、他に二、三編あるが、いずれもファース的な小品である。その中で、おそらく最初期の『歯痛』は、信じやすい若者が鍛冶屋に歯を抜かれる、荒っぽいブラック・ファースであるが、おそらく晩年の『夕べの一瞬の閃き』は、作者としては例外的に、ダブリンの安アパートに設定して、何日も眠り続ける盲人が、一瞬のあいだ視力を回復したかと思ったら直ちに死ぬ悲劇で、不思議な力をもつ小品である。

都市生活の底辺で、ファンタジーを失って退屈な生活を送る人々の話であ

り、開眼は最後の一瞬の間で、ほとんどはその母親とおしゃべりな隣人ハニガン夫人の、若い頃の思い出話、同じ建物に住む牧師の娘フィービーの行状の噂話であり、フィービーが加わっての中傷合戦の、長い、動きに欠ける提示部のあと、最後に、長話の続く部屋の隅で長く眠りこけていたジムが、「(ベッドで半ば身を起こし、興奮した大声で) おふくろ、月が見える、月が見える」(75)と叫んで死ぬ。それを見てハニガン夫人が慰める——

　　かわいそうに、見えたのは月じゃなくて、あの古ランプだわよ。月だと思っても同じことか。あの古ランプの閃きがとにかく一瞬の喜びを与え、抱いていた願いをかなえたのよ。(76)

　三人の女たちの、どこまで本当かフィクションかわからない日常生活の、生き生きした会話によるドラマが、最後の「夕べの一瞬の閃き」も本当かイリュージョンかわからない皮肉で終わる、ペシミスティックでこっけいな悲喜劇は、リアリスティックでありながら、フィッツモーリスのファンタスティック劇に通じ、それを要約するような佳品である。

2. ファンタスティック

　フィッツモーリス劇はほとんど農村と農民のリアリティを基盤とするが、民話や迷信を好み、超自然や異教精神になじむ農民の内なる現実、想像力やファンタジーも重視するから、リアリズムの論理を超えるファンタスティックな要素こそ、作者の真骨頂であると言える。『田舎の仕立屋』と『月光団員』以外はほとんど民話的語り口、超現実的プロットであるが、リアリズムとファンタジーの度合いは作品によってかなり差異がある。そして時にはほとばしる台詞、想像力に富む詩的散文のリリシズムを見せても、ファンタジーと現実との乖離あるいは衝突のため、センチメンタルにならず、むしろ両者が混在し錯綜する、グロテスクな悲喜劇、暗い喜劇になることが多く、また、内面と関わりながらも、心理的リアリティより、突飛な空想やあふれる想像で驚かせ混乱させることが少なくない。

　『パイ皿』では、「いつも畑でよく働いていた」(54)八十歳を超えるリウムが、パイ皿作りに取りつかれる。その執着は、リウムが「砦」で一夜を過ご

した時に始まり、構想三十年、制作二十年のライフワークである。「われわれならシチュー鍋と呼ぶ、ミートパイを作る深い容器に似た物」[5]だから、孫のユージーンが「あのパイ皿にはでかい不思議がある」(45)と言っても、神父が「これに何の神秘があるのか」(53)と問うように、周囲の者にはまったく理解できない無益な憑き物で、リウムのオブセションとして意味をもつだけである。そして完成直前に、家族や神父の臨終の祈禱の願いも無視し、悪魔に時間を乞うてでも完成しようとするが、パイ皿は割れ、リウムは死ぬ——

　(周りをボーッと眺めて)死に際だと言ったのは神父か？(パイ皿を抱えて、急に身を起こし、テーブルの隅に一歩進む)真っ赤な嘘じゃ。死に際は来てねえ。天の神様、無慈悲にわしをこうしてこの世から連れ出しゃしねえでしょう。ああ、痛みが走る。神様、時間をくだせえ—きっと時間をくださる—わしのパイ皿を仕上げる時間をお願えします。まったくひどい痛みじゃ。(身を震わせる)神様、やはり時間をもらえねえですか。ああ、死ぬ痛みじゃ。天の神様、時間がいるんです—神様から時間をもらえねえなら、悪魔がくれるかも！悪魔に時間を頼むんじゃ、わしのパイ皿を仕上げる時間を悪魔に頼むんじゃ。そしたらわしは永久に、身も心も悪魔のものになる！(震える。パイ皿が落ちて割れる。リウムは叫んで椅子に倒れる)(56)

リアリスティックな劇のジュリアやユージーンが、理想と現実の間で幻滅し妥協し挫折するのに反して、周りの俗世間にひとり断固たる姿勢を貫くリウムは、農民というより、「無関心や無理解の環境に身を置く芸術家—夢想家—現実逃避者」[6]であるが、リウムの執着を苦いこっけいで描く。

リウムの行為は、家族にとって、農村社会の仕きたりや価値観を破る「不名誉」「恥」(52)であり、肝心の農作業を無視して、何の利益にもならない。身内との関わり——二人の孫がリウムを長椅子に寝かせる騒ぎと、父をめぐる二人の娘の内輪もめの長い提示部から、ファース的場面が大部分を占めるが、リウムの異様さは「異教徒的」(50)で、呼ばれた神父にとっては「狂気」「悪さ」「悪魔」(54)の仕業でしかなく、二人の激しい対立は怒りに満ちた言葉の応酬となり、神父も風刺の標的となる。そして何よりも、平凡な日用品に担わせる不釣合いで不可解な象徴で、リアリズムを離れる悲喜劇にしている。

『魔法のグラス』の中年男ジェイモニーは、農作業も結婚もせずに二十年以

上も屋根裏に籠り、祭りで「褐色の女」(11) から買った「魔法のグラス」を眺め続ける。病気と考えて、両親が呼ぶ祈禱師クィルによって、一時は「治る」が、屋根裏に戻り、その崩壊とともに、グラスで喉を裂かれて死ぬ。

　農民の心と生活感を表す両親が、クィルの治療エピソードを、「天才」か「悪党」かと半信半疑で語る導入部から、農民の信仰と迷信、日常と異常が共存し、クィルによるジェイモニーの憑きもの払いの治療は、突飛な変わり者同士のマジックの対決になり、ファンタスティックなこっけいが支配する。

　屋根裏に行く訳を問われて、「そりゃ、ぬかるみにいるよりいいわな―毎日同じことで―ここはいやな所だし、人は無知で不機嫌で野蛮だ」(11) と答えるジェイモニーは、引き籠りで、食事にだけ降りてきて、比較される警官の兄たちの到着も嫌う、現実の怠け者であるが、ファンタジーに逃れる夢想家でもある。

　正体のわからない「褐色の女」の三色九個のグラスで、ジェイモニーは美しい幻を見、「奇妙な音楽」(8) を聞く。グラスは平凡な日常生活から逃れる超自然の世界への窓となり、「世界の七不思議」などの美観や美食、「地上で見たこともないこの上ない美女たち」、そして「おしゃれな軍隊」(12-13) と馬上の自分の姿など、現実とは裏返しの快楽とヒロイズムへの憧れを満たす。

　「パイ皿」作りは芸術に似ていたが、現実とヴィジョンの懸隔を示す「魔法のグラス」は、現実逃避の夢の世界への誘いで、続く作品群のファンタジーへの傾斜を予告する。しかしジェイモニーは村人には「恥知らず」「不道徳」(12) で、「魔法のグラス」は最後にはジェイモニーの死を招いて、「夢想家とその打ち砕かれる夢」[7] という作者のテーマは一貫する。

　『パイ皿』と『魔法のグラス』は、現実に順応できないで自らのヴィジョンを追い、周囲に理解されない変わり者の最期を描く、グロテスクな悲喜劇である。ファンタスティックなヴィジョンは、当人たちには到達できないゴール、周りの者には迷惑な災難で、リウムもジェイモニーも現実社会の圧力の前に、ついえるしかない。現実に妥協しないファンタジスト、死をもたらすファンタジーへのオブセッションを共感をもって描き、物欲の俗世間をそのアウトサイダーで批判しながら、アウトサイダー自らは俗世間に嫌われ軽蔑される、グロ

テスクな悲喜劇で見せる作者の世界観は、シニカルで暗い。

　リウムの「砦」もジェイモニーの「褐色の女」も非日常的な異界への言及で、ファンタスティックな要素はまだ間接的でしかないが、やがて超自然の侵入を直接表現し、不可思議な存在や魔術そのものを舞台で見せることになる。現実の農家の台所を場面にしても、お伽噺のようなファンタジーを現前させ、詩的散文によるリリシズムも目立ってくる。

　人形をめぐる、人間と異形の者との争奪戦を描く『ダンディ人形』は、日常生活と民間伝承が無理なく融合し、こっけいな混乱の中で進展する。

　日常生活を無視すると妻に愚痴られ、鶯鳥を盗み食べると神父に怒られるロジャーの、四十年の人形作りへの執着は、『パイ皿』のリウムに通じる創作欲であるが、リウムと違って、完成が難しいのではなく、完成のあと外部に狙われるのが問題である。

　「悪魔のわざ」(31) と非難される「ダンディ人形」を仕上げるとロジャーは、「目の前にして身動きもせず、棚の上でやさしくほほえむのを喜んでそっと見ている」のだが、「奪い合いの追いかけっこ」の「間抜けな勝負」(22) に悩まされる。人形を狙うのは、その気管を抜こうとする「バーナの妖婆」の息子だけでなく、自称「スペイン王と王妃の人形作り」の「グレイマン」や、人形に洗礼を施し、鶯鳥を守ろうとする神父もいる。

　「グレイマン」による爆発の混乱の中で、「バーナの妖婆」母子がロジャーを連れ、「風のように疾走していった、バーナの山の峠を通って運び去り、バーナの山中の住みかに、永遠に」という神隠しで、「ほんとに不思議じゃ、ファンタスティックに妙じゃ」(37) といぶかる神父も妻子も一安心する幕になる。

　「ダンディ人形」はロジャーの美的趣味を表すだけで、実体は不明であり、また「バーナの妖婆」母子も「グレイマン」も必ずしも異界仙界の住人ではないが、赤貧の妻子や俗物の神父の人物描写の現実感と、ファンタスティックな伝承の想像力が相まって、ユーモラスでグロテスクな劇世界を創り、ロジャーの哀れな姿で、「芸術的フラストレーションのアレゴリー」[8] にもなりうる。

　これらファンタスティックな劇の佳作で、それぞれ「パイ皿」「魔法のグラス」「ダンディ人形」への執着で酷似する主人公たちは、仕事や結婚という社

会生活に順応したり、土地や金銭の価値観に縛られる立場からは、現状を脅かすアンチヒーローであり、無能な変わり者あるいは無責任なアウトサイダーとして、危険視され疎外されて孤立する。

「芸術家―夢想家―現実逃避者」のナイーヴなファンタジー、超自然との接触でデモーニッシュな幻やマジカルな物に取りつかれる「年とった悪ふざけの子供」[9]は、「無関心や無理解の環境」の思惑や圧力に縛られず、愚行や狂気としか映らない、やみがたい衝動と独自の想像力で行動する。その態度や行動が、常軌を逸する奇行や動機のない悪行に思われるから、シーリアスなテーマを喜劇の装いで描く悲喜劇になる。必然的に目的を達成できない主人公たちに、作者自身の生活態度と作品への不評の反映がうかがえる。

憑きものへの執着でも、『妖精の恋人』はやや趣を異にする。暮らし向きのよい初老の農夫ジェイムジーを誘う「妖精の恋人」は、「ひどい皺くちゃの老婆の外見で」(51)、「ひどいかすれ声で歌う」(52)が、ジェイムジーには青春の喜びを蘇らせる「美の女王」(50)であり、現実逃避のファンタジー劇である。

尊大な義理の兄弟ダニエルが、連れ立つ二人の不思議を目撃して報告するから、必ずしもジェイムジーの「幻覚」(53)ではないのかもしれないが、やがてジェイムジーは「妙なやつれた」(54)様子で戻り、「妖精の恋人と永久に手を切った」(55)と言って、農作業に精を出す。

何が起こったのか謎のままだが、これまでのアンチヒーローたちと違って、ジェイムジーは憑きものが取れ、想像力の飛翔を失い、労働と金銭の俗世に戻って周りを安心させる。魔法が解けるのは伝説や民話の常であるが、現状維持への帰結はフィッツモーリスとしては例外的で、「誰もが感じる失われた青春への悲しみ」[10]あるいは成長することの痛みを伝えようとしているのだろうか、ファンタスティックよりリアリスティックな結末は、それだけ哀切でもある。

その他の「劇的ファンタジー」では、不思議や魔法の度合いがいっそう強まり、お伽噺の世界になる。『魔法の国』は、第一幕が海神マナナーンの海底のすみか、第二・三幕がアイルランド王の宮殿で、足指十二本の人魚や魔法の糸

玉など、まったく異なる二つの世界が交錯する。『緑の石』では、アメリカ人が自動車でやってくる当代に、未来を予見する人魚の贈物の魔法の石をめぐって、驚異と貪欲の取り合いが展開される。『海の波』は、1900年のケリーを舞台にする欲と恋の駆引きに、洪水を引き起こす魔法の指輪がからまり、『青い軟膏』では、1850年のケリー、農家と王宮の舞台で、老婆の魔法の軟膏がレスラーの王者決定の鍵となる。

　脇役たちの長話による開幕というパターンで、圧縮に成功した一幕物の悲喜劇と比べると、これらのファンタジー劇は、『魔法の国』と『青い軟膏』が三幕、『海の波』が二幕で、プロットの必要と奔放な想像が、かえってドラマを弛緩させ、演劇的にはファンタジーが有効に働いていない。

　しかし、こうして小品や凡作も列挙していくと、「劇的ファンタジー」がフィッツモーリスにとっていかに本質的なものであるかがわかる。知り尽くすケリー農民の実生活のリアリティに立脚して、その物欲金銭欲や異教の迷信や愛情によらない仲人婚など、論争の的にもなる問題を扱いながら、一方では、農民の想像力が紡ぎ出すファンタジーをもよく理解し、現実と夢、日常と超自然、平凡と神秘の相互の浸潤を知るから、フィッツモーリス劇をリアリスティックとファンタスティックに二分するのさえ、無理あるいは無意味なくらいである。ロマンスを耽読する「田舎の仕立屋」も、ナショナリスティックな闘いに明け暮れる「月光団員」も、その未熟なオブセションでは、ファンタジーを楽しむ農民たちとそれほど隔たるわけではなく、また童話のようなファンタスティックな異界も、農民の日常生活を基盤にし、現実に向き合うことになる。

　理想と現実が調和せずに、混乱と困惑に決着し、挫折や妥協を余儀なくされる世界で、執拗なオブセションにしろ一時の気の迷いにしろ、逃避にしろ抵抗にしろ、現世を超越するファンタジーは人間の常態である。夢やファンタジーは現実の壁に突き当たり、その影響を受けるのは必至であるから、見方と立場によって、人間は悲劇的あるいは喜劇的である。ファンタジーに取りつかれる者を好んで扱い、共感を示しながらも、「無関心や無理解の環境」に直面する痛みと孤立も描いて、簡単に夢を実現させない作者は、現実的で

あり皮肉でありペシミスティックである。そこに不遇だった作者の自伝的反映を見てよいのだろう——

　　ファース、ファンタジー、リアリズム、喜劇、悲劇のすべてが混じって、フィッツモーリスが非常に欠点のある人間をストイックに受け入れることを最もよく伝える。貧困と敗北のまっただ中で美と安定を求める登場人物によって、フィッツモーリスは自らのヴィジョン——ファンタジーとリアリズムの間で揺れ動くヴィジョンを描いている。民話そのものが本来もつ、リアリズムとファンタジーへのアンビヴァレンスが、フィッツモーリスにとって自らの洞察を表す適当な方法となる。「民衆の想像力」を使って、現実世界の埋め合わせに独自の人工の世界を構築した。しかし創造的な想像力を使ったのは、自分が見いだす醜さを攻撃し嘲るよりも、醜さを消し去ってしまう喜劇的世界を築くためである。[11]

平凡で退屈な現実を受け入れて自己満足するリアリスティックな方に力点を置くにしろ、不思議で不可能な夢を追うファンタスティックな方に力点を移すにしろ、農民の現実と想像力に基づくフィッツモーリス劇は、リアリスティックでファンタスティック、激しく真剣で、しかものどかでこっけいな、暗い喜劇、喜劇の装いによる悲劇にならざるをえないのである。

Ⅳ. ロビンソン——アイルランド演劇のトレンド

　イェイツらの演劇運動に関わりながら、早くに袂を分かったマーティン、コラム、フィッツモーリスと違って、レノックス・ロビンソン（1886-1958）は五十年間、劇作家としてだけでなく、演出家や理事としても活躍して、アベイ劇場の発展に寄与した。ロビンソンが首脳陣に迎えられたのは、シングの没後、アベイ劇場が転機に立つ1909年で、『キャスリーン・ニ・フーリハン』によるナショナリズムと演劇への開眼で、劇作に手を染めたばかりの、まだ二十三歳の時だった。
　主題と筋、人物と台詞による、典型的なメッセージ性とリアリズム手法で、ロビンソンはイェイツに「コーク・リアリスト」と呼ばれたが、自らは「コーク・リアリスト」の登場を次のように説明する——
　　　　この醜い流派がなぜ突然に頭をもたげたのか。リアリズム派の運動はたぶん、イェイツやマーティンやグレゴリー夫人が夢見た、ロマンティックで詩的で歴史的な演劇に対する返答だったのだろう。……
　　　　イェイツ〔ら〕より一世代遅いぼくたち若者は、アイルランドを女王とは見なさなかった。紫衣と黄金をまとった美女とは見なさなかった。イェイツ〔ら〕のように本当にアイルランドを愛したのだが、たぶんもっと深く愛したのだが、深く愛したからこそ、その欠点がぼくたちには明らかだった。たぶんぼくたちリアリストはその欠点をはっきり見すぎた。たぶん欲深い中年の醜女と見なしたのだろう。貪欲で卑劣で、家の誇りのためには息子を無理やり聖職につかせ、放火し、嘘をつき、ごまかし、人を殺したりするが、ぼくたちは愛情からこの醜女について激しい言葉を書きつくそう。
　　　　ぼくたちにはシングの天才、言葉の詩と退屈な事実を混ぜる天才はなく、もちろんイェイツの詩才もなかった。[1]
　しかしロビンソンは、長いキャリアをリアリストとして終始したのではな

い。以後、時代の推移と社会の変化の中で、関心の広さと多作でもって、「アイルランド演劇の天分は、いくつかの名作を残して、なにか別のものに移っていくのかもしれません」[2]とイェイツが危惧する、転換期の劇作家として、「アイルランド演劇のトレンドのリーダー」[3]になる。

政治経済から社会風俗まで、農村農民から小都市中産階級まで、時代の潮流の著しい変化を、鋭敏な観察と批判の目で捉える、多彩なテーマを示し、手法でも、当代の欧米の新しい演劇の影響を受けて、リアリズムを離れる実験劇から洗練された風俗喜劇まで、パイオニア的努力でさまざまなスタイルを見せ、ロビンソンの劇作家としての変貌は大きかった。

1. 農民劇

アベイ劇団による『キャスリーン・ニ・フーリハン』と『月の出』のコーク上演で、ロビンソンのナショナリズムへの「転向が即座で完全だった」だけでなく、「劇の素材は、自分の戸口の外に、炉辺に、見いだすことができることを、啓示のように瞬時に感じた」[4]。だからロビンソンの最初の劇群は、農村生活の現実を容赦なくあるいは皮肉に暴く、リアリスティックな農民劇である。

第一作『クランシーの家名』では、夫の死後、農地を守るために苦労したクランシー夫人が、借金を返し、一人息子ジョンに有利な縁組をもくろむ日に、息子が争いで村人を殺し、自首しようと悩むのを知る。抜け目のない、気位の高い夫人が、家名へのこだわりと息子の苦悩との板挟みとなるものの、暴走の馬車から近所の子を守ろうとしてジョンが死ぬため、息子の良心を犠牲にして家名を守る悲劇になる。

姉の書いた話に基づいていても、作者自身がよく知るコークの農村と農民の生活に設定する、初期ロビンソンに目立つ皮肉な劇で、コラムに似通う農民世界を扱いながら、クランシー夫人の苦難はそっちのけで、体面にこだわる偽善を問題にする。アベイ劇初体験の「一、二カ月後、最初のアイルランド劇を書いた時、野生動物が本能的にその土地の餌に向かうように、西コークの石のように粗い、アイルランドの農家の前の肥やしの山のようにリアルな劇を書い

た」[5]と作者は振り返る。

　村人がクランシー夫人の人物像と殺人を話題にする導入、ジョンの死の目撃報告、母子の二様に解釈される対話のラストで、簡潔な一幕に起承転結をつける、人物よりプロットによる構成である。しかし、新しい劇作家たちのリアリズム路線を敷いたとはいえ、母子の相反する苦悶に安易な決着をつける折よい事故は、真の葛藤による悲劇の必然性よりも、ロビンソンの常套となる不自然なメロドラマ性を、早くも見せている。

　次作『分かれ道』では、ダブリンでメイド三年の知的なエレンが、地方の向上に寄与する愛国的理想主義から、エリン・クラブ仲間のブライアンの求婚を断って、西コークの実家に戻り、母の勧める農民トムと結婚し、農業改良に努力するが、七年後には、周囲への好結果にもかかわらず、自らはすべてに失敗し、子供を亡くした、愛情のない結婚も地獄の様相で、再度訪れるブライアンを驚かす。

　人生の「分かれ道」で、事実と実行を重んじるエレンが、農村での活動と結婚に飛びこみ、現実にことごとく裏切られる、「この上なく無情な農民悲劇」で、「それが成功したのは、アイルランドの舞台に初めて厳しい現実をのせたからだと思う。若い世代がアイルランドについて考え始めていたことの根本だった」[6]と作者は回想する。

　シングらのいわばロマンティック・リアリズムと比べて、ストーリーも人物も現実により近く、改革のための批判と皮肉は鋭いが、効果を狙う作為が目立つ、「最悪の形の古い〈問題劇〉」[7]である。

　プロローグと二幕による構成は、「逆行して、第二幕を最初に、それから第一幕、最後にプロローグを書いた。その質ははっきり悪化し、第二幕が一番良かった」[8]と振り返っているとおり、プロローグが悪い。「コーク州の荒地から来た無知な田舎娘」(8)のメイドが、首都の小さな政治討論会の花形になるエレンの変貌も、続くドラマ本体での差異も余りに大きくて、リアリティを損なう。

　第一幕と第二幕は七年の間隔で、郷里に帰ったエレンの成功と失敗を対照させる。それを目撃するのは、エレン以外に唯ひとり全編に登場するブライアン

で、重要な狂言回し役であるが、再三プロポーズして、「正しい道を選ぶよう」(57)に迫るにもかかわらず、感傷的受動的人物に終始する。

　仲人婚に見られる農民の土地欲と愛情によらない結婚への批判があり、それをがさつな農民トムとの結婚失敗に表現しているのだが、トムは最初から不似合であるだけでなく、むしろエレンの「呪い」(53)の犠牲者でもある。そしてエレンの農法改革熱が、周りではすべて成功しながら、自らはすべて失敗するという不自然さで、エレンの背景にアイルランドの「分かれ道」を重ねる意図でも成功していない。

　アベイ劇場に迎えられて最初の『収穫』は、コークの農民ハーリーが、教師に勧められるままに、子供たちに教育を授け、近所の人々には尊敬されるものの、わが身を犠牲にして困窮し、成功している息子たちに助けを求めても反応は冷たく、土地家屋を手放さないためには、納屋放火の保険金と娘の不浄な金に頼るしかないという、皮肉なテーマの教訓劇である。

　「先祖が三百年も農業に生きる」(54)「豊かな農家」(1) でも、子供たちに高等教育を受けさせる出費がかさんで、抵当と借金に苦しむのはやむをえず、また、教育が都市生活の安逸になじませて、厳しい農業を忌避させたり、スノビズムや忘恩や堕落に導くのも、一面の真実は衝く。しかし、売春か愛人として「身を売る」(57)娘を含む子供たちの害悪を、すべて教育の「収穫」と教育への過剰な投資のせいにするのは、農村と農民の厳しい現実をリアルに描くというより、性急な批判による風刺劇と見なす方がよい。

　五年ぶりに帰省する五男ジャックが、実家の窮状を知る開幕から、六年ぶりに帰郷の長女メアリーが父を助けるために、再び愛人のもとに去っていく閉幕まで、ナイーヴな観念が破られる展開の中で、最も辛辣な風刺の的になるのは、教育を勧めた小学校教師ローダンである。それはメアリーの実態の暴露で示されるとともに、農業を継いだ長男モーリスがローダンに対して、第一幕のラストで悪態をつき、ドラマの最後でそれを謝る、皮肉な変化でも表される。

　「第三作『収穫』はよい出来ではなかった。シーリアスなテーマで一、二よい劇的場面があったが、端役の農民を除く登場人物は生気がなく、私の思想をつるす釘にすぎなかった」[9]と作者も認めている。

アイルランドの農村と農民の生態と価値観を風刺するこれら農民劇は、作者の批判精神に貫かれ、写実的筆致、自然で素朴な文体によるリアリズム劇であるが、皮肉や教訓に災いされ、問題を正面から捉えているというより、むしろ無理な作為、片寄った論理、そしてメロドラマ性が目立つ。

その辛辣さと暗さの底流をなすペシミズムは、停滞する（と思われた）時代潮流に対する、若い作家の苛立ちや不満の反映だろう——

> ここまでのロビンソン作品の精神は、時には、挫折した若い改革運動家の傾向を示唆する。顧みられない世の中で、自分の理想が達成される望みをほとんど持てないのである。……その作品はまた、二十世紀曲がり角のヨーロッパとイギリスの演劇の陰気でペシミスティックな自然主義の影響のもとにある。[10]

2. 政治劇

農民劇に続く三編は、ロマンティックなナショナリズム運動を、アクチュアルな政治状況とリアリスティックな手法で扱う、刺激的な政治劇である。1916年復活祭蜂起で噴出する、徐々に高まるナショナリズムの影響のもとで、複雑な政治闘争とそのリーダーを主題にして、現実への苛立ちや皮肉より、むしろナショナリズムへの共感と希望を表す。イェイツの影響が強いロビンソンに共存する、リアリストとロマンチストが拮抗する、多面的な作家の興味ある局面である。

最初の『愛国者たち』では、政治的謀殺のため、十八年を獄中で過ごした老フィニアンのジェイムズが、釈放され帰郷して、「かつての情熱、かつての雄弁」(48)でナショナリズム運動の再興を図るが、事態はすっかり変わって、武力闘争は時代遅れと見なされ、かつての仲間は議会主義に満足し、町の人々は利欲と娯楽を求め、妻にも「わたしに愛国心なんて話さないで、うんざりよ」(60)と責められる。「柔軟な方針がアイルランドを救う道ではない、強硬な方針でなければ、銃と刀で戦う方針でなければならない」(52)という主人公の主張がもはや通用しない、時代と状況の変化を抉る悲劇である。

自治あるいは独立を目指す、議会主義と武力闘争の対立はアイルランド史を一貫し、復活祭蜂起が最初は驚きと反感で迎えられることを考えると、1912

年の『愛国者たち』でナショナリスティックな無関心を描くのは、ある意味で正鵠を得て、社会を見据える目は、農民劇の作意よりリアリスティックである。それだけに一過性の危険もあり、作者も「主題は数年で時代遅れになった」と回想するが、さらにその後の歴史を考慮すると、決して「ひどく古く、時代遅れで、虚心に見ることができる」[11]作品ではなく、「反乱というような刺激的主題を扱うのは、アイルランドの政治的緊張が高まっていく当時、アングロ・アイリッシュの作家には難しいことだった」[12]。

一方で作者はその構成を自賛している——

> 虚心に見て賞めることができるのは、その正確な構成、締まった会話（時には引き締めすぎたかもしれない）、人物から生じるユーモア、そして劇のだれもがまさに登場人物で、『収穫』のような思想をつるす釘ではない。……また『愛国者たち』で好きなのは、各幕が、音楽のアナロジーを使えば、協和音で終わらないことである。[13]

実際『愛国者たち』は、ジェイムズを取り巻く家族と仲間、さらにホール管理人と迷いこむ若者のエピソードまで含めて、人物が簡潔ながらリアルに描かれて、主題を生かす初期の代表作である。

時代を遡って、1803年蜂起のリーダーで、アイルランドで最もロマンティックな愛国者の一人であるロバート・エメットの夢と挫折を描く『夢想家たち』は、失敗した蜂起の一週間の顛末を、恋人サラとのロマンスも含めて、三幕五場でリアルに展開する——

> 『夢想家たち』は「自然な」歴史劇を書く試みだった。高潔な人物たちの高潔さを傷つけるのでなく、エメットの場合、敗北に導いた臆病や裏切りをごまかさず、またその性格の欠点を見逃しもしない。歴史劇だから当然、作者の立場で多くの読み物を必要とし、史実に関しては正確だと思う。……アベイ劇場での好演にもかかわらず人気がなかったのは、リアリズムのせいではなく、貧弱な出来ばえからだと思う。[14]

登場人物が数十人の青春群像劇で、当然個々の人物像があいまいになる難はあるが、靴屋三兄弟に悲劇を集約しながら、支援者や民衆の「無能力や不服従」に焦点を合わせて、「すべてに失敗した、計画も準備も仲間も」(58)とエメットが嘆く経緯を描く構成は悪くない。

歴史の真実性を伝えるためにリアリスティックであるが、虚実をないまぜた歴史劇である——

> この劇には事実があり、想像もある。双方がどこで交わるかは、この夢見た時代の専門家にしかわからないだろう。歴史のエピソードの気分を、しばしば非歴史的手段で再現するこの試みは認められそうもない。……しかし出来事や人物の取捨選択はすべての劇作の出発点であり終着点である。……
>
> 専門家はタイトルにも不満で、ロバート・エメットはすべての特質、兵士、戦術家、非常に有能な組織者として、プラクティカルだったと言うだろう。私も同感だ。しかしこれらすべてが一つの目的のために融合されたのは、最もプラクティカルな特質の夢による。夢だけが人生で永遠のもの、貯え費されるが代々変わらずに伝えられる唯一の遺産だ。(序文)

復活祭蜂起の前年の創作で、失敗にもかかわらず「夢想家たち」が現実を引き起こすことを示唆して予言的だが、穏健な共和思想のロビンソンを一貫する、夢と現実の葛藤、あるいは理想家の挫折というテーマを、歴史と政治の場で捉える佳作である。

『なくした指導者』は、アイルランド・ナショナリズムの「無冠の帝王」パーネルが、もし1891年に死なずに、姿を消していたのだとしたらという俗信をモチーフにする。

アイルランド西部に隠棲する老人ルシアスが、生き長らえるパーネルかもしれないという疑いが生じて、周囲が催眠術を使ってその実体を確かめようとしたり、噂を聞いたさまざまな政治的立場の人々が支持を求めに来たりするが、実体を証明できる人々を待つ間に、騒ぎでルシアスは誤って殺されてしまう。

上演当時の復活祭蜂起後の政治的状況と内紛を反映する切実なテーマであり、国の苦境を救うために団結を訴え、国民の魂を再形成する計画を仄めかすルシアスのパーネル的なレトリックには、ナショナリスト作家の高揚感がうかがえる。

時代の空気を伝える政治劇でありながら、現実批判や問題指摘よりも、俗信に頼って、現実の背後に潜むメンタルな要素に関心を広げて、のちの心霊的なものに惹かれる作者につながる。登場するジャーナリストの台詞を借りれば、「何もかも、喜劇も悲劇もメロドラマも、何もかもある」(38)が、駆けつける

証人たちにも正体不明の「指導者」が、狂気か欺瞞か、あまりにも空虚で、好都合に死ぬその死顔が、「ルシアス・レニハンの顔、それともチャールズ・ステュウート・パーネルの顔だろうか」(70) と疑問符のト書で終わるように、パーネルをめぐる「神話作り」の悲喜劇が、不可解な印象のまま幕が降りる。

　政治劇三編は、復活祭蜂起をはさむ政治の季節の創作で、現実の政治に触発され、あるいは状況の展開を予示さえする作品群である。アイルランド解放への呼びかけと努力が、実利主義や内紛によって挫折することを描き、政治への不満と風刺を、歴史と政治の転換点で扱う。タイトルの「愛国者」「夢想家」「指導者」の幻滅の悲劇だが、現実に抗するそれぞれに共感を示している——

　　　作者の気質にあるロマンティックな傾向がもっとはっきり見えてくる。以前はそれはリアリズムに隠れて表面に出なかった。……この特質は、やがて作者好みのテーマとなる、人生の現実に対する夢想家の反応に表現される。「ロマンティック・リアリズム」を自由に働かせてカタルシスを達成していることで、それまでの作品の雰囲気を損なう不快な調子が徐々に除かれていくことがある程度説明される。[15]

3. 喜　劇

　アイルランド社会の現実を抉る農民劇や、時代の思潮を捉える政治劇を創作してきたロビンソンは、やがてソフト・ムードの喜劇に向かう。政治劇と同時期の『秘蔵っ子』が好評で、作者最大の人気作となり、それに連なる喜劇群では、リアリズムより作者のロマンティックな傾向が表に出てくる。アイルランド生活の風刺喜劇であっても、風刺の棘は鈍くなり、人間の矛盾やおかしさへの、寛容な皮肉や穏やかな笑いが主となる。批判・教化より客観性・距離感が強まり、辛辣さやペシミズムより、喜劇精神のオプティミズムが増す。

　人間性の円熟か、人生観の変化か、劇作術の成長か、いずれにしても、社会と人間の表層をなでる喜劇で、アベイ劇場の主要な演目となり、トレンドをリードして、その衰退とも重なることになる。「完全な劇とは、私の考えでは、喜劇によって書かれた悲劇である」[16]という認識とアイルランドの悲喜劇の伝統からは程遠い、センチメンタルな娯楽劇である。

代表作『秘蔵っ子』は、田舎町の中流階級の風俗喜劇であり、メンツにこだわる愚かさや欺瞞性を寛容に皮肉る風刺劇であり、職人技のウェルメイド劇である。

　六人の子供のうち、末息子デニスは母親の「秘蔵っ子」で、医大に送られ、母親の夢をふくらませるが、実際は競馬に熱中の怠け者で、三度も落第の憂き目にあう。犠牲にされる兄姉たちはたまらず反抗して、デニスをカナダに追い払おうとしたり、逆に道路人夫になられるよりは援助しようとしたり、世話好きの伯母やデニスの恋人の父親も含めて、周囲がメンツや欲得がらみで容喙する。結局、デニスの自立する覚悟と結婚でめでたく収まるが、またもや兄姉は犠牲にされる。

　復活祭蜂起の年の上演で、家族の干渉に抵抗するデニスを、「自由だと？とんでもない。奴は自由を求めるアイルランドで、われわれはそれ以外なんでも提供するイギリスの馬鹿者みたいじゃないか」(114)とからかって、両国関係のアレゴリーにする政治的要素が作者にあっても、一貫しないこじつけであり、また農民劇の「家名」の偽善や教育の「収穫」の暴露があっても、「ロビンソンはイプセンを閉じて、ゴールドスミスとシェリダンを開けたと言えるかもしれない」[17]、穏やかな皮肉の風俗喜劇である。

　語り手の気さくなコメントが加わるト書から、「秘蔵っ子」の居直りや周りの「策略や不正取引」(111)、体面や欲得がらみの昔のロマンスの再燃など、ねじれや逆転の喜劇の常套手段に、人情や感傷を加えた、締まった構成の喜劇である。

　「『秘蔵っ子』は『負けるが勝ち』以来の最良のアイルランド喜劇で、同じくらい生き続けるだろうと時々思う。しかし『秘蔵っ子』は喜劇を書く練習で……来年、再来年に申し分のない喜劇を書く〈レッスン〉にすぎないと夢想する」[18]と作者は評価する。確かに魅力的な喜劇であるが、あとに続く喜劇は実際には、場所指定のない中流家庭の居間に設定することが多い、必ずしもアイルランドとは直接関係のない現代風俗喜劇で、軽いストーリーと浅い人間描写の小品である。

　何もかも自分に頼る無力な変わり者一家の世話で結婚できないデイジーが、

単調な「円卓のような生活」(61) からの解放を願って、家族それぞれに解決策を講じた上で、自由を求めて去っていく『円卓』も、無愛想な適齢期の三人の娘たちに、招待した殿方たちの関心を独り占めすると恨まれる、愛敬のある快活な母親スワン夫人を描く『気むずかしい青春と老年』も、修道女になりたがるマリアンのうるさい干渉をやめさせようとする父と妹たちの企みが、思わぬ結婚でハッピーエンドになる『遙かな丘陵』も、すべて『秘蔵っ子』と同じように、親子関係をめぐって、束縛と自由との衝突を描く風俗喜劇であるが、思いつきに頼る、型にはまった娯楽劇であり、D. クラウゼが少し辛口に批評する「ロマンティック・コメディ」である——

> レノックス・ロビンソンのロマンティック・コメディには冒瀆もなく道化もいない。実際、その劇のアイルランドの田舎の風変わりな中産階級の世界が、粗野なあるいは非礼な人物で乱されることは滅多にないと言えよう。穏やかな風俗の世界で、母親の支配や子供の忘恩の罪のない行きすぎは、感傷的な良識で簡単に矯正される。地方の安定した世界で、道徳的疑問が提起されることは、気まぐれや笑いでも、決してない。年配の婦人が支配する快適な世界で、古風な道化師やグロテスクなペイコックの必要はない。家庭的環境で、穏やかな笑いを誘発するのは取るに足らない震動——悪意のない策略や誤解、無邪気な幻想や覚醒、失望した恋人や仲直りした恋人である。許せる欠点で、すべての人物が基本的には善良で、当然の詩的正義で報われなければならない。その結果は穏やかな村喜劇で、ある人気は得たが、おどけたアイルランド喜劇の主流には入らなかった。[19]

4. 実験劇

ロビンソンには、イェイツとともに発足させたダブリン演劇同盟での、欧米の新しい演劇の紹介と導入、その演出や演技での活躍があり、アイルランド演劇の視野拡大に寄与した功績は大きい。自らの創作でも、その国際化に沿った実験で、伝統的なリアリズムから離れることがあり、先の喜劇でも手法上の実験が散見される。

『秘蔵っ子』では、姿を見せない語り手が、ト書で装置や人物や劇行為にコメントを加え、くだけた皮肉な語りで観客を喜劇のムードに引きこむ。家族の

世話で神経が参る『円卓』のデイジーは、遠くから聞こえる不思議なベルの刺激で、家事から自立の旅立ちに踏み切る。前者は戯曲を読む時にのみ有効な、後者は基本的にリアルな喜劇と不調和な、実験的タッチで、皮相的効果しかもたないが、これらの喜劇に続けて、直接アイルランドと関わりのない主題や、型にはまらない洗練された手法で、いくつかの実験劇に手を染めていることは見落とせない。

　上層中流階級の実利主義で野心的な娘と、人を押しのけてまでの出世を嫌う内気な青年との恋の成り行きを、青年の酔った勢いでの自殺に終わらせる『肖像画』では、最小限のト書と一連の小さな出来事で、スペインの劇作家「ベナヴェンテの様式」[20]を用いる。短い「二つのポーズ」(サブタイトル)の中に、若者たちの人生態度、親世代との相違も織りこむ、性格の異なる婚約者の心理劇で、「ロビンソンは裕福な中流階級の世界について心理劇を書くアイルランドのトレンドを促した」[21]。

　初老の妻が十歳以上も年下の夫の愛を独占しようとして、ライヴァル視する娘を寄宿学校へ遠ざけていたが、小説家として成功して帰郷する娘と夫との仲の良さに堪えられずに、娘に無理に結婚を勧め、ついにはガスによる殺害を図るという、女の異常な嫉妬心を描く『じゃすべて終わり?』は、明らかにストリンドベリの両性間の権力闘争の影響を思わせる、暗い心理のメロドラマである。

　キプリングの詩をもじるタイトルの『いつか双方は』は、ヨーロッパの文化とアメリカの未開を、風刺的な人物像と作為的なプロットで対比させる、焦点のぼけた凡作だが、サロンの女性群を「薄板の平面、等身大」(101)の人形にし、窓外の男女の踊り手たちを「限りなく人形に近づける」(108)画一化には、オニール風の表現主義手法の処理が見られ、皮相的な風俗喜劇に実験を持ちこむ。

　その他、中流家庭の財産争いに近親婚をほのめかして、アベイ劇場での上演の可否が問題になる『白いブラックバード』や、上品ぶる社会に身をおく建築家とコーラスガールとのスキャンダルを扱うため上演を拒否される『一度悪評が立てば』など、主題でも手法でもアベイ劇場の制約を超える模索があり、時

流に乗らない、目先が変わる面白さがあるが、あいまいな意図による不自然なプロットやメロドラマ性のため、いずれも成功していない。

時代の傾向に従い、あるいは観客の嗜好を導きながら、アイルランド演劇の流れを現実路線に転換させたロビンソンが、こうして時には欧米演劇の実験的手法を試みながら、「ロビンソンは表現主義を理解も好みもしなかった」[22]というジョンストンの証言があるように、中途半端な導入で失敗や不評に終わる。

そして主題でも、アイルランドを離れたり、欧米風の都会的な題材に流れていたことを反省し、「奇妙なアイルランドのこと」への回帰を図る——

> 私が物心がつき、自分の判断ができる年頃になるやいなや、形をなし光りだした、漠然としているが輝くこと。私が知るようになった、あるいは歴史で読んだ人たちは、このことで苦しみ、死んでいった。私はそのことで与えることも苦しむこともなく、実のところ多くを得た。私は犠牲を払わなかった。長年それはまだ光り、何年たっても、時には失望もあったが、それを離れた人生を考えることはできない。アイルランドや私自身に公正であろうとしたら、この奇妙なアイルランドのことが私の人生の支配的な力であったと言わなければならない。[23]

このように漠然と説明する「奇妙なアイルランドのこと」から離れていた自省から生まれたのが、半ば自伝的な、演劇に関する二編の佳作である。

『イニシュの劇』では、海辺の小さな町が夏場の呼び物として招いた劇団が、「説教壇は舞台で、偉大な劇作家たちが説教する、すばらしい伝道です」(210)と謳って、イプセン、ストリンドベリ、チェーホフ、トルストイなどを上演すると、それら「心理的で内省的」(207)、「知的」「真剣な」「ハイクラスの」(205)劇を、それまで平穏無事だった町の人々が、他人事と思わずに受け止めて陰気になり、夫婦が互いの飲酒や衣裳の浪費を責めたり、失恋の若者が自殺を図ったり、『人民の敵』の影響で議員が立場を変えたり、観劇がさまざまな不都合を引き起こすため、三週間で急遽サーカスに切り換える顚末を、三幕四場で展開するファースである。

劇と現実を混同し、芝居から受ける「人生は生きるに価するのか」(230)[24]という懐疑で面倒を起こす、小市民の素朴さ愚かさをからかう愉快な誇張であ

る一方で、ロビンソンは現実問題を主題とした自らの初期作品や、あるいは国際化と実験での失敗を、困惑に満ちた自省の念で振り返り、ホテルに寄食しながら興業する役者の、「ハイクラスな」劇による「伝道」という大仰な演劇観や、古風な芝居がかった台詞と身振りで、自他を風刺する。

次の『教会通り』は、その自省と実験を合わせ、『イニシュの劇』を裏返して、「奇妙なアイルランドのこと」をテストする、長い一幕物である。

ロンドンでの劇作が不評のため、若い劇作家ヒューはアイルランドの田舎町に帰省する。その「単調さ、活気なさ、退屈さ、死んだような静けさ」(261)で、ドラマの素材もないと嘆くと、伯母に「想像力がない」「間抜け」だと叱られ、「見る目さえあれば、教会通りのぬかるみを喜劇や悲劇がスカートを引きずっていくのに」(262)と指摘される。それで伯母のゴシップをヒントに想像力を働かすと、歓迎パーティに集う故郷の見かけは平凡な人々の平穏な生活に潜むドラマ、飢えや失恋や堕胎の悲劇の可能性さえ見いだし、想像と現実を見分けがたい瀬戸際までいく。

劇作家を主人公にした劇中劇の構造で、創作のインスピレーションあるいはプロセスを検証する、明らかにピランデルロの『作者を探す六人の登場人物』の影響を示す実験作であり、リアリスティックな枠組と劇中劇を組み合わせる演劇性で、現実の捉えがたさを見せる——

> ロビンソンの手法の効果の一つは、観客にリアリティとは何かを新たに考えさせることである。われわれは劇場でどんなリアリティを期待するのか。劇作家はわれわれが受け入れるリアリティ（あるいは真実）にどのようにたどりつくのか。[25]

場面は実家の客間でありながら、ダブリンやロンドンにも移動し、時間もパーティの夜から何カ月にもわたる。劇中劇は「呼び起こされた」ヒューが登場し、「劇作家として、現実生活に、ある形、ある舞台の形を与える」(270)もので、二つの場面の来客の登場——「自然な人物」の無秩序な登場と「呼び起こされた人物」(274)のアレンジされた再登場との対比で示されるように、現実とフィクションの関係、選択と配列による創作法を鮮やかに示唆する、ドラマ構想のメタシアターとして刺激的である。

扱かわれるエピソードは非連続の「一連の小場面」(279)であるため、想像をめぐらすというより、思いつきに近い軽さはあっても、「演劇的には十分で、もっと長かったら作品のポイントを埋没させてしまうだろう。そもそもこの劇は数人の個人の面白い話についてではなく、芸術の本質についてであり、話はその例証にすぎない」[26]。

『教会通り』は、欧米の演劇の影響による新たな題材や風俗のドラマ化で不満足な成果しか生めなかったことへの、アイルランドの劇作家としての反省による、身近で切実な「奇妙なアイルランドのこと」への立ち返りである——

  私の素材、ノミで彫って形作らなければならない石は、玄関の外の丘陵の石だった。私が書かなければならない人々、書くことができる人々はただ、炉辺の私の家族と友人、路上や干し草畑で出会って話した人々でなければならない。……私はこのことを『教会通り』という劇で表現しようとする。私に似ていなくもない若い劇作家が、手元の素材、身内の人間を無視して、知らない人々から主題を得る。[27]

しかもかつてのリアリズムに戻っては、複雑な現実を捉えられないことも否定できず、新しい実験性を合わせて、離れていた「奇妙なアイルランドのこと」にこだわる新たな決意を表明した、自伝的作品と考えられる。

しかし『イニシュの劇』と『教会通り』は、長いキャリアで多作なロビンソンの転機を示唆しながら、そのあと急速に創意が衰えてしまう。すぐあとに続く『黄昏のキリクレグズ』と『鳥のねぐら』は、主題も手法も貧弱な凡作で、インスピレーションの源だった「奇妙なアイルランドのこと」への回帰が、ほかにすぐれた成果に結びつかなかったことは不思議である。

結局ロビンソンは基本的にはリアリスティックで、実験は中途半端でしかなかった。多様な変貌が、作家としての成熟のプロセスか、不安定の表れか、いずれにしても、ロビンソンの代表作は、『イニシュの劇』と『教会通り』より何年も前、喜劇と実験の時期でありながら、実験的でなくシーリアスな、時代の波にもまれるアングロ・アイリッシュのプロテスタント地主階級の衰亡を、センチメンタルにならずに哀惜の念で描く『屋敷』であろう。

5.『屋　敷』

　時勢に取り残されていく貴族地主階級の退廃や没落、そのシンボルとしての屋敷の衰亡は、ヨーロッパ近代劇の大きなテーマであるが、イギリスの植民地であったアイルランドでは、政治的意味合いは違ってくる。植民の豊かなプロテスタント支配階級の屋敷と、征服された貧しいカトリック農民の小屋という歴史と社会構図から、屋敷は地位と権力と文化の独特の意味をもちながら、激しく変動する近現代史で、特に自由国成立による分裂後のアイルランドでは、その凋落が著しい。『ラックレントの館』以来、屋敷小説の伝統があるアイルランドで、劇作家が屋敷劇を構想するのは不自然ではなく、シングはつとにその可能性を指摘し、のちにイェイツは『煉獄』を、オケイシーは『紅い塵』を創作する。[28]

　アイルランドの社会や政治の現実を捉え、リアリストあるいはナショナリストの立場からその問題を摘発し、風俗を風刺していくロビンソンにも、屋敷は当然その視野に入り、すでに『なくした指導者』のホワイト少佐で、屋敷の衰滅の不可避とその損失を予示していた。

　ただ、株式仲買人から牧師に転じた父親をもつ中流階級のロビンソンは、保守的なプロテスタントの雰囲気で育っても、支配階級には属さず、屋敷の興亡を自ら体験したのではない。だからロビンソンの屋敷観は、その階級の伝統と栄光に誇りを感じ、その衰亡にノスタルジーを覚えるが、ユニオニストのようにカトリックに対決的姿勢を取るのでも、イェイツのように神話的高みに進めて現代の混沌に対置させるのでもなく、目まぐるしいアイルランド現代史の中に屋敷を位置づけて、できるだけ客観的な観察者として、その命運の必然性を理解しながら、新しい時代での適応の可能性を探ろうとする。

　『屋敷』は、コークのバリドナル邸が1918、1921、1923年という重要な年を節目に変貌する姿を描く。「何世代もの痕跡、ヴィクトリア中期の痕跡が主な」(139) この屋敷に住むオールコック家は、アングロ・アイリッシュの地主階級である。ただ、当主は兄の死で外務省勤めから戻り、カトリック住民と良好な関係にあるが、夫人はイングランド女性で、アイルランドに違和感を抱く。同居する娘ケイトはアイルランドの独立を支持し、アイルランド語も学び、いろ

いろな委員会にも加わる。

　第一場は1918年11月、第一次大戦が終結する日で、長男が戦死のオールコック家としては、次男ユーリックが戦場にいるだけに、喜びはひときわ大きく、無事な帰還を待ちわびる。子息たちをイギリス軍将校として戦場に送った、アイルランド支配階級の典型的な家庭であり、その犠牲を示す開幕である。

　ケイトがロンドンに遊んだ時に交渉のあったイギリス軍将校デスパード大尉が、前線から戻って屋敷を訪れ、ケイトにプロポーズする。長男の友人で、その戦死に付きそった「パブリック・スクール気質のおきまりのちゃんとしたイギリス人」(156)で、このあと両国関係を象徴する形で登場する。

　しかし、「屋敷には何もかも関係あるわ、国も、国民も、すべてが」(154)と言うケイトには、屋敷を離れてイギリスに移り住むことは思いもよらない。屋敷をなんとか維持し、その影響力を保とうとする姿勢は、ユーリックも共有するはずで、だからこそ兄の帰国を待ちわびて、兄の幻が見えることがある。一時は交霊会に参加したロビンソンの、超自然や心霊の不思議に対する関心の表れである。

　休戦の知らせが入り、ユーリック帰還の期待でふくらむオールコック家が、休戦祝いの鐘を鳴らす最中に、皮肉にも戦死の電報が届き、ケイトのもくろみは外れる。バリドナル邸の後継者の相つぐ戦死は、プロテスタント支配階級の衰亡の前兆であり象徴である。

　同じ階級に属しながら、対照的なオニール家が言及され、子息ヴァンダルールが登場する。オールコック家が及びもしない名門ということであるが、伝統や教養を示すオールコック家と違って、牧師でさえ、「考えもなく、教養もない、無知な」「すべての現実から遊離した」(142)と批判する一家で、ヴァンダルールも「間の抜けた平凡な風采の青年」(145)にすぎない。実在感に乏しいカリカチャで、粗野で低能な「おぞましい変わり種」(150)であり、「ひどく目立つ訛」(145)もからかいのためでしかない。

　第二場は1921年6月、両国の抗争が荒れ狂う年で、イギリス本土でかき集められた狂暴な一団のブラック・アンド・タンズとオークシスの導入で、襲

撃と報復の陰惨な流血が全土をおおう。夜ごとの襲撃を恐れる夫人は、「犯罪的な狂人の社会」から「政治がなにの関係もない国」(161)へ逃れたいと望むが、誠実なオールコックは踏みとどまるしかないと観念している。屋敷を焼け出されたオニール一家は、ロンドンで周囲の同情によって陽気に暮らしているらしい。

　乳母だったマギーがブラック・アンド・タンズの犠牲となり、弔いに訪れるケイトは、善意や好意では片づかない、カトリック住民からの離反を自覚させられ、父に語る——

　　オールコック　連中は本当に家族の一部、われわれの一員だ。
　　ケイト（陰気に）いいえ、まったくそうじゃないわ。
　　オールコック　そうじゃないって？
　　ケイト　私たちじゃない、私たちもあの人たちじゃない。それが今晩悟った恐ろしいことよ。あの小屋で近所の人たちやドイル神父やヘネシー医師と一緒にいたわ。私は誰よりもマギーを知っていた。それでも、それでいて私はよそ者だった。
　　オールコック　どういうことだ？
　　ケイト　言ったとおり、よそ者よ。外側で、違って、離れている者。
　　オールコック　人が死んだ場合は、もちろん宗教の大きな違いを感じるが。
　　ケイト　そう、宗教でよそ者と感じたわ。でも、ほかにたくさんあるの。教育もそうだろうし、伝統も、なにもかもで、私はわたし、あの人たちはあの人たちなの。私たちとあの人たちの間には、聖書の人たちのように、「大きな淵がおかれて」あったの。
　　オールコック　その淵をおまえほど問題にしなかった者はいないよ、キティ。おまえの民主主義はお母さんにはショックなんだから。
　　ケイト（いらいらして）そう、私は淵に橋を渡して、急いで渡って、パット、ミック、ラリーと名前で呼んで、神父や酪農場の支配人やゲール語の先生たちと親しくしたわ。でも、ただ橋を渡しただけで、淵はそのまま。いざという時になって、あの人たちは本能的に私を無理やり離したわ。今夜だけじゃないの、そんな感じ。物心ついてからずっと気づいていたの。でもそんなことは乗り越えられると思っていた。
　　オールコック　おまえの政治が急進的でないからさ。
　　ケイト　そうじゃないの。私が完全な共和派でなくても許してくれるわ。もっと

根深いなにか、だれも言葉で表現できないもの、本能的ななにかがあるの。「あの人たち」と「わたしたち」というこの気持には。
オールコック　歴史さ。
ケイト　憎まれたら、かえっていいくらいよ。そうしたら少なくとも、私たちには力がある、重きをなすって感じられるでしょう。(166-7)

　兄たちの死にめげないで、屋敷の伝統を絶やさないように管理するケイトが、アイルランドの独立を支持して、住民の立場に立ち、住民にとけこもうと努めても、歴史や宗教、階級や言葉からくる、カトリック農民との懸隔が厳存すると認めざるをえない。アイルランド・ナショナリズムをめぐる理屈っぽくなりやすいテーマが、一つのエピソードを通して巧みに表現される。理想主義的なケイトは作者の分身であろうが、その着想には具体的なモデルがいる。[29]

　オークシスの制服を着るデスパードが、ゲリラ襲撃への報復の任務で、探索のために登場する。この年アイルランドと最も関わりの深いオークシスを代表させるのは、自然で巧みな手法であり、ケイトへの愛情と任務への嫌悪もあって、矛盾した心境のデスパードは、他の場より興味ある登場となる。酔った不安からユーリックの幻に発砲する幕になる。

　第三、四場は1923年2月の二日間、前年のアイルランド自由国成立をめぐって、自由国派と共和派が内戦に突入し、多くの屋敷が焼かれる。アングロ・アイリッシュの命運がかかる新しい事態で、バリドナル邸もその抗争に巻きこまれ、地代が入らずに不如意な状態が続く。

　住民への異和感から、ロンドンで一年近く秘書として働いていたケイトが、アイルランドからの「あらゆるゾッとする事件」(180) の報道や、アイルランドからの移住者の浮薄な言動で、場違いの疎外感にいたたまれず、ナショナリスティックな反動で、急に屋敷に戻るものの、屋敷の命運が尽きかけていると聞かされる。実際その時共和派ゲリラが訪れ、自由国派への報復として、バリドナル邸の爆破を告げられる。翌朝、「もてあましものの屋敷」(193) が焼き払われたのを契機に、すべてが終わったと喜ぶオールコック夫妻は、「ボーンマスの美しく退屈な上品さ」(193) への移住を決意するが、「屋敷はみな羽目を外していた」(185) と見なすケイトは、「高揚した」(191) 反抗の開眼で、

自分の居場所がここしかないことを悟る——

  私たちが求められていると自惚れることはできないけれど、忘れられてはいない、無視されてはいないわ。……

  今は「あの人たち」と「わたしたち」の違いを捨てたくはない。……私たちは違いを喜ばなければ、あの人たちが違いを誇るように、私たちも違いを誇らなければ。(194-6)

「アイルランドが、私たちよりあの人たちのものということはない」(196)とともに、イェイツと同じ言葉を用いて、[30] アングロ・アイリッシュの立場を昂然と主張するのに似ているが、あらゆる可能性を奪われた失意のただ中で、「現実への情熱」(195)をもつケイトは、カトリック農民とは生まれも教育もマナーも違うことを意識した上で、プロテスタント支配階級の立場と屋敷の役割を改めて自覚する。「共和派のカトリック助任司祭」との結婚さえ夢見る反抗心で周囲を驚かせ、時代の激変する中で、自己のアイデンティティを生かしながら、周囲のカトリックとの共生による屋敷の再興に賭けようとし、「私はバリドナルを信じる。それは私の人生、私の信念、私の国よ」(197)と宣言する。

その気持がケイトに、ユーリックの幻の声を聞かせ、ケイトの決意を肯定する笑顔を見させる。結局ユーリックは、屋敷ものに付きもののゴシック的雰囲気や超心理的な幻というより、ケイトの心のうちの幻と声である。

イギリスから切り離され、カトリック大衆からも疎外されるプロテスタント支配階級を、ロビンソンは現代アイルランド史の激動の中で捉え、一つの屋敷の興亡に象徴させる。屋敷の栄枯盛衰のノスタルジックなドラマでなく、衰亡への怒りと挽歌、継承への希求で矛盾した心境を表しながらも、事態の推移を公平な洞察で真正面から描く。アングロ・アイリッシュとカトリック住民を包みこむ立場の模索と、リアリストとしての冷静な理解が、現代アイルランドの大きなテーマの一つを戯曲化し、オケイシーやジョンストンに伍する規模と客観性をもつ。『屋敷』は「オケイシーの『ジュノーと孔雀』や『鋤と星』の補足としての義務を果たし、対英戦争と内戦の陰うつな年月につきものの悲劇の新しい局面を見せる」[31]。

人物像には、作者の教化的意見が目立つとしても、客観的に描かれ、共生の苦闘がよく示されるケイトのほか、地域住民に同情しながら、理解できないで終わるオールコックと、二十五年のアイルランド住まいにもかかわらず、階級的尊大さとアイルランドへの嫌悪を示す夫人の対照の一家だけでなく、節目で現れて、イギリスとの関わりを象徴するデスパードの着想も巧みである。ただ、イギリスに逃れてすべての面で成功するオニール一家はまったくのカリカチャにすぎない。

　苦難の果てのケイトの覚醒と決意は立派であるとしても、それで時勢に逆らえられるわけではない。ケイト以外はみな無力で、対英「紛争」から内戦を経る激動の歴史の中で、プロテスタント支配階級は確実に衰えていき、独立後のカトリック・アイルランドで指導的な表舞台から姿を消していくことになる。

　そういう意味で、ロビンソンが『屋敷』の続きものを書く誘惑に駆られるのは必然であり、実際1937年、直接の続編ではないが、後日談のように、同じ主題による『黄昏のキリクレグス』を創作する。アイルランド・ナショナリズムが憲法でカトリック優位を確立させる「現代」で、いわば最終段階に達して、吸収か退却かの選択肢しかない、アングロ・アイリッシュの命運が、もっと悲観的であるのは当然だが、不自然なプロットと類型的な人物像で、リアリティを欠く凡作である。

　衰退するデ・ルリー家の「小さな」(39) キリクレグス邸を辛うじて守っている姉妹は、困窮の深刻さに気づかずに身分を意識するキットも、時代の変化に適応するために屋敷を売ることも辞さないジュディスも、いわばケイトの後身であるが、明敏なジュディスはケイトに言及して、屋敷の「黄昏」の不可避を述べる——

　　アイルランドにはもうキリクレグスのような屋敷の余地はないの、ぶらぶらして魚釣りや狩りをするだけのデ・ルリーのような者のいる余地はないの。紛争の時に焼け落ちてしまえばよかったのよ。私たちのような者はみな焼け出されてしまえばよかったのよ。私だったら、芝居の『屋敷』のあのバカ娘のようにはしなかったわ。キリクレグスを再建したりしないで、手放すのを神様に感謝したでしょうに。(83)

しかし、ケイトのように時流に抵抗できない姉妹の、屋敷の処理をめぐる対立は、中途半端な妥協に至る。突然紛れこんできた若い甥ロフタスが、「キリクレグスはすべてだ……ぼくだ」(91) と屋敷への愛着を示すが、その人物と言動にまったく現実味がない。ジュディスがカトリック商人と結婚するために、改宗し、持参金代わりの屋敷をホテルに変えるしかないという現実的洞察を見せながら、やはり偶然に訪れるかつての恋人の進言と結婚相手の譲歩もあって、屋敷を甥に譲ることにする。

　ロビンソン通弊の偶然とメロドラマの解決で、屋敷が現代に直面する深刻な状況を一時的に回避した、希望的観測の解決でしかない。ケイトの怒りや抵抗の立場、アングロ・アイリッシュの独自性の主張が、もはや通用しない状況の反映ではあるが、作者のメランコリーと創作力の衰えの表れでもある。十一年前の『屋敷』のケイトの誇りと怒りの決意とも、また十九年前の『なくした指導者』のホワイト少佐の覚醒と自覚による再生の可能性の示唆とも、遠くに来ていて、「屋敷」の地位と役割への信念と願いは、ほとんど消えてなくなっている。そしてあと二十年の余命はあっても、劇作家ロビンソンの終焉でもあった。

V. マレー——アイルランドのリアリズム

「コーク・リアリスト」の一人 T. C. マレー (1873-1959) は、ロビンソンの『クランシーの家名』と『分かれ道』を観て劇作を志し、アベイ劇場に育てられた作家で、ロビンソンの新しさとその刺激を次のように述べている——

　　アイルランドの劇場に新しい音色を出すことは、レノックス・ロビンソンに委ねられました。日常の事柄の喧騒が、先人の詩的理想主義をかき消す音色です。氏の初期の劇が私の心に与えた衝撃をまだ思い出すことができます。私は子供の頃からアイルランドのカトリック農民を知っていましたが、イェイツやシングやグレゴリー夫人の作品が私の想像力を魅了しても、その舞台で動く人物を、私が住む南マンスターの田舎の人々に対応する人々と認めることは決してできませんでした。この三人は自分たちの農民世界を創造し、人々は古い民話の気分に対するようにそれに身を任せたのです。日々の生活との退屈な交渉からの一種の逃避であるため、その劇を偽りの冒険と受け取りました。私たちが目を背ける日々の生活との接触にこそ、『十二夜』のように陽気な喜劇や『ハムレット』や『リア王』のように深く感動的な悲劇の可能性があることを、私たちに示したのはロビンソンです。考え方や言葉や訛で、氏の創造した人々は私の知る人々でした。畑や農家や商店や道端の酒屋から、舞台にさまよってきたような人々です。こうしてリアリズムの運動が始まり、続々と作品が生まれ、オケイシーの劇で頂点に達したのです。[1]

　それでも、カトリック農民や小市民を外から眺めざるをえないプロテスタント作家ロビンソンと違い、コラムを引き継ぐカトリック作家として、熟知する住民とその生活を、内側からの鋭い洞察とリアルな表現で提示するマレーの手堅い作風は、アイルランド演劇でリアリズムと呼ぶのに最もふさわしいかもしれない。

　生まれ育った南マンスター地方を舞台に、よく知る田舎の人々を登場人物とし、その日常生活を素材にして、土地や宗教や結婚の現実問題を、特に親子が

衝突する家族関係で捉える。リアルな状況と心理的動機づけ、真摯なテーマと念入りなプロット、バランスの取れた構成と細部の徐々の積み重ねによる、用意周到なリアリズムの手法である。抑圧的な絆と挫折する感情の対立葛藤の危機を、偶然や秘密の暴露、あるいは抑制された表現で、緊張と凝縮の力強いクライマックスにもっていく、悲劇のリアリズムである。

　だから、人物も行為も台詞も偏狭な地方性に根ざし、土地所有の慣例、宗教の規範、不釣り合いな恋愛や結婚、自由を求めてうっ積する激情など、アイルランド地方生活の現実を描きながら、ラシーヌやイプセンを愛好するマレーの悲劇的ヴィジョンによる劇でもあり、コラムやロビンソンより、アイルランド社会の危機の根源を探り、「アベイ劇場のレパートリーに〈農民劇〉の地位を固めるのに大いに役立ち、乱用される〈リアリズム〉という用語に立派な感じを与え、その忠実な追随者が一世代続きました」[2]。

　こうしてアイルランド演劇のリアリズム路線を固めるのに大きな役割を果たしたマレーであるが、イプセンと違って、ウェルメイドな近代劇の堅固さを守ったままで、実験性を見せることがなく、また厳格なカトリック信者、謹厳な教師作家として、世評を気にした改作も行ない、「臆病と勇気の奇妙な混合」[3]でも、アイルランドのリアリズムの問題を示す作家である。

1. 『長子相続権』

　マレーの出世作『長子相続権』は、家督を相続する立場でありながらスポーツなどに余念がない兄と、農事に適しながら移民するしかない弟の間で、父母を巻きこむ争いが起こる、アイルランド農村の悲劇であり、現代のカインとアベル、エサウとヤコブの聖書的原型の悲劇でもある。バランスの取れた明確な人物造形、無駄のない引き締まった構成、急速に加速する緊張で、避けがたいクライマックスに導く、リアリズム劇の佳作である。

　背景をなすのは、アイルランド最大関心事の一つである土地問題で、一連の土地戦争を経て小作人が土地所有者になったあとの、貧しい農家の土地所有欲と相続問題という、典型的なアイルランド的状況の社会劇であり、コラムの『土地』やロビンソンの『クランシーの家名』につながる問題劇である。

「わしの体の汗、わしの一生の汗が、土地の隅々に流れてる」(35) と言い張る父親バットが、苦労して開墾した乏しい農地は、二人の息子を支えることはできず、長男の権利でヒューに家督を譲ると、次男シェーンは去るしかなく、ドラマはシェーンがアメリカに移民する直前の出来事である。

親の影響が大きい兄弟は、気性が明確に区別される。運動や音楽や詩文が得意なヒューは、母親のお気に入り、村の人気者で、ハーリングの対抗戦でキャプテンとして勝利に貢献する。司祭の急用で相手チームの歓迎会を任せられるが、父親は農事に身を入れない長男の留守に苛立ち、「怠け者でやくざ者で、や、や、役立たずのならず者」(35) 呼ばわりし、「やつのご立派な詩やちっぽけなメダルや写真や評判で地代が払えるか」(36) と愚痴る。

一方のシェーンは、父親譲りの「本物の百姓の血をもつ」(36) 働き者で、農事に関わらないことには興味がなく、跡継ぎに向いていることは明白である。ハーリング試合の見物に行かずに農事を手伝い、豚や馬の世話に精を出す、意志の強い武骨な若者である。実際、農事は余裕を許さない忙しい状況で、祝勝の騒ぎで貴重な家畜の馬が怪我して殺さざるをえなくなるなど、父の二人への感情が極限に達するのも仕方がない。

ハーリングの試合や神父の急用、豚の出産や馬の怪我は、それぞれ脈略のない偶然事であるが、バットにとっては長男の農事への不適格を示す、一連の必然の出来事になる。悲劇の必然よりもメロドラマ的な偶然に頼ると、マレーは非難されることがあるが、ここでは家族の対立葛藤を徐々に明るみに出す偶然の積み重ねに、作者の細かい計算がうかがわれる。

もう一つ悲劇の要になるのは、アイルランドの家庭における母親の存在で、マレーは以後の作品でも母親の役割を重視していくが、長男というだけでなく、その感受性や頭のよさゆえに、モーラのヒューへの偏愛は否定できず、夫の心境も汲めるモーラは、それだけいっそうヒューに気をもむ。それがまたシェーンには、小さい頃からの兄びいきに映り、抑えてきた嫉妬心を爆発させる。信心深いモーラは、家族それぞれに愛情と心配を示しながらも、板ばさみになって喜びと不安に揺れる姿で、控え目ながら家族間のバランスを取って中心にいる。

冒頭、近所のダンの登場で、ハーリング試合の騒ぎ、ヒューの活躍、シェーンの移民の接近の話になり、そして旅行トランクを届ける巧みな導入部となり、第一幕の夕べから第二幕の深夜への経過を感じさせない早い展開で、三単一を守り、避けられない悲劇の結末に急ぐ。

モーラには「棺桶」(33)のように見えてしまうトランクが舞台上に目立つ真夜中、帰宅するヒューが家督相続権を奪われることを告げられ、その理不尽をいったんは受け入れるものの、トランクの名前がシェーンの筆跡で代わっているのに気づいて、すべては弟のたくらみと思いこみ、怒りを爆発させて取っ組み合いになり、おそらくヒューが殺される。

多事で疲れた父親が役立たずのヒューに積年の感情をぶつけるのも、シェーンの筆跡でヒューが早とちりの誤解をするのも不自然でなく、また精出すシェーンが酔った兄を責め、母の兄びいきを突くのも当然である。ドラマを凝縮するクライマックスへの経過は、心底はまともな四人が、それぞれ自然に、あるいは無意識に犯す行為として展開される。突然の怒りでも長年の妬みでさえもなく、一夜の一連のささいな出来事が、四人それぞれの個性と事情を露呈して、必然的悲劇に導く。そこに道徳的な善悪の判断は働かず、公平な客観性を保つ作者の姿勢がうかがわれる。

しかしその根底には、アイルランドの土地問題、農村の実情があるから、厳しいアイルランド的状況の家庭悲劇であり、マレーの人物は、「舞台のアイルランド人」からも、アメリカ移民たちのノスタルジーからも、あるいはイェイツたちのロマンティックな農民観からも、遠いところに達したリアリズム精神に支えられている。

2. 『モーリス・ハート』

司祭になる教育を受けながら、天職に疑いを抱く神学生が、母親の期待や家族の犠牲に抗しきれずに学業を続けるため、そのプレッシャーから狂気に陥る悲劇を描く『モーリス・ハート』は、マレーの抑制と均衡のリアリズムによる傑作である。

司祭になりそこねる青年の実話は少なくなくて、元々考えていたタイトル

は、一般的な『司祭職』あるいは『レビ人』であり、アイルランド人の根幹をなすカトリック生活を扱う問題劇である。「この劇の雰囲気はすべて、最良の意味でカトリック的でありアイルランド的です」[4]と述べるマレーは、自ら熱心なカトリック信者であり、アイルランドにおけるカトリック信仰の正負の影響を扱うことが多く、内側からの感受性で、農民たちの信仰の日常生活を真摯に考察する。

　同時代のカトリック作家として、カトリック農民の現実をリアルに捉えても、信仰をテーマとしないコラムとの大きな違いであり、また、よく似た状況を医学生デニスの喜劇にしたプロテスタント作家ロビンソンともまったく異なる世界である。

　ただ、信仰をテーマに据えても、カトリックの教義そのものを問題とするのではなく、「個人の宗教体験が、家族の生活に影響を与え、個人の精神的状態が社会に反響を及ばさなくはないことを示すことに、より関心がある」[5]。

　アイルランドの家庭、特に母親にとって、身内から聖職者を出すことは、この上ない名誉、自慢の種であり、田舎で成績のよい子供が聖職のため奨学金でメイヌース神学校に送られることはよくあり、モーリスはその典型である。しかしまた、成績良好の理由で聖職への道を勧められる若者が、自己主張や肉体の疼きの年齢で、厳しい教育の途上、召命への疑問にとりつかれることも例外的ではないだろう。それが家族や地域の期待を担っているだけでなく、家族に経済的負担を強いている時には、その悩みと決断はいっそう深刻にならざるをえない。

　高い学費は必然的に親や兄弟に金銭的負担を強いる。貧しい農家が借財の犠牲を我慢するのは、単に社会的身分が高まり、地域の誇りとなるだけでなく、経済的にも助けになる現実があるからでもある。神父の地位と役割から、ハートー家はモーリスの聖職叙任が近いことで、債権者を防ぎ止め、兄オーエンの有利な婚約を急ぐ状況である。

　しかし、神学生モーリスの実態はもっと深刻である。聖職者を目ざして学業成績は優秀であるが、あと一年で聖職叙任を目前にして、神の召命による天職意識をもてない自分に気づく。召命を欠いて聖職につくことは「冒瀆」で「神

と人間への裏切者」(70)になるから、神学生としては致命的問題であり、道徳的感性の強いモーリスの煩悶は大きい。だが家族の期待を考えると、良心の苛責に基づいて決断する勇気もモーリスにはない。マレーを一貫する精神的葛藤を、カトリック信仰の根幹で問題にする。

帰郷のモーリスが、読んでいるという小説の主人公に仮託して、間接的に召命のない悩みを語ろうとしても、母親は息子の良心の咎めを理解できない。家族を取りしきる献身的なエレンは、「アイルランド農家の母親の非常に見事な肖像で、気前よくて浅ましく、野心的で情深く、むごくて親切、冷酷で狡い」[6]。夢の実現を目前にして弾む母親に、モーリスが絶望的な苦悩を打ち明けることは不可能であり、想像力に乏しいエレンは、息子に取り返しのつかないダメージを与えかねないことにまったく気づかない。

悩みぬいたあげくの結論を、モーリスは教区司祭に打ち明ける。地域社会の精神的支柱として輿望をになう司祭は、驚いてその迷いを解こうとするが、モーリスの真剣さにうたれ、よき相談者として、家族に伝える役を引き受ける。神父はモーリスにとって、気のふさぐ重荷であると同時に、最後の救いの手段でもある。カトリック信仰を個人の魂との関わりだけでなく、社会的意味も探る時、神父の登場は不可避でさえあり、実際、エレンの妹メアリーの他には、ハート一家に対する唯一の外部からの登場である。

しかし、モーリスの叙任とオーエンの結婚の二大イベントで、借金の深みから救われると期待している家族は、聞く耳を持たない。初めて経済的負担の実態を知らされて、モーリスは打ちのめされる。

 ハート夫人（苦々しげに）わたしらやこのオーエンを気の毒に思わないのかえ、これまでずっとおまえのためにあくせく働いてきたのに。それにおまえの兄さん三人も、ボストン市で汗水たらす重労働で稼いだ金を、おまえのためにと家に送ってきたのに、気の毒と思わないのかえ。それにモーリス……
 モーリス　やめてくれ、母さん、頼むからやめてくれ。
 ハート夫人　おまえは良心について、でたらめな、恐ろしい、ばかな話をするけど、兄さんたちやわたしら、おまえのためにしてきたいっさいを考えもしないのかえ。
 モーリス（苦しんで）母さん、母さん！

ハート夫人　戻ってくれるね？思い違いだね？
モーリス　ああ神様！……参ってしまう。
マイケル　戻るよな、モーリス？神様の助けで、そのうちお召しが来るよ。きっとそうなる。
モーリス　言わないでくれ、言わないでくれ！
オーエン　その方がいい、モーリス。その方がきっといい。
ハート夫人（熱をこめて）おまえが戻らなかったら、わたしはどうしてまた外へ顔を出せる、顔を上げられる？
モーリス（悲しげに）母さん！
ハート夫人　近所の人たちが憐れむのをどうして聞いておれよう、心の中では喜んでる人が多いのに。マクルームの町中にどうして顔を出せるだろうか？
モーリス　ああ、やめてくれ！
ハート夫人　言っとくけど、モーリス、あのキルナマーティラの墓地で千度でも死ぬ方がましよ。
モーリス（突然叫ぶ）やめてくれ、母さん、やめてくれ！……（緊張の間）ぼくは―戻るよ―みんな―の望むように。（絶望的な消沈の風で椅子に沈む）
マイケル（長い深呼吸をして）ありがたい、そうしてくれるとわかっていたよ。
オーエン　それが一番いいよ、きっと。
ハート夫人（ひざまづいて）神様、聖母様、今日はありがとうございます！（84）

　第一幕の力強い幕切れである。両親と兄に懇願されるモーリスは、良心と家族の間で葛藤に苦しみながら、やむなくメイヌースへ戻る返事をしてしまうが、当然それは一時的逃避にすぎず、自らの叙任によりかかる家族の状況を知っただけ、その悩みはいっそう深刻になる。家族の期待とモーリスの苦悶に必然性があり、信仰の社会的かつ心理的な追究に説得力がある。
　九カ月後の第二幕で観客が目にするのは、モーリスの苦悩を棚上げした一家の姿である。オーエンの婚約が成立し、叙任のモーリスが挙式を司ることを、両親は非常な誇りと喜びとするだけでなく、新婦の持参金でモーリスのための借金を皆済でき、農地を手渡さずにすむ見込みも喜びのうちにある。モーリスはラストまで登場せず、舞台上の出来事はモーリスの煩悶を忘れさせるようでいて、観客はむしろなおいっそう登場しない本人を意識し、悲劇を危惧する。
　自分を偽ることができないモーリスは、家族の意向に妥協しようと真剣に対

処しても、また努力して成績は優秀であるようだが、召命は遠のくばかりで、ついに叙任は不可能になる。その恥と罪の苦悶の深刻さを感じさせるのは、最後に垣間見せる、神経が参って狂気寸前のモーリスの姿である。

　家族の期待と干渉も、それに対処するモーリスの苦悩と緊張も、すべての人物が個性と動機を与えられているから、ありそうな人物の起こりそうな出来事である。農家の台所を舞台とする典型的な農村劇であり、タイトルのモーリスの叙任をめぐる苦悩を扱う個人劇であり、カトリック信仰が個人と社会にもたらす葛藤でアイルランドの問題を追究する社会劇でもある。

　それをすぐれた生きたドラマにするのは、明確な人物造形と、引き締まった構成と、抑制された自然な表現で、徐々に強まる葛藤と避けられないクライマックスに運ぶ、マレーの堅固なリアリズムの説得力である。

3. 恋愛悲劇「三部作」

　D. コーカリー流に言うなら、三つのアイルランド的主題のうち、マレーには土地問題を扱う『長子相続権』があり、カトリック信仰を扱う『モーリス・ハート』があるが、もう一つのナショナリズムに関わる作品がないことになる。独立をめぐる政治の大変動期を生きた作家としては非政治的である。

　逆に、グレゴリー夫人がアイルランド的主題とは見なさなかった、恋愛と結婚を扱う「三部作」がマレーにある。恋愛感情より金銭的顧慮を重視する仲人婚の風習を風刺するファース『ソヴァリン・ラヴ』も、厳格なカトリックのモラルと土地相続の思惑のために傷つく、未婚娘の妊娠の悲劇『茨の隙間』も、ともに取り立てる出来ではないが、不調和な恋愛と結婚をめぐる一連の悲劇「三部作」が、創作中期に目立って、注目される。

　『アフターマス』『秋の炎』『ミカエル祭前夜』は三部作ではないが、タイトルでも、恋愛と結婚の主題からも、連関を感じさせる恋愛悲劇の連作である。土地がからむ経済的制約、家族の要の母親の存在、さらには宗教や社会からの順応への圧力などが、恋愛や結婚に妥協や失望や破局を強いる、アイルランド的条件が強く関わり、しかも性を底流として積年の感情が噴き出る、迫力ある悲劇群である。

マレー最初の三幕物『アフターマス』では、田舎教師マイルズが、町育ちの同僚グレイスとの恋愛を母親に妨げられて、土地持ちの田舎娘メアリーと不幸な結婚をしてしまい、グレイスも中年の医師と結婚する、ミスマッチの悲劇がタイトルの意味であろう。「アフターマス」の原義は「刈り取りのあと」で、「(通例、好ましくない) 結果、余波、影響」の意を表す。

　「わたしらだれでも土地への愛着に縛られる」(10) と言って、金銭的に無頓着な夫のせいで失った農地に執着し、それを取り戻す野心で、若者の恋愛をくつがえす「気位の高い女」(3) オリーガン夫人の、土地のモチーフがドラマを動かす。息子に対する干渉には『モーリス・ハート』の母子関係に似たところがあるが、野心に目が眩む母親は同じでも、ハート夫人の悪意はない容喙と違って、オリーガン夫人のたくらみは直截的で人間味に欠ける。

　第一幕は、オリーガン夫人の思惑をめぐって、マイルズとの母子の衝突が鮮明である。夫人は町風のグレイスを頭から嫌い、「笑う仕草や礼儀にもかかわらず深くたくらむ女」(36) と、何よりも「家の人はコークの商人か何かにすぎないだろう？だれひとり牛一頭の草地さえ持っていない」(32) と見なして、息子との親密な関係は論外とする。逆に、元の地所の持ち主のメアリーとの縁組を画策し、「家名に昔のような尊敬の念を取り戻す」(38)「いい、静かな、健康な娘だよ」(37) と勧めて、息子との教養の差をわかっていながら無視する。

　グレイスの下宿を舞台とする第二幕は、当然グレイスの反応に重点が移る。訪れた姉アグネスとの会話で、田舎の風習や農民の生活に外部から見下す皮肉や批判を浴びせ、「マイルズはわたしの息子―わたしのひとり息子、わたしの体、わたしの骨―あんたはわたしと息子の間に割って入ってきてる」(61) と干渉する夫人に我慢がならず、「ここでは息子と母親と両方と結婚する」(46) ので妥協の余地がなくなるグレイスは、マイルズから離れて、村芝居で共演した中年のマニング医師のプロポーズを受け入れてしまう。

　わかりきった結末を示すためか、一番短い第三幕は四年後、「復讐」(85) のために結婚したマイルズは、「取引に抜け目がない女」(90) を自認し、母も「本当にすごい」(93) とほめるメアリーと失意の結婚生活を送り、偶然訪れるグレイス夫婦を見て、自分の「ごまかし、まがいもの」の結婚の「牢獄」(96)

に堪えられず、「絶えず〈行け！行け！〉と叫ぶ声が聞こえる、それに恐れずに従うよ」(99) と妻に告げて家を出る。

　農民の土地への執着、母と息子の強い絆、さらには司祭の干渉も、アイルランド的主題そのもので、感情の激突する悲劇であるが、教師という知性人の異質性で農民劇を離れ、方言も限られながら、状況も構造も農民劇そのままという憾みがある。

　「真剣な黒い目をした思慮深い顔で、夢想家を思わせるところがある」(14) マイルズは、時に青臭い言葉を吐き、グレイスは周囲の田舎者に横柄な皮肉を浴びせ、「分別の魅力に富む」(41) アグネスも、中年の医師マニングも、メロドラマ的なメインプロットを支える傍役にすぎない。

　　『アフターマス』を書いて、私は間違った方向転換をしたことを、前々から強く意識しています。農民以外の人々をなぜ書かないのかと耳をろうするばかりに尋ねられ、「若くて愚か」ですから、私の精神と相容れない世界に釣りこまれ――それで四苦八苦しました。[7]

作者は後年このように反省しているが、自ら長年教師をしていて体験が豊富だから、不満足な出来は「私の精神と相容れない世界」のせいではないだろう。「最後は、メロドラマにもかかわらず、1922年のアイルランドでは非常に大胆な結末になる」[8] かもしれないが、四年間の悩みを凝縮する力強さがない、自然だが便宜的な終幕とも言える。

　オニールの同年の『楡の木蔭の欲望』を思わせながら、カトリック的抑制でかなり異なる農民劇『秋の炎』は、マレーのリアリズムの代表作である。元気な初老の男やもめで裕福な酪農家オーエンは、娘エレンら周囲の不興にもかかわらず、娘より若いナンスと再婚し、「男の若さは気持次第」(128) と元気を誇示するあまり、卒中で寝たきりになり、その間に元々相思の息子マイケルとナンスが接近するという、平凡な普通の人々の悲劇であるが、フィンとグラニアとディアミッドの伝説、あるいはテセウスとフェードラとヒッポリュトスの神話のモチーフをもつ、原型的な力強さの悲劇でもある。

　簡潔なプロットと抑制された表現で、しかも細部に目が届き、マレーは控え目ながら自信をのぞかせる――「かなり良い作品だと思います、特に第三幕は。

他の二つの幕は静かにゆるやかに進みますが、筋を論理的に運ぶには充分なものがあり、穏やかな喜劇のきらめきも珍しくありません」[9]。

　オーエン一家の父と娘と息子が、母親の世話のために村に戻るナンスに振り回される『秋の炎』は、何よりもリアルな人物造形と自然な筋運びがすぐれている。

　「ハンサムな老人」(126) オーエンは肉体的に強健であり、やもめ暮らしの中で、コケティシュなナンスに惹かれて、若さと元気を誇示し、経済力の支えで、ひそかに強引に結婚にこぎつける。それは運命のいたずらというより、自然な成り行きであり、タイトルは農村の雰囲気と家庭の環境だけでなく、オーエンの「秋の炎」も暗示して、悲劇はオーエンに発するとはいえ、状況と人物たちが生み出す必然として展開される。

　マイケルに思いを寄せられながら、ナンスがオーエンに惹かれていくのは、オーエンの異常な若々しさや強引さだけでなく、仕立てで母を扶養しなければならない経済的理由から、オーエンの裕福が重要だからであり、周囲を驚かせながらも、母娘にとっては避けられない流れとなる。

　陽気で魅力的なナンスと地味な働き者エレンは、生き方でまったく反りが合わない。母親のいない家庭でエレンは、農事でも家事でも苦労し、心臓病の家系からも血気盛んな父を心配し、自らはプレイボーイにだまされた経験をもつようで、相続権もからまる争いもあって、若い娘らしからぬ辛辣な言葉で、ナンスに嫉妬心と対抗心を燃やす。

　一方、「田舎育ちながら町の魅力をもつ」(121) ナンスにマイケルが惹かれるのも、父とナンスの不自然な関係に驚愕し、父と子がナンスをめぐってライヴァルになるのも当然である。結婚した二人がエレンとマイケルと同居する時の渦巻く感情は予想され、仕事を共にするマイケルとナンスが気持通わせるのも不可避である。

　オーエンをめぐるエレンとナンス、ナンスをはさむオーエンとマイケル、この二つの対立を中心にして、それぞれに孤立する四人の誇りや嫉妬、無分別や屈辱などの思惑と、それに突き動かされる対抗と競争によって、ドラマは展開する。鮮やかな人物と確かな構成による家庭劇で、原因と結果、提示と展開の

必然として、オーエンが無理をして卒中で倒れる不幸が重なる時、悲劇のクライマックスが待ち受ける。

　農地をナンスに遺すという遺言状にも、ナンスとマイケルを一緒に市場に行かせるのにも反対する、兄モーガンの健全な忠告に耳を貸さないオーエンも、疑心に取りつかれ、激しく惹かれ合う若い二人が別れのキスをするのを目撃し、怒りに狂って、「いまわの人間から一番大事なもんを盗む」「泥棒」(173)のマイケルを追放する。

　嫉妬と屈辱に傷つけられ打ちひしがれるオーエンは、「ナンス、おまえを責めはしない……悪いのはおれだけ、おれだ、今わかった」(176) と自らが招いた結果に直面して責任を認める一方で、「あいつらにやられた……息子、女房、娘に」(177) と家族のせいにもして、自己憐憫と弁明で真の悲劇的発見ではないが、オーエンだけでなく四人それぞれが、必ずしも自らの責任でない状況を避けられず、「渦巻に巻きこまれもがくわらしべ」(174) で、疎外されて孤独な絶望の生活を余儀なくされる、苦い終わり方である。

　肉体的に惹かれ合うマイケルとナンスの描写が、舞台上は別れのキスだけに抑えられ、また「(オーエンはためらい、じっと十字架を見て) おれには今はイエス様しかいない。(幕が降りてくる、ゆっくりロザリオをつまぐって祈りをつぶやくのが聞こえる)」(177) で終幕にするのは、厳格なカトリック作家の限界かもしれないが、若い二人には近親相姦のタブーがあり、気弱になったオーエンのカトリックとしての自然な祈りでもある。

　陽気さもたたえる初めのうちの悲劇の底流から、容赦なく四人を巻きこんでクライマックスにもっていく、作者のリアリズムと悲劇の手法は見事である。「舞台上に創り出される世界と完全に想像で関わることから生じる、濃密に感知される生活感……それが劇のリアリズムに独特の真実性を与える」[10] のであり、それを統べるのはすぐれた台詞である——

　　　その農民劇の会話は、ゆっくりした注意深いペースが目立つ。まるで登場人物が身にふりかかろうとする差し迫るカタストロフィをかすかに感知しながら、直観する災難をしっかり確認するか、その衝撃をそらす手段を探っているかのようである。言いかえれば、会話の一見静かな表面の背後に、不安な緊張がこ

みあげ高まり、その先立つ抑制のために、それだけ最終的な爆発が重大である。それがセンセーショナリズムに陥る危険性があるのに利用されないのが印象的で、むしろマレーが農民の登場人物を表す明確な真実らしさの要素となる。農民は頭での分析力はないが、強い感受性、感情の力をもっているからである。[11]

続く『ミカエル祭前夜』も、力強い劇的状況とそれに巻きこまれる四人の激情のドラマである。中年で独身の農場主メアリーは、相思相愛の仲と思っていたテリーが、貧しい家族の言うなりに他の女と結婚して、自尊心を傷つけられる。数年後、妻を失ってアメリカから戻るテリーに改めて求婚されると、かつての屈辱と傷心の仕返しで断固ことわり、自らの若い作男ヒューと結婚する。ヒューは情熱的な召使女モルと惹かれ合う仲であるが、母親の入れ智恵で、愛情より資産を選んで、モルを捨てて、年上の主人の意を受け入れたのである。

女主人とかつての恋人、作男と召使女の四人で、恋愛と結婚をめぐる愛憎に揺れ、フラストレーションに悩む男女の激情を、二重三重に重ねて展開する。貧しい男たちは親の圧力で、土地と金のために愛情の対象を代えながら、元の女に惹かれ、傷心の女たちは、愛情に飢える中年女も性にもだえる娘も、嫉妬と憎悪で復讐する、力強い状況である。ほかに「抜け目なく鋭い頭」(14) のヒューの母親と、放縦なモルの父親が、それぞれの出自を示唆する元気な登場で、四人を補強する。

パラレルな関係にある二組の三角関係による、ほとんどメロドラマ的状況の農村悲劇である。農民の土地への執着や母親の息子への圧力は『アフターマス』に通じ、年齢差の大きい結婚が若い男女の自然な結びつきを阻害するのも、モルが結婚した二人と同居し、ヒューを誘うのも『秋の炎』に似ている。

「閉所恐怖症的状況」[12] に閉じこめられた人物が、明確な輪郭で造形され、それぞれの感情が強く捉えられる。親の意向で心変わりする男より、女性の愛憎の方がより強く描かれているが、それでも難がある。

村人の噂になるほど、帰国したテリーにやさしく接する温和なイメージのメアリーが、テリーの求愛に対して、数年間にうっ積した気持を急にぶつけるのも、ヒューとモルの関係にまったく気づかないのも不自然だが、それ以上に、因襲的なモラルに縛られない出自のモルの「かんしゃく」(25) もち、「激しや

すい気性」(71)が当然視されながら、ヒューに惹かれて毒殺しようとし、不貞をメアリーに訴えようとするのを、土壇場でひるませるのは、作りものめく。猫いらずを入れたお茶を飲もうとするヒューを見て、一度は手にする器を落とし、次は誤って毒のスプーンを流用したことにし、また相愛と誘惑を暴露しながら、不義の訴えを十字架に誓えずに終わる。

二度の立ち聞きによるウェルメイド劇の要素以上に、このラストが悲劇の必然性をメロドラマにしてしまう。重複する愛憎の早い展開による迫力がありながら、社会と作者の、アイルランド的、カトリック的抑制が、代表作の一つになるのを阻害していると言わざるをえない。

4. カトリック作家のリアリズム

マレーの真価は、『長子相続権』『モーリス・ハート』『秋の炎』を頂点とする、知識と観察に基づくリアルな状況のリアルな人物像を、堅固な構成と、平易な言葉による抑制された表現で捉える、アイルランド農村と農民のリアリズム劇にある。

政治の季節を生きた作家としては、マレーは政治やナショナリズムを扱おうとしないが、土地、宗教、恋愛の主題を交錯させて、極めてアイルランド的な作家であり、濃密な家族関係や厳格なカトリシズム、あるいは土地や金銭のプレッシャーで、葛藤し苦悩する、あるいは誤った取捨をする、若者の精神的苦悶をよく描く悲劇作家である。

未刊未見の作品には、演劇界の風潮で若干実験的な、農民劇を離れるものもあるらしいが、例えば、放浪者から得た笛で芸術的あるいは宗教的覚醒を象徴させる『野原の横笛』で判断する限り、作者自身は歌と踊りで「強いリアリズムの調子から離れた」[13]と認めても、実験性には乏しい「とてもハッピーエンド」(179)な「寓話」[14]にすぎず、やはりマレーの真骨頂は、表面的な忠実さ本当らしさだけでなく、感情的精神的深さでも、アイルランドで最もリアリスティックなリアリズムである。そして構造も人物も台詞も、細部にわたる入念な構想によるリアリズムであることを、草稿が示しているという——

創作プロセスは通例、台本はむしろ短編小説のように粗筋を立て、次いでク

ライマックスでの登場人物の心理的動機について、いろいろ疑問を自らに提起する。それから書き始めたが、注意深いテンポによってエピソードの意味を感じさせる形態と、筋によって明らかにし発展させるドラマの内的生命を、明確に意識して書いた。創作はスムーズに進み、草稿は訂正が著しく少ない。最初から人物像は確固とし、耳は農民言葉に敏感に慣れていた。クライマックスの最大の効果を挙げるために、場面の終わりに普通かなりの挿入をすることが唯一の変更だった。[15]

しかし、マレーのリアリズムには、一つの大きな問題点がある。カトリック信仰に篤く、創作中も長年勤厳な教師として働いたマレーは、カトリック的自制から、ドラマの必然性を損ね、ラストを改変することがある。

妊娠して結婚を迫る娘と、伯父の農地が手に入るまで延ばそうとする若者の間に、無慈悲な神父が容喙する一幕悲劇『茨の隙間』で、恥をさらされるのを怖れる娘が、氾濫する川に投身自殺するのを、神への怖れで思いとどまらせる。『アフターマス』のラストは、失意の結婚生活から去っていくマイケルのあとを追って、メアリーも去る改作を試みたらしいが、[16] カトリシズム配慮で真実性に欠ける弱い幕になることは明らかである。『ミカエル祭前夜』では、最後に怯むモルでなく、情事を偽誓して仕返しする幕——「無慈悲な笑みを浮かべてモルは二人の苦悩を眺め、出て行く。嘲りの笑い声が聞こえ、メアリーのみじめな啜り泣きをほとんど消す」幕で悲劇を高めるのに、「カトリック感情を害しかねない」という自己検閲で、元の幕を残す。[17]『秋の炎』の終わり方の弱さにも、『楡の木蔭の欲望』と比較すれば、作者の慎み、礼節が明らかである。敬虔なカトリック作家として、マレーが内側からよく知る信仰とその問題を捉えるのは強みであり、実際ほとんどすべての作品の底流をなすが、これらのラストやラストの改変はドラマとしては弱点であり改悪である。

> マレーの領域は本質的に宗教の領域である。アイルランドの社会宗教的勢力と遍在する底流をドラマ化するマレーの力量が、その劇全体の特徴をなす。それがアイルランドの劇文学と文化ナショナリズムに対する、マレーの最大の貢献である。[18]

マレー劇の特徴をこのように捉え、信仰への開眼で魂の自由を獲得させる『啓示』を、「思想的精神的にマレーの最も豊かな劇」[19] と総括するのは、マレー

の真価から外れる。

　実際、家業の弁護士稼業とトラピスト会修道士への召命の間で煩悶し、実利主義の父親から強硬な反対にあい、幼馴染みのクリスティと別れて、仕事と恋の抑圧からの自由を達成する、内省的な主人公ブライアンの「啓示」のドラマは、通俗劇のウェルメイドな仕組が見え透き、中流階級を扱って人物と台詞の現実感が薄れ、繊細な魂の危機をカトリック信仰優位で解決し、母親の長年の宗教生活への夢という秘密で、いわばハッピーエンドの『モーリス・ハート』である。若者の自己実現に内なる宗教体験をからめる時、中心にある、犠牲を伴うはずの覚醒が空虚なため、リアリズムよりむしろ「観念劇」[20]あるいは「アレゴリー、寓話、道徳劇」[21]に近い。

　さまざまな慣習や抑圧からの魂の「自由を求める叫び」[22]、家庭や宗教の桎梏に苦しむ若者への共感が、マレー劇の主題と人物に濃厚に見られても、信仰や宗教に到達点を見いだす軌跡ではない。信仰や宗教と関わるのはカトリック国アイルランドの必然であり、カトリック信仰を扱うのはリアリズムの一環である。だから厳格なカトリック作家としての限界を示してはいるが、マレーのリアリズムは、真摯なテーマとともに、アイルランドでは一流である。

　しかし、基本的にリアリズムから離れない、近代劇のリアリズムに収まるマレーの作風は、時代の変化、観客の好みに対応せず、農民劇からの離反や悲喜劇の人気の中で、現代劇としての再生が妨げられて、次第に過去のものになっていくのは避けられない。

VI. キャロル――聖職者の「影と実体」

　1930、1940年代のアイルランド演劇を代表するポール・ヴィンセント・キャロル（1900-1968）は、オケイシーとジョンストンのあとにくる劇作家であるが、むしろその前のコラムやマレーに近く、主題でも手法でも特にマレーの影響が大きい、リアリスト作家である。「独立アイルランドの最初の主要なカトリック劇作家」[1]であり、農村や田舎町の社会問題を背景にした聖職者列伝が、キャロルの特徴である。

　圧倒的なカトリック国家アイルランドで、いろんな点でリーダーである聖職者の「影と実体」を描くキャロルは、時には反教権的と非難され、アベイ劇場に上演を拒否されるケースもあったが、キャロルの標的はカトリック教の教義や聖職者の存在ではなく、その狭量な権威主義や因襲的な道徳による、個人の抑圧や社会への悪影響である。

　郷里の田舎で聖職者支配を痛感し、若くしてスコットランドに移住しても、キャロルの聖職者はリアリスティックな肖像、内からの批判であり、1937年憲法でカトリックの地位が確立する状況で、立場を強固にする聖職者の厳格主義、形式ばった独善性を問題にする。

　ただ、「私はよいカトリック教徒です」[2]とも認める立場から、キャロルの批判や風刺には自ずから限界があり、実際、知性や勇気や思いやりに富む、好意的な聖職者像も描く。

　「イプセンを発見した日は私の人生の最高の日です」[3]とも、「私の演劇に関するすべてはアベイ劇場に負うています」[4]とも言うキャロルのリアリズムを、代表作での聖職者の肖像とカトリック社会の描写を通して考察してみる。

1. 『カイザルのもの』

　キャロルの出世作『カイザルのもの』は、イプセン風の社会的関心とウェルメイド劇の組立てによるリアリズム劇である。タイトルの由来する「カイザルのものはカイザルに、神のものは神に納めよ」は、キャロル劇のテーマを要約する——

　　　この劇のタイトルは、ほとんどのキャロル初期作品の基本的中心テーマである、神とマモン神、教会と国家、肉体と精神の葛藤を要約する。キャロルは一人ひとりにこれらの力が作用するのを見て興味と抱き、人間性のこのような対立する要素から生じる分裂、苦悩、悲劇をじっくり考える決心をした。[5]

　キャロルは、尊敬するマレーのように、田舎町を舞台に、実利主義と俗物根性とカトリック道徳に支配されるアイルランド社会を、筆太の人物造形と対立の明確な構図で展開する。

　パブ兼食品店の女主人ジュリアと元教師の夫ピーターが、正反対の価値観で娘エリシュをめぐって対立する関係に、教区のダフィ神父が容喙し、母親に加担して、娘に結婚を勧め、父親の死で後楯を失う娘は、受け入れてしまう。結果は自明で、一年間堪えたエリシュは、夫と赤子を捨ててアメリカへ去る。

　積年の対立を、直接には娘の生き方と結婚をめぐって爆発させる両親は、まったく相容れない性格と価値観であり、激しく汚ない言葉の応酬で、互いに嫌悪と侮蔑を公然とぶつけ合う。

　粗野で打算的、独善的で破廉恥だが、仮面をかぶって「全能の神さえ味方にする」(128)ジュリアは、夫の意に反して娘を修道会の学校に入れていたが、客をふやし信望を高めると称して、店を改装する資金を得るために、旧知の金持だが粗野な農夫の息子を娘に勧め、威しあるいは宥める上に、神父の協力を得る。一方、理想家で学者肌、繊細で懐疑的だが、娘に甘いピーターは、娘の知性の向上と精神の自由を願って、女房の魂胆に激怒し、神父の介入による「結婚の駆引き」(155)に反対する。

　母の物質主義と因襲性、父の精神主義と芸術家気質が張り合うエリシュに、神父は「調和は神の別名だよ」(169)と説き、ピーターの抵抗を退けて、ジュリアの結婚案に組する。

教義と慣習を重んじる形式的な神父は、「パイオニア精神に取りつかれる顔付」(143) をしているが、説くことは個性や自由より妥協と調和で、結局ジュリアの打算と策略を祝福し、現状の安定と自らの利害を神の意志と一致させて、鈍感で偽善的な聖職者であることを暴露する。

キャロルはダフィ神父を、「この騒ぎ全体で半ば無知なお先棒」[6]とし、「ただ陳腐な話がいっぱいで、たいてい過去に生き、人々の社会生活にまったく取り組まないのは、人々が愚かで無知なままでいた方がコントロールしやすいから」[7]と説明している。決して悪玉として描いているのではなく、温和な善意の聖職者であるが、ドグマと無知もさらけ出して、作者の批判は明らかである。

統制と抑圧の宗教に対して、愛と自由の真のキリスト教精神を説くピーターが、妻や神父と反目するのは必然であるが、ジュリアの無節操で強烈な個性と比較して、インテリのピーターの弱さが際立ち、しかも第二幕第一場の途中から登場する神父と、その場の最後に心臓発作で死ぬピーターとの関わりで、[8]父の教えに支えられてきたエリシュの悲劇が自明となる。

修道会の学校の「牛に端綱をつける主義」(124) に反抗して放逐されたエリシュは、敵対する両親の「戦争」(127) で神経質に育ち、初演初版では、鈍感な母親と無情な神父に嫌悪や抵抗を示しながらも、勧められる結婚に妥協し、挙式を迎え、やがて月並みな女になることを予想させる結末だったが、[9]初演から十二年後の再版では、一年間堪えたのち、神父に公然と反抗し、繁盛する店と母、愛情のもてない夫を捨て、子供も「カイザルのものをカイザルに納める」だけ、「受け取って、わたしのものじゃないから、ご自由に使って。もうだれもわたしに権利はないわ。わたしは自由、出て行ける」(195) と捨て台詞を残し、アメリカの兄のもとに去る。

明らかに『人形の家』のノーラのアイルランド版で、自由と充実を求める立場からの、物質的で偽善的なアイルランド社会への批判であり、それと結託して「監禁する」(168) カトリック道徳の摘発である。露骨で粗野な表現ながら、エリシュの魂の解放を謳う結末は力強く、当時のアイルランドで衝撃的でさえあっただろうが、逆に、独立後のカトリック支配の現実に対して「文字ど

おりセンセーショナルでメロドラマティックな結末」[10] であり、ノーラ以上に不自然なエリシュの変心は、神父の仲介が効を奏する初版の方が、インパクトは欠いても、かえって因襲的な現実をリアルに反映し、ドラマとしても不自然ではない。しかし「センセーショナルな結末」への改訂は、それだけ時代と社会へのいっそうの批判になるだろう。

2. 『影と実体』

　キャロルの代表作『影と実体』は、司祭の住まいを舞台にして、司祭と教師との聖俗の対立軸に、助祭と小間使をからませ、司祭と周りの人々との溝によって、現代アイルランドのカトリック信仰の社会的状況を設定し、その「影と実体」を問題にする。喜劇的な誇張ときびきびした台詞による、辛辣な皮肉と笑いの佳作である。

　教会の反動性を攻撃する小説の匿名の著者が、教区の教師ダーモットであると察知する司祭スケリットは、焚書を主張する助祭たちには我慢ならず退けるものの、ダーモットを解職し、代わりに浅薄なご機嫌取りの縁者を当てる。ともに自尊心の強い司祭と教師の間をとりなそうとする信心深い小間使ブリジッドは、ダーモットを襲う群衆の投石で不慮の死をとげる。

　半ばスペイン系で、古典主義的教養と洗練された趣味によって、何かとアイルランドに不満な司祭スケリットは、カトリック信仰の「エモーショナリズム」を排して、「カトリシズムは古典的な、ほとんど抽象的な、神への愛に拠る」(123) と説く。だから、司祭館に聖心の俗悪な石版画を飾り、スポーツで教化活動を行なう、無骨で鈍感な助祭や、偽善的な教区信者を皮肉で敬遠し非難する。

　教養によるスノビズムと冷淡な尊大さで、周囲の俗悪さを睥睨し、聖職者にふさわしい精神性を欠き、また教育を支配する専制的教権で、反教権的な教師ダーモットを追放する、反動的な聖職者でありながら、周囲のすべての人物よりひとり高みに立ち、皮肉なウィットで笑わせる、作者の共感と風刺がまじる喜劇的人物である。

　作者は司祭にスウィフトをダブらせる――

ある日、私は主任司祭スウィフトを蘇らせ、カトリックにするだけでなく、カトリシズムの学のある解釈者にして、アイルランドの現代精神の混乱の中に投じ、その交渉でさらに混乱するようにしようと決めました。スウィフトから司祭の人物像が生まれました。[11]

スウィフト学に年季を入れたキャロルの意図は面白く、司祭の傲慢な軽蔑と鋭い風刺に、人間の愚かさへのスウィフトの「激シイ憤リ」の反響が聞かれる。しかし、それだけ複雑さを獲得するとしても、スウィフトの面影は必ずしも必要でなく、アイルランドのために闘ったスウィフトの片鱗もない。

教師ダーモットも司祭に劣らず自尊心が強く、教育改革の理想に燃えるが、教権が教育を牛耳るアイルランド社会では活路を見いだせず、新人教師に「アイルランドの教師であることは、言いかえれば、聖職者の小使、礼拝堂の備品、納屋学校の掃除人、司祭のイエスマンであること」(176) と警告する。

「アイルランドのカトリシズムに対する卑劣な攻撃」(121) の小説を書き、教育現場の窮状を厳しく批判するが、匿名小説の話題が先行し、司祭と対峙するのは第三幕に入ってからという構成の弱さがある。

司祭に対比されるのはむしろ小間使ブリジッドである。「修道会学校の尼さんや懺悔室の神父さんのように不機嫌でない」(103) 守護聖人ブリジッドの幻を見るブリジッドは、アイルランドのカトリック信仰の奥にある異教的要素を併せもつ、無垢な魂と素朴な信仰の聖女のような人物である。司祭スケリットのプライドの裏にある、祈禱する姿を知り、教師ダーモットの秘密や追放を不思議に察知し、「病的な空想」(192) を批判されながら、尼僧を志願する。思いやりを欠く司祭の驕慢と性急な教師の反抗の間を、いわば自らの命を犠牲にしてとりなし、信仰の「影と実体」を問う象徴的人物である。ただ、司祭とも教師とも心を通わせ、一目おかれて、両者に影響を与える存在であっても、精神病の家系をもつ、「おそらく少し頭の鈍い顔付」(101) で、メロドラマ的な死とともに、あまりに無邪気で無私なもろい姿である。

司祭と教師とブリジッドの三人の関係に、複合的副次的視点を加える登場人物は、単純化を免れない。感情的偽善的教化で信者に敬虔を強要し、反教権的教師に強圧的手段を用いる二人の助祭は、メイヌースの教育とナショナリズム

との提携で力を得た当代の聖職者である。「そのカトリシズム観はすべて、カトリックの理論と実践に関する教義と不毛な日課に基づき……聖職者として指示する教義や日課に信者が従わなければ、異端者だとさえ考える」[12]ような、教条主義的な警戒心は、司祭の怒りと嘲りを買い、平凡で強力、こっけいで恐ろしい、作者の標的である。そして、助祭に操られる信者たちは、非常に偏狭な自警団員、「神を敬うならず者ぶり」(186) であり、追放されるダーモットの代役になる、司祭の身内の若者たちも、浅薄で卑屈なカリカチャにすぎない。

これら下位の視点に作者の批判と風刺が露骨すぎる嫌いはあるが、単純な戯画化ではなく、キャロルのリアリズムでもある——

> 明らかにこの劇にはシーリアスで強烈な基層があり、1930年代のアイルランド社会の検閲、聖職権主義、恩顧主義、汚職、財政難と関わる。社会が結束力のある独自性を伸長させようとし、その過程でカトリック教会が決定的役割を演じた基層である。アイルランド版カトリシズムは、行動の基準を与え、職を創り、リーダーシップを供したが、主として道徳的感情的構造を提供し、独立革命の騒動と内戦の余波のあとの現代アイルランドは、その構造に寄りかかった。このような構造は、言うまでもなく期待を裏切ることがよくあり、(司祭のように) 熱心な人生を涵養した人や、(ブリジッドのように) 推し測ることができない人格に運命づけられた人々を裏切り、それは絶望的な悲劇や挫折が日々起こりうることを意味した。[13]

カトリック信仰の「影と実体」の展開、狭量な自尊心や不寛容なドグマに、素朴な信仰と現状からの批判を対立させる主旨を、作者は次のように要約する——

> この劇は、古典主義的なカトリックの学問と知恵への愛好と、キリストと守護聖人への完全素朴な信仰をもつ若い無学の娘との衝突です。両者の連携、つまり互いへの理解が、カトリシズムをより素晴らしく、より良くするのです。神の目では両方とも良いからです。[14]

このように司祭とブリジッド、さらに教師のそれぞれの立場を認めたり批判したりするのは、R. ホーガンが指摘する問題を抱えていた——

> 『影と実体』の道徳は『カイザルのもの』ほど白黒がはっきりしていない。……キャロルがすべてを教会の責任にし、教師を免責するようなことを拒むの

は、『影と実体』を『カイザルのもの』の単純な非難より説得力のあるものにするが、キャロルの将来の発展にはよい兆候ではなかった。司祭がまったく悪いのでも、教師がまったく良いのでもないことは、ドラマとしては貴重だが、キャロルが教会に良いところを見いだし、自らの弱点に気づくことは、彼の中で大きくなり、後続の作品を傷つける性質で、のちの作品では、教会への寛容が増し、個人的反抗は減った。[15]

3.『白馬』

　年輩の司祭と若い司祭の対立に、娘と教師が巻きこまれ、偏狭な村人が動員される構図で、『白馬』は『影と実体』と同工異曲である。反教権的であるとしてアベイ劇場に上演を拒否されたが、『影と実体』よりプロットも人物像も単純化され、それだけ辛辣な風刺も弱まる。

　卒中で車椅子生活を余儀なくされる司祭ラヴェルの代理に派遣された、独善的で狭量な司祭ショーネシーは、村人をモラルの監視に動員するため、図書館員ノーラやホテル経営者シヴァーズなどの反抗で騒動が持ち上がるが、ラヴェルの回帰で事態は平穏を取り戻す。

　引退を勧められている老司祭は、「カトリシズムをただ神の怖れに包まれた道徳律にすることはできない。……私はまだかわいそうな人間性と神の古い恩寵を信じる」(13) と説き、教区民に偏見のない理解と愛情を示して、聖職者としての権威と個人としての人間性を併せもつ。高みに立って周りによそよそしい『影と実体』のスケリットより寛容で気さくな、ウィットで笑わせる聖職者で、「非常に好ましい望ましい聖職者で、たぶんアイルランドの劇作家がこれまでに産み出した、最も信じられて魅力的な司祭」[16] と評される。異教精神も受容し、人間味も自由も併せもつカトリシズムを、ショーネシーに説く老司祭の諫めは作者を代弁する——

> 君の心理とか倫理とかはもっともだが、政府や法律にもかかわらず、われわれのこの国では、国民は基本的に自由だ。君が望むのは、泥や血や粗雑さで汚れた、昔からの気紛れな神への愛の代わりに、神への怖れで怯ませ、活力をすっかり叩き出してしまうことだ。(14-15)

　老司祭と対照的に、狂信的なドグマで住民の抑圧に躍起となる若い司祭を

いっそう過激に描き、キャロルが毛嫌いする頑迷な厳格主義への異議申立てをはっきりさせる。村人の飲酒、ダンス、恋愛、プロテスタントとの付き合いなどに反対し、図書館からスウィフト、ショオ、イプセンなど「冒瀆的ないし／かつ反カトリック的」(11)書物を取り除き、「敬虔なカトリック国民のための堅固なカトリック国家」(7)のために、自警団を組織して村人の不道徳を摘発させ浄化しようとするショーネシーは、「ネロのように情け容赦のない神父」(49)である。

　ショーネシーと支援者のヒステリックな魔女狩り、「新しい聖職ファシズム」(40)に抵抗するのは、『白馬』でも若い娘ノーラで、傷つきやすいブリジッドと違って、ホッケーチームや図書館から追放され、ホテルのオーナーとの付き合いを警告されても、とどまって敢然と闘う。

　伝説に富む土地で育ち、異教時代への憧れをもつ作者は、ブリジッドに聖女ブリジッドを重ねたように、美しいニーアヴに誘われ、「白馬」に乗って常若の国に渡ったアシーンの伝説に託して、現代に蘇るニーアヴのノーラによって、教権に支配されるアイルランドの現状を批判する。

　1937年憲法でカトリック教の特別の地位と役割を認めた「現代」(4)に設定して、「三百年後、フィンを探し求めて戻るアシーンが、偉大な英雄たちがみな亡くなって、国土が聖職者と黒髪の小男たちであふれているのに気づく」(2)のを、現代アイルランドの比喩とするのである。

　しかし、ノーラが「道徳の警官」(34)ら暴徒に引き立てられる危険を逃がれ、信念を貫いて、ショーネシー一派に打ち勝つことができるのは、「ノーラにとって白馬は美と真実の白馬であり、人は生きていくには白馬に乗らなければならないのです」[17]とか、「ショオ的生命力をもつ、解放されたイプセン的女性」[18]であるからというより、瀬戸際で老司祭が祈りによる奇蹟的回復で秩序と平穏を取り戻す、デウス・エキス・マーキナ的急転による。ノーラの支えとなるべき教師デニスが、ノーラの説得でかろうじて「恐怖、劣等、抑制の悩ましい見もの」(44)から変身したり、教権に左右されない警部補が際どい時に登場したり、ウェルメイド劇の手法で、リアリズムを損ねる——

　キャロルは矛盾する形で葛藤を解決する。アシーンと白馬のデモーニッシュ

な精神にはなんらよらない、非常に敬虔な方法であり、村の支配階級である警察と司祭の抑止力に頼って、世俗の法と教会の秩序を回復する。[19]

つまりキャロルの反教権の矛先は鈍い。二人の司祭は、一方はモンスター化なら、他方はロマンチック化であり、作者が「白馬はキリスト教の馬でもある」[20]ことを示唆する終幕は、「ディロンとノーラの間に、論理的には受け入れられない、ロマンティックな結末を無理に付けているように思える」[21]——

> アシーンとニーアヴのシンボリズムがなくても、実際にはその基本的テーマを表明できただろうことは明らかである。……アシーンとニーアヴのエピソードが組みこまれなかったら、『白馬』はそれほど詩的雰囲気をもてなかったかもしれないが、ドラマの基本的な力は変わらなかっただろう。[22]

キャロルは「イプセンとチェーホフから劇におけるシンボリズムの力を少し学んだ」[23]と述べているが、「白馬」伝説の援用が「詩的雰囲気」以上の必然性をもつか、「現代」へのアナロジーになるか、疑問である。

4. 聖職者列伝

早くにグラスゴーに移住し、スコットランド演劇とも関わったキャロルには、第二次大戦でドイツ空軍の爆撃を受けるグラスゴーのスラムの人々を描く『主よ、弦が調子外れです』がある。「1941年3月13、14日の恐ろしい一夜で亡くなったクライドサイドの民衆の霊に」捧げられ、自らも体験した戦禍での民衆のヒロイックな犠牲と愛国的活動を、かなりリアルにパノラマ風に描く反戦劇である。

舞台は避難所になる司祭館、主人公はアイルランド人の司祭である。空襲を逃れる大勢の雑多な人物とエピソードに、映画的手法で巧みに焦点を移す中で、その中心にいる司祭カートニーは、信仰と勇気、寛容と愛情で献身的である。故国アイルランドに避難できるのに、「世界中どこでも困っている人々、打ちくだかれた人々が、わたしたちの国民だ」(252)と、教区の人々を見捨てず、ナチスの攻撃の「悪は地上から抹消されなければならない」(228)と、協力して戦うことを説き、プロテスタントもユダヤ人もコミュニストも保護して、周りの不寛容な信者たちや過誤を犯す人々の中で、あまりに理想的な聖職

者であり、これまでの反教権的なターゲットと比べて、リアリティに欠ける、「キャロルの聖職者列伝の中で最も説得力を欠く人物で、この劇は宗教の批判が最も少なく、最も賛美している」[24]。

しかも、周囲の惨状を見かねて、司祭の指導で気持を入れかえる元看護師の売春婦が、ダンケルクの片腕の勇者と、赤子の出産を助けたり、ほかの男の子供を宿すフィアンセを、空襲警備員が苦しみながらも許したり、徴兵忌避のジャーナリストが、恋人とユダヤ人の幼い娘の犠牲で、人生への懐疑から目覚めたり、「たぶん弦は結局調律することができるのだ」(301)と司祭が説く、感傷性と教訓調の目立つ不自然な調律での、ヒロイックな聖職者賛美である。

強制立退きに抵抗する農民一家の窮状を描く『賢者は語らず』は、独立アイルランドの現状批判のシーリアス劇であり、農民たちの味方をし、その筋を批判して、ラディカルと見なされて宗教活動を禁じられる聖職者の悲劇を見せる。

> 法律、法律、法律。現代の神、愚か者の当座しのぎさ。キリストの創られた法律はただ一つ、互いを愛することだ。この国で必要なのは法律でも、タブーでも、検閲でもない。愛情、知識、威厳、互いの理解、昔ながらの神との合流点であり、愚か者、厳格な人、ならず者が互いを言い負かすバベルの塔ではない。(84)

このように説く元司祭のティフニーは、農民の土地所有を信じて、かつては農業の協同化を試みたことがあり、今は破綻した農場を作男なみに助け、素朴な信仰と深い理解による聖者のような人である。「キリストが思い描いた共和国」(92)を説きながら、独立後の国家と宗教の批判、経済不振とピュリタニズムへの怒りを口にし、農地の競売を実力で抵抗する側にとどまって、官憲の銃撃で殺害される。

狂気と忍従と反抗のみなぎる農家の個性的な一家の中で、ティフニーに対置されるのは次男フランシスで、スペイン内戦で負傷し、流血の動乱による共産主義共和国を説いて、その信念と活気で精彩を放つ。国を動かす金貸し、政治家、そしてティフニーへの敬意にもかかわらず、聖職者を非難し、土地家屋を手放さざるをえない兄に代わって、競売の負け戦さを戦う。

男に逃げられ赤ん坊を死なせて、神への怖れで狂気に陥った姉キャサリンや、家族を思いやりながら、自らは結婚直前に男に去られる妹ウーナもふくめて、破産と抵当で追いつめられる一家を力強く描き、難局への対処で、ティフニーとフランシスの立場に共に作者の共感がうかがわれる、公平で魅力的な人物造形である。「賢者は語らず、ゆえに愚か者にすぎない私が話す」というパトリック・ピアスの詩からのエピグラフの体現であり、ドラマは死んでいくティフニーの言葉、「良い者と悪い者、愚か者と賢い者……が交じらなければ」(96)で終わる。

キャロルとしては主題が重いだけに、時に長台詞による説明や代弁的な教訓調、フランシスのメロドラマ的誇張が目立ち、リアリズム劇を損ねている。

『やっかいな聖者』は、アッシジの聖者のように鳥や動物を愛し、奇蹟を行なう噂の立つ司祭マックーイを主人公にする。「聖者はいまわしい迷惑者、わたしの司教区には要らない」(8)と司教から僻遠の地に追い払われるマックーイは、聖者扱いされるのを極力拒んできた優しい司祭であるが、その魂を狙う悪魔の使者バルビュスのそそのかしで、虚栄心から一時はその気になってしまう。しかし、バルビュスを食べてしまうライオンに助けられて聖者でないことがわかり、その途端に、司教から聖者だと扱われる皮肉の、ファンタスティックな「風刺的喜劇」(副題)である。

悪魔の手先を食べて司祭の足許で死ぬライオンは、「やさしく、強く、不屈だが、常に献身的な、キリストの魂を表し」、[25] 陽気なユーモアと愉快な騒動で風刺の棘を抜く、作者好みの人間味に富む聖職者を提供するエンタテインメントである。「『やっかいな聖者』で私の胸に下心はない。ただ人々に楽しんでもらいたいだけで、キャロルの思想的ごみ入れの蓋を取って、真実とやらを探すのはやめてほしい」[26] と作者も述べているが、虚栄と謙遜の教えは意図している。

最後に、プロテスタントの聖職者であるが『偉さとさらば！』のスウィフトに言及しておく。聖職者としてのスウィフトよりも、私生活の女性関係を扱う伝記劇で、キャロルの基本的テーマである精神と肉体の相克、その分裂の苦悩をスウィフトに見いだし、ステラとは理性的愛情を保ちながら、ヴァネッサと

肉体関係に入るスウィフトの謎を、政争もからませて描くが、公人と私人を総合的に取り上げる意図が、かえってモチーフを分裂させ、スウィフトが皮相的人物像に終始する。「スウィフトのショックと魅力が大きく、今日までその影響が私の著作で最も強力な要素の一つであり、トマス・ハーディを除く他のいかなる大作家より大きな影響です」[27]とキャロルは告白するが、スウィフトのアンビヴァレンスの謎には迫りえていない。

  私はこれまで一度もカトリック教会を離れたことはありません。またその信条や認められた教義を何ひとつ疑ったこともありません。私はただ反教権的であるだけです。[28]

  アイルランドの教会は永久不変の教会ではありません。アイルランドのカトリック教会です。余計なもの、精神的俗物根性、信心ぶることが支配しています。私の考えでは、アイルランドのカトリシズムは強いヤンセン主義のため、西欧で最悪のカトリシズムの宣伝です。[29]

このように一見矛盾する立場を表明する作者の聖職者には、カトリック信仰と教会への信頼と、現実のカトリック教会と聖職者への批判とが同居している。聖職者を二分し、親切で同情心に富み、寛容で献身的な聖職者の人間性を肯定的に描く一方で、厳格的で抑圧的、抜け目なく独善的な聖職者の権威主義と、それに盲従する信者の蒙昧を批判的に描くことが多く、その方がドラマとして成功している。

 独立後の圧倒的なカトリック社会をリアルに見せようとするなら、聖職者の登場は必然であり、またカトリック作家といえども、あるいはむしろカトリック作家だからこそ、カトリック界への批判的視点は避けられない。「教会の内側から批判する、たぶん最初のカトリック劇作家」[30]と自称するキャロルが、聖職者を描く時、信仰や教義そのものを問うのではなく、聖職者を現実社会との関わりで扱うのは、リアリストとして賢明である。しかし、その矛先が鈍り、教会を寛容に、聖職者を人情豊かにする時、センチメンタルなメロドラマに堕しかねない危険性を、理想的な聖職者を登場させる後期の作品が見せる。「カトリック教会に対するキャロルの非難は、教会への基本的な信頼によって常に鈍っている」[31]と評されても仕方ないのである。

 「私は三十代、四十代を通してずっと、完全にイプセンの影響を受けていま

した」[32]とも、「私はイプセンの例に倣おうとし、小さな日常の村を場面にして、その葛藤と葛藤の教訓を普遍的にしました」[33]とも告白するキャロルには、リアリズムを離れる実験的手法はほとんどなく、現実問題に取り組み、道徳的関心と改革熱で、観客を教化する志向が強い。そのため、堅固な構成と創意に富む筋立て、明確な人物像と鋭い風刺による、ウェルメイドな問題劇でのメッセージに向かう。

特に、聖職者列伝によってアイルランド社会の根本問題を指摘し、対応を促すドラマの点でリアリストである。狭量な教会モラル、権威主義の聖職者の批判は、マレーの衣鉢を継ぐが、カトリック作家としての問題もマレーに似て、「両天秤をかけて」[34]批判意識が弱まり、リアリズムから離れる時、主題も人物も型にはまり、シンボリズムやファンタジーを援用して、キャロルもあまり成功していない。

キャロルにリアリズムを伝承で補う傾向があるのは、アイルランド人のカトリック信仰と異教精神との二重性とそのよき混和を説くためであり、リアリズムの制約を破るロマンティシズムの発露でもあろうが、それに必要な詩美と抒情性を欠いた。

イプセンの唯一の欠点を「生涯決して笑わず、ユーモアがなかったこと」[35]とするキャロルは、ユーモアや笑いに富む作家で、それがマレーと異なる一番の特徴であるが、聖職者に甘い作品では笑い、少なくとも風刺的笑いは弱くなる。そして大戦中の北アイルランドとの人為的国境を笑いとばす『ダブリンから来た悪魔』では、村人に同情的で、一緒に密輸に関わる司祭は、奔放な「風刺的エクストラバガンザ」（サブタイトル）のほんの端役にすぎない。

結局キャロルは、「アイルランドの舞台に現れる聖職者と聖職者生活の最も説得力のある肖像を描いた」[36]かもしれないが、「アベイ劇場がいわば私の心の故郷になっていった」[37]と認める作家としての特徴と限界を示す。D. E. S. マクスウェルの総括は正しい――

　　　キャロルは十分立派にコラムとマレーの系統に連なり、二人のように新しいアイルランドを見る。革命後の正統性を二人は変え、キャロルは強化する。二人のように、キャロルも地方の生活場面をドラマ化するが、最良の場合、魂を

深く動揺させる。二人と違って、キャロルの最も効果的な台詞は情け容赦ない攻撃であるが、強い立場を放棄してまごつかせることが多い。一つには人物間の緊張、一つには人物と進展する筋との間の緊張が弱まる。キャロルの人物は負わされた物語の人物になる。『白馬』でノーラとデニスの和合は確かに「立派」で、ノーラとショーネシーの真の葛藤は、巧みに見えなくされる。形式では、ファンタジーの試みを除けば、キャロルはリアリストであり、その舞台装置は透明な第四の壁をしっかり守る職人である。……

 キャロルは、アベイ劇場が到達した自己完結のリアリズムの最良の代表例であると言えよう。散文的で、記録的で、舞台は、モデルの世界にぴったり当てはまる、予測できる世界に幕が上がる。実人生の原型に忠実であると判断される言葉と動作によって、その劇空間は占められる。台詞は想像力で変化されるより、むしろ正確に書き写される。[38]

現　代　劇

現代劇——はじめに

　高い理想を掲げて船出したアイルランド演劇は、新鮮な活力の黄金期は短く、やがて停滞と後退に直面する。繰り返し上演される農民劇や通俗劇が、皮相の写実や陳腐な風刺でマンネリズムに陥る、アイルランド演劇の再生には、リアリズムを破る実験性が必要となり、改革の波に見舞われる。

　欧米の新しい演劇やダブリン演劇同盟の外国劇上演に刺激を受けたオケイシーとジョンストンが、改革の口火を切る。オケイシーの「ダブリン三部作」が切り拓いた功績とその影響を認めるジョンストンは、『狙撃兵の影』の衝撃を記す——

　　『狙撃兵の影』が初めて上演された時のスリルを、私たちの多くはまだ忘れない。戦後の新しい精神状態を表す最初の劇だった。私たちをゆっくり毒してきた一連の偽の価値からの最初の解放であり、私たち自身がまだほとんど意識していない感情が、舞台で表現されるのを初めて聞いた。[1]

　二人とも「紛争」と独立後の、政治と社会の新しい情況、新しい素材を扱い、アイルランド演劇に現代史のテーマ、都市の舞台、痛烈な風刺、そして非リアリズムの手法を取り入れて、偏狭なアイルランド演劇に新風を吹きこむが、1928年、四カ月をはさんで、オケイシーの『銀盃』とジョンストンの『老夫人はノー！と言う』が続けて、アベイ劇場に上演を拒否される。

　新しい活力の到来を予告する、これらの野心的な実験劇を拒んだことは、イェイツやグレゴリー夫人らアベイ劇場の首脳陣が、国際的な流れを受け入れない自らの弱点を暴露するものでしかない。イェイツらの演劇運動が当初から目標とした、「イギリスの劇場では見られない実験の自由」[2] を失って、アベイ劇場は衰退していく——

　　1940年代、1950年代のアイルランド劇はほとんど、今では主として文化的ド

キュメントとしての興味になる。ポストコロニアルの段階でアイデンティの確固たる輪郭を創ろうと苦闘する国民の、社会経済的、政治的、かつ芸術的、道徳的価値を反映する。……芸術的な問題は、これらの劇はほとんどすべて月並みなリアリスティックな形式で、そのため、ふつう批判も結局はハッピーエンディングの要求に合わせることである。[3]

ピランデルロ、ジロドー、ブレヒト、オニールなどが輩出する欧米の演劇の華々しさと比べて、農村とナショナリズムとカトリシズムの視点の強調で、紋切り型に堕していくアベイ劇場よりも、アベイ以外の劇場の方が、優れた作家と作品を上演していく。『老夫人はノー！と言う』を引き受けた、エドワーズとマクリアモアのゲイト劇場は、実験性と国際化でダブリン演劇同盟を引き継ぎ、ビーアンの『凄い奴』とベケットの『ゴドーを待ちながら』を初演したシンプソンのパイク劇場などが、主題でも手法でもアイルランド演劇の行きづまりを打破していく。

しかし、新しい波にもかかわらず、その代表的作家キルロイが振り返るように、大勢は変わらない——

50年代と60年代初め、われわれはまだ30年代のアベイ劇場とともに生きていて、個々の成功や演技などの成功にもかかわらず、全般的に活力を切らし、われわれの世代の人々に大したことを言っていない劇場であることは確かだった。[4]

1960年代に入って、アイルランド演劇は第二のルネサンスを迎える。才能が同時に開花するのに、時代の後押し、新しい感性の反映があることは間違いない。

1937年、デ・ヴァレラによる憲法制定で、ナショナリズムとカトリシズムを国家の基礎とし、第二次大戦で中立政策を貫いたアイルランドは、経済的にも文化的にも、いわば島国の停滞に陥り、矛盾とひずみが拡大する。貧困と閉塞感を打破するために、1958年、T. K. ウィタカーらによる第一次経済発展計画が発表され、レマス首相のもとで、外国資本導入やEEC加盟による産業振興と近代化が図られる。外国からの経済や文化の流入は、旧来の閉鎖的なナショナリズムを変質させ、物質的繁栄への憧れや進取の気性で、農村主体の生活やゲール文化の伝統に大きな変動をもたらす。

この国家的大変動に助けられて登場する幾多の現代劇作家たちは、外国劇の動向や実験の影響を受けながら、変貌していくアイルランドの現実に鏡を向け、新しい主題を見いだし、新しい手法を利用していく。キルロイは先に続けて、「今日のアイルランド演劇は、フリールの『さあ行くぞ、フィラデルフィア！』とヒュー・レナードの『スティーヴン・D』から始まる。主題がオリジナルというからでなく、上演の技術に新たな洗練をもたらし、新しい出発を示した」[5]と述べる。もちろん主題でも新しさが加わる——

　　クリストファ・マレーはその思慮に富む論文「過渡期のアイルランド演劇1966-1978」で、この時期のアイルランド演劇が切り拓いた四つの領域を特定する。性の主題が明白な率直さで取り扱かわれ、宗教は「社会的に保守的な問題であるよりも、急進的にむしろメタフィジカルな問いとして」探究され、未熟な労働階級演劇がアイルランドの舞台に政治的コミットメントをもたらし、アイルランド共和主義と北アイルランド紛争の激しい議論を呼ぶ問題によって、直接的で苦い今日性で告発する劇もある。[6]

　現代劇作家もリアリズムを重んじ、むしろ写実的作品でデビューすることが多いが、近代劇作家が大体リアリズムの枠内で終始するのに対して、リアリズムを破って、多岐な実験的手法を活用する傾向がある。開放されたアイルランドの混乱の現代で、秩序や規範が疑われ否定される時、写実やリアリズムがかつての威力を発揮することはない。

　しかし、それでもなお、アイルランド現代劇はリアリズムの威力と魅力をもつ。近代劇のリアリストたちが達成したリアリズムに新しい生命を吹きこむ形で、想像と感性による実験を試み、表面的写実でなく、内的リアリティを表現するリアリズムである。

Ⅶ. ジョンストン――リアリズムとモダニズム

　オケイシーの衝撃で現代劇に突入したアイルランド演劇は、同時代にもう一人、独創的な劇作家デニス・ジョンストン（1901-1984）をもった。アイルランド・ナショナリズムが自由国成立で一応の成果を得ながら、「国家の誕生は無原罪懐胎ではない」（Ⅱ.152）現実を描いたジョンストンは[1]、リアリズムとモダニズムをめぐっても、たいへん興味深い劇作家である。

　欧米でピランデルロ、ブレヒト、オニールなど優れた劇作家が輩出している時期に、陳腐な農民劇や型にはまったリアリズムに固執するアベイ劇場に満足しないで、同時代の欧米の先端的な劇を上演したダブリン演劇同盟とゲイト劇場に関わり、複雑な主題と多様な技法で、一人の作家のものとは思えない変化と実験に富む戯曲を創作し続けて、アイルランド演劇の地平を世界に拡げ、オケイシーの「自己亡命」のあと、アイルランド現代劇の第一人者として活躍した、知性と創意に富むモダニスト作家である。

1. 劇作の軌跡

　第一作『老夫人はノー！と言う』は、1803年のエメットの反乱と現代のアイルランド自由国との対比で、ナショナリズムの理想と現実の主題を、挑発的な前衛的技法で展開する、「表現主義的異議のゼスチャー」（Ⅱ.7）である。

　古風な愛国的メロドラマでエメットを演じている役者が、上演中に誤って頭を強打され、混濁した意識の中で、扮したエメットのまま、恋人サラを求めて、現代のダブリンの街をさまよい、ナショナリズムの夢に冷淡な自由国の現実に困惑する姿を描く。

　十九世紀詩文の「簡略版アンソロジー」（81）で成り立つ歴史劇のパロディの枠組で、アイルランド・ナショナリズムのセンチメンタルなレトリックと芝

居がかった身振りを諷し、ドラマ本体の劇中劇で、その非現実的なこっけいと危険性を示唆すると同時に、長い闘争の果てに独立したアイルランドの混迷、ナショナリズムの夢を破るわびしい現実をも皮肉る。

譫妄状態の役者の幻覚あるいは悪夢という構造、歴史上のエメットを現代のダブリンにタイムスリップさせる設定で、時空も因果も超越し、人物や場面が融解し、芝居と現実が不分明な、シュールリアリズムの「夢の劇」である。

引用やアリュージョンの万華鏡、音響と踊りの競演、人物の変身と場面の急転など、リアリズムの約束事を大胆に破る、さまざまなスタイルのぶつかり合いで、意味の重層やコントラストによる風刺を図る劇的着想のため、反リアリズムの極めて実験的で複雑なドラマであり、オケイシーの『銀盃』に先立つ、アイルランド最初の表現主義的演劇といえる画期的作品になる。

ジョンストンは後年、「われわれは型どおりの三幕形式、会話調の台詞、そして1920年代の偏向的社会感情を聞くことに飽きていた」(16) と振り返るが、自由国成立後の1920年代後半の混乱した同時代史を描く次作『黄河の月』は、愛国の理想と流血の現実の対比のテーマで、ほとんど前作の続編となる苦い現代劇でありながら、超現実的手法から一転して、三単一を守るオーソドックスなリアリズムで展開する三幕劇である。

イギリス自治領であることを認める自由国派と、完全独立を目ざす共和派の反目が続く時代で、巨大プロジェクトのシャノン計画に擬する発電所をIRAが爆破する企てと、内戦での政府による反体制派大量処刑になぞらえるIRAリーダーの射殺を軸に、独立アイルランドの方向をめぐるさまざまな視点を対立させる劇であっても、奇矯な人物とおかしな筋運びで、「国家の誕生」のドラマを、シーリアスな討論とこっけいな言動が交錯する悲喜劇――「思想喜劇」[2] あるいは「知的ファース」[3] にする。ロマンティックな理想主義と政治的リアリズムの「公開討論」(133) で知的興味をもたせながら、人生の不可解な矛盾と痛みを抱えこむ個人的パラドックスを並行させる。

『傷心の家』などショオの思想劇の影響を示すリアリズム劇で、アベイ劇場で上演されたが、「国家の誕生」の問題に明確な解答はなく、討論と洞察、ウィットとパラドックスで描く『黄河の月』は、単純さを拒む皮肉な喜劇の視

点も一貫して、ストレートなリアリズムに見えて、実は複雑でデリケートな「鋭く探り、問いただす劇」[4]である。

　知的で複雑な演劇性を示す最初の二編のあと、「言うべきことを言う最良の方法を果てしなく探求」(II. 9) して、モダニズムとリアリズムの揺れを大きくしていくジョンストンは、最も実験的で難解な『ユニコーンの花嫁』でイェイツらに認められない一方で、お手のものの裁判劇『アイルランズ・アイの奇妙な出来事』がアベイ劇場でヒットするなど、パイオニアとして手法も出来も等質ではない。

　初期作品の果敢な実験性が次第に衰えていくことを円熟と見なすわけにはいかず、また、ジョンストン劇を三期に分けるのは、創作の間隔も質量も違って適切ではない。ここではひとまず、あとで詳述する『ユニコーンの花嫁』と『夢見る遺骨』の大作以外の作品を上演順に一瞥して、ジョンストンの劇作の軌跡を追ってみる。

　アラン島の酷しい日常生活と荒海の脅威を撮るドキュメンタリー映画の傑作、ロバート・フラハティの『アランの男』の撮影現場に立ち会った体験に基づく『嵐の歌』は、当時まだ新しいメディアのロケーションを素材にして、映画のリアリズムをめぐって、本来コマーシャリズムを批判する娯楽作である。

　戯曲に登場人物の点描を付加していることが示唆するように、インスピレーションと職人気質で、「何事も避けず、言い残さない、完全な、真実の、本物の記録」(227) を目ざして撮影に凝る、強い個性のパイオニア的監督を除いて、人物に深みがなく、芸術か愛かの選択に直面する理論派編集人の気のないロマンスや、ほとんど舞台裏で起こる主要な出来事、何よりも実験的手法や主題のオリジナリティがないことで、ジョンストンとしては平凡な作品で、「大衆受けを狙った哀れな小品」「歌よりむしろゲップ」[5]と自嘲する。

　ある風変わりな老人の実話に基づく『黄金のカッコウ』は、稿料不払いの「不正」への抗議として郵便局を襲い、精神病院送りになる死亡記事記者をめぐる劇で、「ジョンストン劇を一貫する唯一の最も重要な主題である反乱」[6]を扱う。1916年復活祭蜂起のパロディはあるが、直接にはアイルランドの歴史や政治と関連のない「たった一人の反乱」(248) の、誇張とパラドックスと

こっけいの「不合理な喜劇」（副題）である。

　基本的にはリアリスティックでも、観客に直接語りかけたり、役者に台詞を付けたりする「少年」がでしゃばって、劇のイリュージョンを破り、登場人物は主人公ダザリー（Dotheright = Do-the-right）以下形容語句的命名で、象徴的寓話的でもあり、「アレゴリーとリアリズムの著しい結合」[7] がある。公正と自由を求めて社会に挑戦する個人の良心という重要なテーマを、「正しいことをする」人に担わせ、他の人物に共鳴させるが、愚直なダザリーの不条理な挑戦は、ファースの許す茶番と矛盾の中で収まる、「ファース形式による哲学的ドラマ」[8] である。

　第二次大戦の実話に基づく『ブリッジの四番手』は、作者独特の皮肉な視点によるインターナショナル・エピソードのファースである。ブリッジをするために四人目のパートナーを求める一組が乗る小型機が、交戦地帯のマルタ島に不時着しなければならなくなる状況によって、戦争の人間的側面を強調しながら、戦争の愚かさを衝く、「大戦の小風刺」（167）である。

　空中の軍用輸送機に閉じこめられる数人の敵味方、戦時にブリッジの相手を求めて飛ぶ不条理──実話とは信じがたい、戦闘とは程遠いエピソードによって、戦争の大義をカリカチャ化する。戦争当事国の小宇宙を運ぶ飛行も、ブリッジというトランプゲームも、アレゴリーにはなりえるが、「臨床的視点」による「リアリスティックな」[9] 劇というより、ジョンストン一流の非神話化、価値転倒による、ブラックユーモアの小品である。

　弁護士から転じた作者の本格的裁判劇である『アイルランズ・アイの奇妙な出来事』は、島で遊泳中の本妻の溺死で、状況証拠から、三角関係清算のための殺害を疑われる画家の誤審の実話に基づく法廷劇で、「登場人物はすべて実在の人々で、いま十分に確認できる限り、実名で登場する」（326）と注記して、意図も手法もリアリスティックである。元来、自らのラジオドラマとE. トラー劇の翻案とに由来する、複雑な創作過程をもつが[10]、トラーの原作とその翻案に類似しながら、法と裁判を摘発するよりも、それに従事する人間の犯す間違いに焦点を合わせて、作者の関心のありようを示す。

　しかし、弁護士経験からくる法の運用の熟知と、劇作のキャリアによる創作

の練達にもかかわらず、ウェルメイドにする強引さが目立ち、特に第三幕につめこむ犯行への疑問と急な解決で、よく整った法廷劇を台なしにしている。客席を陪審席に見たてて観客を巻きこむのも、基本的にコンヴェンショナルな娯楽劇に不自然な設定で、一種目新しい裁判劇になって大衆受けしたとしても、劇作家としての評価を高める作ではない。

『老夫人はノー！と言う』と『黄河の月』で、独立当初のナショナリズムの理想と現実の混迷を、ほぼ同時代で描いて劇作家としてスタートしたジョンストンは、それから四半世紀後、最後の戯曲『鎌と日没』で復活祭蜂起を扱い、劇作家として原点に立ち返る。

蜂起から四十年以上たち、二つの大戦の「鎌」で大英帝国の「日没」を迎えた、その後の現代史の展開と国際的な背景から、蜂起の客観的評価の気運が高まる状況で、作者独特の冷静な考察と皮肉な批判精神によって、自らも体験した蜂起の非神話化を図り、ヒロイズムの虚像を剥ぐ。「今や神聖な主題となったことに関する反メロドラマ」(86)であり、三十年前のオケイシーの『鋤と星』の反戦感情へのアンチテーゼでもある。

蜂起への関与や立場が違うさまざまな人物が出入りするレストランを舞台に、史実を織りこんで、蜂起の経緯と視点の対立を多角的に提示する。蜂起の推移を、登場人物が見たまま、聞いた直後に、刻々と伝える直接性と即時性とともに、そのために事態をすぐには呑みこめないで混乱する様子を、リアルに活写するリアリズム劇である。

現実のピアスとコノリーに対応するリーダーと、敵対する捕虜のイギリス軍士官を軸に、それぞれの論理を展開する議論をドラマの中核とし、蜂起の展望と事態への新しい視点を提供する、知的分析的な政治思想劇でもある。それも大義や原則より、性格や思想や立場を異にする人物たちが、動機や判断に迷い、矛盾やおかしさを示すことに比重を置いて、蜂起の神話化を再検証する。だから、当事者に意図的に似させた登場人物も、蜂起の進展と帰趨も、史実に近い政治的リアリズム劇であると同時に、矛盾とも言える複雑な人間心理のリアリズムを合わせた傑作にしている。

こうしてジョンストン劇を俯瞰すると、主題は変化に富み、手法は同質でな

く、出来は不揃いである。表現主義の影響は急速に衰えながらも、リアリズムと反リアリズムの間での揺れが大きく、多様なスタイルと予測できない趣向を示すが、「作品が表すスタイルの変化は、適切な伝達手段を求める私の探求の反映にすぎない」[11]と作者は説明する。

　ほとんどの作品がアイルランドと関わり、純然たるフィクションであるよりも、歴史的事件あるいは実際の出来事に依拠し、その点ではリアリスティックであるが、むしろリアリティの捉えがたさがテーマであり、抽象的原則や既成観念への挑戦が意図で、典拠自体が重要なのではない。

　ジョンストンの「思想喜劇」では、虚実、善悪、生死、悲劇喜劇が不可分に共存し、その矛盾をも意に介さないで、観客を惑わす。ユーモアとウィットに富む客観性と明晰さで現実を穿ちながら、ものごとは「暫定的」「一つの解釈」[12]とし、一方では、神秘的な霊魂の探求にも熱心である。ジョンストンにとって、人生や世界は矛盾に満ち、パラドックスだらけ、物事や事件は多様な解釈を許す複雑さ、あいまいさで、だからその作品は複雑多岐になるのである。

　アイルランド演劇の主流をなす農民劇や民俗劇から離れ、欧米のモダニズムの反リアリズム劇を導入したジョンストン劇の魅力は、歴史や政治、道徳や心理へのリアリスティックな見解を、リアリズムを離れた、実験的な手法で展開するところにある。主題の抱える矛盾や不協和音が失われ、深い人間性の理解も単純なリアリズム手法に落ち着く時、かえってドラマの力を失う。

　ただ、ジョンストンは確かに前半の前衛的なドラマツルギーで、アイルランド現代劇のパイオニアであるが、後半にも、知的挑戦と再検証のすぐれた、実験的な『夢見る遺骨』とリアリスティックな『鎌と日没』がある。ここでは、アイルランド現代劇の出発点となった『老夫人はノー！と言う』の衝撃のあとのモダニズム、反リアリズムの成否両極端を示す『ユニコーンの花嫁』と『夢見る遺骨』で、ジョンストン劇の真骨頂を検証してみる。

2.『ユニコーンの花嫁』

　アイルランドと直接関わりなく、人間の生と死のサイクルをテーマとする『ユニコーンの花嫁』は、さまざまな現代劇の手法を混成した実験劇で、『老夫人はノー！と言う』に似ながら、思想でも構造でも、ジョンストンの最も難解な野心作である——

> 先例のない類の劇で、舞台で可能とは今でも思いません。つまり、意識するにしろ潜在意識にしろ観客の頭にあらかじめ存在しない観念を扱うのは不可能です。この作品では、死の恐怖はイリュージョンで、本当はまったく存在しないという主張です。ただのストイシズムの問題ではなく、作品が言わんとするのは、われわれがすることはすべて、われわれの「成熟」、成就、それは結局言いかえれば死を、達成することに向けられるということです。だから、怖れていることは実は求めていることであるのに、やってくるのが早すぎると怖れるのは馬鹿気ているのです。[13]

　ストーリーは、ジェイソン（ジェイ）という主人公が、消えた花嫁を探し求める冒険の旅であるが、それはエヴリマンの自己探求の比喩であり、死の受容のアレゴリーである。神話の枠組や一連のアリュージョンによる思弁的な道徳劇であり、音楽と踊りと照明による万華鏡の超現実的ドラマであり、「音楽を予定した劇形式による現代の大商船隊」という副題をもつ。

　舞台は二つに分けられ、前方には胸像を載せたピアノと大時計があり、後方はユニコーンを描いた幕で仕切られる。胸像の上半身はオルフェウス役者で、ジェイの一生を見守る案内人を演じ、最初は針がなく、振子を動かされて時の流れを刻む大時計は、生の進行を示す小道具であり、ユニコーンは「人間の象徴」である——

> 私の作品で、ユニコーンは……人間そのもののシンボルとして提示される。経済的人間、平均的人間、あるいは法廷の架空の毒気である理性的人間でさえない。それらはみなユニコーン並みに神秘的である。そうではなくて、生まれて、存在する権利のために苦労し、老いて死ぬ……成就と考えるものを求めて一生を過ごしながら、同時に、死という自然な終局を恐れる生きものとして提示される。(13-14)

　この象徴的な舞台と小道具で展開され、音楽と踊りで始まるドラマは、日常

のありふれた生活を基盤にしながらも、時間と永遠、生と死という古くて新しい問題、五感や理性や意識では捉えられない超自然と多次元の観念に支えられている。

卒業を前にした学生ジェイが、空疎なアカデミズム教育に不満で、教授や学友から疎外されている開幕から、卒業をも犠牲にして妥協しない主人公の人生探求が浮彫にされる。しかしリアルな教室風景は、ジェイが卒業式の日に一人になる途端に、超自然的場面に一転する。オルフェウスに促されて箱型大時計の扉を開けると、「穏やかな、天使のような仮面」をつけた「白衣の美しい女」が現れ、ピアノに合わせて「ゆっくり、厳かに踊る」(27)。振子を動かすと時が刻まれ、不思議な女との交わりで、ジェイの人生のサイクルがスタートする。「彼は明日と昨日を分かち、黄金の蝶である現在を解き放った。時間と季節の神秘を自らに授け、夜明けを迎えるラッパを鳴らした」(29)とオルフェウスが宣する。

初夜のあと仮面の女は姿を消し、その神秘的体験の証拠として、仮面がジェイの手許に残される。現実とも幻とも思える消えた花嫁を求めて、ジェイは初めは身辺の女性たちの中に探すが、やがて仮面の合う女の探求に転じていく。それは人間が生まれた瞬間から始まる死への旅のことであり、不思議な旅の時間経過で、死と永遠の観念をめぐる形而上的主題の思想劇になる。

ジェイは平凡な日常の暮らしと神秘的探求の旅との二重の存在になる。ジェイは人間ユニコーンであり、「まじめな若いフォースタス」(22)のように知識を求める冒頭からファウスト伝説が、ジェイソンと「アルゴノート」(27)から黄金の羊毛を求めたイアソンとアルゴー号の勇士たちの神話が、また残された仮面と靴の合う女を探すことから「シンデレラ」(32)のお伽噺が連想され、道徳劇『エヴリマン』を思わせる探求のテーマを拡大しつつ、ドラマは三次元四次元のレベルを超えて、自由に流れる時間、融解する場面、相互に関わり合う五感で、超現実的夢幻的な重層構造を成していく。

ドラマは更にイリュージョンを破る不条理に突き進む。芝居にうんざりする客席の二人の紳士「侵入者」が、出口を探して舞台に巻きこまれるコミック・リリーフ、かかしに夢中になるロマンティックなサイキとジェイが関わる「牧

歌的場面」(33)、貪欲と欺瞞が支配する株式取引所の狂騒で疎外感を増すジェイの現実体験と続き、ジャンルを混淆させて、超自然と不条理で第一部が終わる。

　第二部は中年のジェイの家庭生活で開幕し、「この場面を通して、夫婦の仕草は完全なリアリズムで、話していることに必ずしも関連せずに続く。……非現実的な会話に加えてト書をも話す」——

　　ジェイ　家庭の内部。われわれの人生の中間で、炉辺に暖かい火が燃え、揺りかごで赤ん坊が泣くここで、おれの巡礼のこのパートナーをじっと見て、だれなのかと尋ねる。(43)

このように始まる冒頭は登場人物が、アイロンがけや新聞を読む仕草のト書に相当することをコメントしたり、現実には沈黙シーンである、結婚の不満を表す内面の意識を三人称で表現したり、不思議な効果を出す。日常生活をリアルに演じ、実際の会話もわずかに混ぜて、「オニールの『奇妙な幕間狂言』の意識の流れの技法を肩越しに半ば見やりながら、同時にウジェーヌ・イオネスコの『禿の女歌手』のような劇の喜劇手法を予示するように思える」[14]、感情とディタッチメント、ユーモアと不条理の、面白い場面である。

　情熱の失せた、むしろ敵対する、みじめで退屈な中年の夫婦関係にいたたまれないジェイは、酒場に逃がれ、かつてのアルゴー号の失意の仲間たちと出会い、「時計との色恋沙汰」(51) と嘲笑されながら、仮面を試す。仮面の女を見つけられないジェイは、「おれが生きるのはもう一度彼女に会うため。仮面を外してその顔を見るため。だが今は経帷子のように年月にまとわれ、目は希望を失い、死しか見えない」(56) と嘆く。

　傍役として登場する擬人化の、時計の「分」に追い立てられ、「父親たちの罪」や「疑い」(55) に責められ、「自分の影」(56) に付きまとわれ、「終末の足音」(57) に苛立つジェイは、生を切り刻む時計を乱打し、逮捕されて裁判に付される。先に客席に紛れこんだ二人の紳士が弁護士、「詰め物の人形か木片に描かれた顔」(58) の陪審で、混乱した裁判のカリカチャが進行するうちに、金融危機の戒厳令で中断されて、放免されるジェイは、兵役に取られ、戦場で上官や敵となった旧友に出会ったりする。かつての級友からわが子だと娘

を示されたり、政治の領袖となっている者から勲章を授かったり、自由奔放な展開の中で、避けられない死を恐れるジェイが、オルフェウスから渡される鍵で時計の振子を止めると、仮面の女が現れ、「舞台中央前方に来て、観客に背を向けて、仮面を外し、頭上に掲げて皆に面を見せる。キャストが驚き喘ぐ一方で、ジェイの顔は歓喜に満ちる」(75-76)。

「きみが運命なら何を恐れることがあろう」(76) とジェイは歌って、仮面の女に導かれて姿を消す。仮面の女との出会いで始まった探求は、学業にも結婚にも友人にも満足を得られぬ中で、仮面の女との再会で終わるが、ジェイは求めてきたものが死であることを発見する。大時計の振子を動かしてから、それを止めるまでの時間の経過は、死に誘われて最後の審判への旅に出るエヴリマンの旅の完結である。時間に支配される人間が避けられない死と、人生の探求に意味を与える死という二重性で、仮面の女が象徴する死の受容という形而上的な主題を結ぶ。

その観念的テーマを展開するのにジョンストンは、不条理劇ともシュールリアリスト劇とも、ブラックコメディともドタバタ喜劇ともつかぬ、そして自らは否定する「構成主義ないし表現主義演劇」(15) の要素も混在する、異様にファンタスティックな劇世界を構築する。時間と永遠、生と死の主題が、欧米の新しい演劇の流れに通じたジョンストンならではの、イリュージョンを破る現代劇の手法のパスティシュで展開される。現実と夢、具象と抽象が交錯し、日常生活の論理や意識を超えた世界は、表相的なリアリズムではまともに扱えないゆえの、さまざまなジャンルと手法のアナーキックな混淆である。サラを求めるエメットのシュールリアリスティックな悪夢を描く『老夫人はノー！と言う』以上に複雑な演劇性である。しかしその手法で、「矛盾する衝動のこの迷路を喜劇の形で描くこと」(14) に成功しているのだろうか。

神話へのアリュージョンやエヴリマンのアレゴリーは、抽象的思弁的内容に見合う規模や深さを与えようとし、またそれとの対比でパロディや風刺を目ざすのだろうが、あまりに広範な、しかも主観的表相的な乱用であり、多種多様な文体と放縦なレトリックは、勿体ぶりから不真面目まで、まったく統一性を欠き、多層の構造や人物の変身や不可解な劇的言語で、何を言わんとするのか

観客をとまどわせること甚しい。

しかも作者は、当時話題の J. W. ダンの時間説——過去現在未来の線的時間と違って、同時に無限に存在する多次元の時間説で、人間の不死あるいは死の恐怖の無意味を説く仮説を援用している。[15] だから肝心の時間の位相も多次元で不明瞭な場合がある。矛盾に満ちた人間の根本問題を扱う野心作であるが、創意に富むジョンストンとしても、『ユニコーンの花嫁』は内容も形式も度が過ぎる。

「私の好きな作品だが、今ではその出版を激しく嫌う」[16] としながら、作者は改訂を繰り返し、最初の『戯曲集』に収録しなかった失敗作不評作であるが、「アイルランド劇で最も独創的な手法の劇の一つ」[17] であることは間違いない。このあともジョンストンの探究が続いても、このような前衛的手法は用いず、リアリズム路線に近づき、形式的には平凡になっていく——

> ジョンストンが劇場で終わりということは断じてなかった。『ユニコーンの花嫁』のあと劇を七本書いている。しかしパイオニア的な有力な劇作家としては終わった。「実験の熱意」は尽きて、『ユニコーンの花嫁』のあとに書いた劇はいずれも、新しい劇形式に向けた影響関係は見られない。……ダブリンを興奮させ、1920 年代後半と 30 年代前半のアイルランド演劇の異論の多い寵児とした、前衛的なドラマツルギーは卒業した。『ユニコーンの花嫁』は劇作家ジョンストンの第一段階の終了を示す。
>
> 後半の仕事はゲイト劇場とアベイ劇場に等分に分けられ、いずれもモダニスト的あいまいさや思弁的不可解さを非難されることはない。……『ユニコーンの花嫁』のあとの劇作は、不規則、不連続、不均衡、精力分散が目立つ。[18]

しかしその中で、『ユニコーンの花嫁』に似た構想でありながら、その欠点と失敗を克服する『夢見る遺骨』は、主題でも手法でも際立つジョンストンの傑作である。

3. 『夢見る遺骨』

アイルランドの政治と文学におけるスウィフトは、失意の愛国者であり、矛盾した風刺作家であり、しかも謎に満ちた私生活のために、アイルランドの劇作家が次々と創作のモチーフとすることに不思議はない。ジョンストンがス

ウィフト劇に取り組んだのは、スウィフトにアイルランド的主題を見出したからというより、ロングフォード卿の『ヤフー』とイェイツの『窓ガラスの言葉』の刺激を受けてであるが、しかし先例があるという簡単な理由からでもない。[19]

『夢見る遺骨』は、スウィフトの私生活、特にその女性関係の謎に迫る、ジョンストン独自の仮説に基づいていて、その仮説はのちに法律家らしい緻密で明快な論証で、『スウィフト探求』という論考に仕上げていく。

スウィフトの謎はジョンストンにとっても、ステラとヴァネッサとの女性関係に極まるが、ステラはウィリアム・テンプルの隠し子、スウィフトはウィリアムの父ジョンの私生児で、スウィフトとステラは伯父と姪の間柄になるという仮説を、史料と推論で立てる。つまり、当時、二人の男女関係は「罪以上のもの……犯罪で……教会と国家に対する犯罪」(299) になり、近親相姦の結婚は問題外であり、スウィフトは暴露によるスキャンダルを怖れて苦悶し、秘密を打ち明けられるステラは、他者との結婚は考えられず、スウィフトとの変わらぬ関係に満足し、一方、肉体的に結ばれるヴァネッサは、二人の関係を疑い、ステラに結婚の有無を尋ねてスウィフトを窮地に陥れ、説明がないことへの当然の対抗処置として、遺言状を書き改め、スウィフトとの関係を明るみに出すようにした、ということになる。

独自の史実の発見と心理の解釈によるジョンストン説に従えば、スウィフトは感情的にも性的にもアブノーマルな不可解な人物ではなく、正常な普通の人のレベルで悲劇的になる——

> いかなるスウィフトの伝記も、三人の中心人物の行動を理解しようとするなら、鍵となる疑問に答えなければならない。つまりスウィフトとステラは結婚していたのかという疑問で、答えが否定でも肯定でも、一連の派生的な謎を生むことになる。……どのような答えであっても、残酷、悪意、控え目の殉教、そしてヒステリーの、ゴシック物語にならないためには、もっともらしい一連の出来事を再構成し、それによって主要な人物を、極端な神経症的行動から理性の範囲に戻すことができなければならない。ジョンストンは一つの答えを仮定し、それによって、三人が奇妙な状況で、可能な限り知的に行動する理性的な存在であることがわかると主張するのである。[20]

しかし、ジョンストン説の真偽は必ずしも重要ではない。『夢見る遺骨』はその説を核にしながら、学術論文あるいは裁判記録のような『スウィフト探求』のように論証を目ざすのではなく、その仮説による解決がむしろ邪道であるほど、知的な演劇性をもつ作品になっている。ジョンストンも劇作家の立場で、「ストーリーが意味をなす」こと、「動機を与える」ことの不可欠を説いて、自らの説にこだわる——

> スウィフトのもつれに対する私の解決法が、本物であることを証明する直接の証拠は今は何もないが、本物でありうるし、わかっている事実とも符合する。すべての人物の行動に動機を与える説明として、私に見いだせる唯一のものである。その限りにおいて、劇作家としてはそれが正しいに違いないと信じる。(Ⅱ. 403)

しかも戯曲化は、ラジオドラマに始まって、何度も書き改め、のちにはテレビドラマにもして、単なる自説の展開でなく、演劇としての関心も並々でない。

1835年、スウィフトが主任司祭であった聖パトリック大聖堂の修復の際、スウィフトとステラとおぼしい遺骨が発掘され、骨相学者たちの好奇の目にさらされたあとで、二人の生前の関係を反映してどのように埋め戻すかという問題が生じる。折から、大聖堂修復の基金集めのために奇跡劇『七つの大罪の仮面劇』を演じた役者たちが戻り、「現在の」主任司祭の勧めで、十八世紀前半のスウィフトと関係者に扮して、スウィフトの私生活の謎を明かす「別の仮面劇」を「公演」(265)することにする。

> スウィフトは例えば、魂の最も神秘的な賜物である罪を七つ受け継ぐ人です。……みなさんが今晩の仮面劇で実に見事に演じてきたそのものです。スウィフトはその罪をもって生まれ、一生涯それから逃れようとしますが、結局その一つに殺されます。この頭蓋骨はその儀式のシンボルです。ところでみなさんは頭蓋骨をどこに休ませるかで議論されているが、この男を本当に殺したのがどの罪かはっきりわからないと、その生涯と死と埋葬の謎をどうして解けますか。(264)

こうもちかける主任司祭自らもスウィフトに扮し、その「キャスティング」と「演出」(265)で、演じたばかりの仮面劇の大罪を名前にもつ役者たちが、「自

らの物語を語る」(264)。それぞれがスウィフトの生涯のある人物とのエピソードによって、スウィフトの人物像を決めると考える大罪、自らの名前である罪で、スウィフトを弾劾し、スウィフトを取りまく特定の人物への肩入れで、他の人物と罪に反論し敵対しながら、結果的には、肩入れの人物こそその大罪を負うことを明かしてしまう。それぞれの主観的立場によるスウィフトの謎解きで、洞察と同時に無理解も示し、偏見の交錯と矛盾の中から、総和としてスウィフトの全体像が浮かび上がる。一つの視点では捉えられないこと、いずれが正解とも言えないことを示す、極めて巧妙な時と所と状況の設定であり、しかもそれが作者のスウィフト観の複雑さに見合う形になっている——

> このようにしてジョンストンは伝統的なスウィフト観を照合し、その一面的な不適切さだけでなく、それぞれ片寄った解釈の動機も暴露する。……こうしてジョンストンはスウィフトの生涯の抽象的でバラバラの断片に基づく見方を批判すると同時に、一つひとつの疑わしい証拠を連結させて、自らの主張をまとめていく。見たところはエピソード風の場面が、実際は計算された法廷の論理に従って配列されて、ジョンストン論をクライマックスで明かす。それが結局、仮面劇の役者たちが求める、理解できる動機づけの唯一の論として提示される。[21]

七つの大罪がそれぞれに脚本、演出、主演を担当する演劇的操作と、百年前の現実の人々を演じるフラッシュバックの劇中劇を、さらに百年後の現代の観客が見る構想で、スウィフトの謎に迫る伝記劇が、人間全般に関わる道徳劇になり、しかも前衛的な実験劇にもなる。

役者たちがインテリであるとしても、スウィフトの伝記に精通し、それを即興劇として演じることには、「不信の休止」が必要であり、即興の自然さを裏切る複雑さであるが、どこからか「わたしはわたしなり」(260)、「わたしが生まれた日よ滅びろ」(261)、「ヤフーたち！」(265)という不気味な囁き声が聞こえる教会での、「張出し舞台に置く二つの頭蓋」の「夢」に「声を貸す」(265)、霊媒による降霊術の趣さえある作品である。

まず、スウィフトを「肉体を野獣のレベルに落とす」(265)貪食の罪で責める〈貪食〉の場（1730年代末期か1740年代初期、ダブリンの主任司祭公宅、スウィフト七十代前半）[22]で、晩年のスウィフトを、昔ステラの求婚者であったティズダル師が訪れ、双方が皮肉で口論する。かつての料理女も訪れ、その

夫の皮肉な歌にスウィフトは激怒する。最終シーンとで晩年のスウィフトという枠になるものの、貪食と結びつかず、スウィフト解明には弱い。

〈貪欲〉はスウィフトを「お金のことには貪欲な人」(272)と責め、ティズダルがステラに求婚した折、後見人のスウィフトが断った「背後にはお金のことがあったに違いない」(277)と憶測する（たぶん1709年、ララコー、スウィフト四十代前半）。スウィフトがステラを説得する肝心のシーンを舞台裏の出来事にして、ステラが「二度と結婚を口にすることはなかった」(277)理由に、作者の近親説を当てるのだが、それはあとに廻し、サスペンスを生む。

〈邪淫〉は「わたしたちなら許されても、聖職者には致命的な邪淫の悪徳」(285)を見出す論証で、スウィフトとヴァネッサの出会いと、友人フォードが警告する二人の仲の深まりを、ロンドンの政変や女王の死という公的事件にからめて、二場面で描く（1709-1710年頃、ロンドン、スウィフト四十代前半と、1713-1714年頃、ロンドン、スウィフト四十代半ば）。

〈憤怒〉は「スウィフトを悩ませたのは、肉欲の弱みでなく、嫌悪した世の中と、断固として挫こうとした性に対する、怒りと恨みだった」(285)という立場で、スウィフトとヴァネッサの最終局面を扱い、ヴァネッサはステラとの結婚の有無を尋ねてスウィフトを怒らせる（1723年、セルブリッジ、スウィフト五十六歳）。

2つの場面とインタルードからなる〈嫉妬〉は、スウィフトは「大物」どころか「自分より成功する者はだれでも妬んだ」(290)と、まずスウィフトとバークリー博士の再会を示したあと（1723年、主任司祭公宅、スウィフト五十六歳)、ヴァネッサの手紙が届き、先の〈貪欲〉シーンに続く形で、フラッシュバックによって、役者の疑問と観客のサスペンスに真正面から答える。スウィフトの謎を解き、ドラマに決着をつけるために、ジョンストン説を提供するクライマックスである。

〈傲慢〉の三つの場では、結婚の有無を尋ねるステラ宛の手紙を、ヴァネッサに無言のまま突き返すしかないスウィフトを、ステラは「許しを請うことができない罪、七つの大罪の最大の罪」(305)である傲慢の廉で責める（1723年、主任司祭公宅とセルブリッジ、スウィフト五十六歳）。ヴァネッサの死後

「カデナスとヴァネッサ」の出版が巷間の噂になったあと、ステラも亡くなる（1724－1727年、主任司祭公宅、スウィフト五十六－六十歳）。
　〈怠惰〉が召使ブレナンとして現れる最後の場面で（1740年代初期、主任司祭公宅、スウィフト七十代前半）、老耄のスウィフトがディングリーに「スウィフト博士の死を悼む詩」を読ませ、見世物のように集まる野次馬を「ヤフー」呼ばわりし、「わたしはわたしなり」を繰り返して幕になる。
　「七つの大罪」がそれぞれの立場で展開するスウィフト観とそのエピソードは、断片的部分的で、年代は順を追わずに相前後し、長短軽重かなりのアンバランスであり、スウィフトの伝記と大罪の論証との関わりは必ずしもぴったりしないが、ジョンストンも訳している『作者を探す六人の登場人物』の影響も見せて、「七つの大罪」がスウィフトを探す七人の登場人物になり、「スウィフトについての劇」というより「スウィフト探求についての劇」（Ⅱ.403）、あるいは「ストレートな伝記」より「答えの探求」（404）になる。
　その中でも作者の仮説を組みこむ〈傲慢〉のエピソードは念入りで、作者の力量を見せる。〈嫉妬〉の場の最後で、スウィフトと渡り合うパークリーが、グラフトン公を「私生児」、母親を「商売女」呼ばわりする時、ヴァネッサの例の手紙を読んで、ステラは驚く。

　スウィフト　どうかしたかね、ステラ。（傲慢は張出し舞台まで行き、黙ってちょっと立ち止まる）
　主任司祭（少し驚いてあとを追いながら）どうしたのかね、どうして演技をやめるのかね。
　傲慢　あとの場面は意味をなさないわ。
　主任司祭　ステラ……
　傲慢　わたしはステラじゃない。
　主任司祭（気を楽に現在の主任司祭になって）そうかもしれない。でも私たちの目的のために……
　傲慢　わたしはどういう意味においてもステラじゃない。信じられる女でさえない。正気の女だったら、だれがこんな振舞をするでしょうか。
　主任司祭（神経質に）あなたの振舞は完全に筋道が通っている。とてもすばらしい人だよ。
　傲慢　完全に筋道が通っているですって！

主任司祭　何代もの伝記作家を満足させてきたものだ。
傲慢（軽蔑したように）スウィフトの伝記作家であって、ステラのじゃないわ。認められない愛人に甘んじて一生を送るのは、あの人の話には十分でしょうが。
主任司祭　いや、秘密の女房としてだよ。
傲慢　いっそう悪いわ。わたしがあなたの妻なら、どうして公認できないの。わたしはなにか恥ずかしいもの？主任司祭館を十五年も世話してきて……あなたに庇護され、お金の面倒も受けてきて、それでも資格がないなんて……(296)

「私生児」というバークリーの言葉が、スウィフトとステラの出生の秘密と関わるだけでなく、〈傲慢〉とステラを演じる役者が劇中劇を中断して批判する──「わたしがステラなら、本当の女でないといけないわ」、「わたしの自尊心はどうなるの？」(297)と反論するのはもっともで、このインタルードにジョンストン説を展開する核心のフラッシュバックが続いて、見事な「動機づけ」による解釈になるだけでなく、心理的リアリズムにブレヒト的異化効果を重ねることになる。

『夢見る遺骨』は、まず演出家向きの作品である。キャストや装置の経費や旅公演を考えると、「演出家の好みと資金によって入念にも簡単にも演じられ、オルガンと聖歌隊席のある大聖堂内陣から、装置をまったく使わない放送まで」(Ⅱ. 404)上演が自在で、「必ずしも劇場でない、公演や朗読を目ざした劇」の副題をもつ。

しかし『夢見る遺骨』は「それ以上に役者の劇であり、役を二重にしているのは意図的である」(404)。登場人物は仮面劇の大罪の名で呼ばれ、スウィフト説を論じるため伝記上の人物を演じ、主任司祭＝スウィフト（主演男優）、傲慢＝ステラ＝モル（主演女優）、貪食＝ティズダル師＝ジョン・ゲイ（性格男優）、憤怒＝ヴァネッサ＝ふしだらな女（純情娘役）、貪欲＝ディングリー＝ヴァナムリ夫人（性格女優）、邪淫＝フォード（軽い喜劇役者）、嫉妬＝バークリー博士＝歌うたい（敵役）、怠惰＝ブレナン＝堂守（道化）と、一人が二役も三役も演じる(257)。[23]

この複雑な対応で、先のインタルードのステラ役の反抗は、女としてのプライドの自己主張であるだけでなく、肝心の場で何の演技も許されない主演女優の抗議にもなる。主任司祭＝スウィフトは、年齢は四十代初めから七十代初め

まで、気分もさまざまなスウィフトを演じなければならない主演男優の大役である。「この作品は、性格を演じる才能がありながら、一つの芝居の中でその多才ぶりを発揮する機会にめったに恵まれない役者たちのための試作である」(252-3) と作者は言う。

　むちろん『夢見る遺骨』は何よりもスウィフト劇であり、七つの大罪の総和であるスウィフトの人物の大きさと複雑さに見合う、鮮やかで複雑な構造は、ジョンストン初期の反リアリズムに通じる手法であり、しかも表現主義演劇の難点を克服するリアリズムに支えられている――

　　　いかなる表現主義演劇もこの作品に匹敵できないのは、心理的洞察の深さと鋭さ、普遍化の土台を打ち立てる確実さと豊富さ、観客の想像を刺激して新しい意識の領域に招く反応の豊かな複雑さ、そして何よりも、創意の横溢、定められた主題を意外性ゆえに説得力のある方法で明らかにする能力である。[24]

複雑な構造でも、そのゆえに錯綜した不可解さを残すのではなく、伝統的なスウィフト観も組みこんで、ある意味では整然とした論理性で貫き、ジョンストン特有の知的刺激を与える。その核となるのが、独自のスウィフトとステラの血縁説で、他に説明するのがむずかしい、複雑で矛盾した状況に光を当てる鮮やかな謎解きであるが、伝記的事実の解明を主眼とするのではなく、その仮説に基づいてこそ可能になる心理的「動機づけ」を重視する。

　そこにはジョンストンのスウィフト観だけでなく、人間観が反映している。スウィフトは欠点と矛盾だらけでも、悪者や変態でなく、その愛と苦悩の大きさから、スウィフトの「極端に悲劇的な」(Ⅱ 404) 人間像への同情が生まれ、筋道の通った説明による理解で、謎の巨人がいつしか身近な人に思えてくる――

　　　それぞれの役者が、演じてきた大罪の性質に指示されて、スウィフト解釈を提示する。どれも「間違って」いない。それぞれ不完全である。スウィフトの変幻自在の姿は、簡単な定義で割り切れない。役者たちのスウィフト観と七つの大罪に占めるスウィフトの位置の間のどこかに、矛盾したスウィフトの全体像がある。ジョンストンの示すところでは、スウィフトは悲劇の主人公で、その背丈は、寓意的大罪の堕落の大きさも、人間の欠点の小ささも包む。ヒーローであってエヴリマンでもあり、その欠点は偉大さの必要な部分であり、肉

体と魂が受け継ぐあらゆる罪悪の餌食になる。……〔スウィフトの最後の台詞「わたしはわたしなり」は〕受容、同情、赦しを求める叫びであり、伝記や精神分析の見解を超越する。[25]

ジョンストンは初めのうちは自らの仮説に力点を置いて試作したらしいが、改稿を重ねる間に、「演劇的にはずっと前から、スウィフトの個人的問題に関わるよりも、七つの大罪とその相対的破滅性、そして他人で本当に我慢ならないのは自らの罪であるという奇妙な現象に関わる」(252) 戯曲になったことを認める。七つの大罪の枠組は、改稿の最終段階での着想であり、そのことで『夢見る遺骨』が、スウィフト個人の伝記劇を超えて、人間全般に関わる劇になることを、H. フェラールが説く——

> ジョンストンの考えでは、スウィフトは潔白ではなく、七つの罪すべてを犯した。すべての人間がそうである。ジョンストンの神学では、それが人間の条件である。人間は「罪を持って生まれ」、その罪が「遺伝…遺産」である。罪あるいは悪は神の計画の一部をなし、人間の偉さは美徳にも罪にもある。……ジョンストンのスウィフトは愛も苦しみもあり余るほど知った。堂々とした罪人で、生きている規模が大きく、七つの大罪を包含する生命力である。「その罪は何であれ、われわれの罰を必要としない」。[26]

人間の分裂とアイデンティティの探求という内面の劇として、アイルランド演劇の主流に棹さしながら、『夢見る遺骨』は、主題と手法、伝記の事実と作者の仮説、心理の深い洞察と人間への暖かいヴィジョンを鮮やかにマッチさせ、演出と演技に関する極めて演劇的なメタシアターにもなっている。「題材の特異さのため、これまでに書いたどの劇よりも時間と苦労を要した」(252)と述懐するのももっともな、ジョンストンの最高作である。

VIII. ビーアン——笑いで撃つ

　オケイシーの「亡命」のあと、ジョンストンを除いて、実験性を失って低迷するアイルランド演劇を、ブレンダン・ビーアン（1923-1964）旋風が駆けぬけ、新しいエネルギーを注ぐ。特異なパーソナリティが先行し、不摂生のため、結局『凄い奴』と『人質』しか残さなかったが、[1] この二作は、1960年代、マーフィやフリールの登場によるアイルランド演劇の再生までの空白を埋める、大きな存在である。

　ビーアン劇は社会の現実と自己の体験に基づくところが多くても、本当らしい人物と台詞による、因果関係で筋道の通った、素朴なリアリズム劇を目指すのではない。幼い頃から大衆劇場に出入りし、ブーシコーのメロドラマやミュージックホールの演しものに馴れ親しんで感化される一方で、海外に進出する際、演出家 J. リトルウッドの影響が大きく、作品の成立過程に問題が生じるほどである。

　「俺の好きな作家はショーン・オケイシーと俺自身だ」[2] とオケイシーに親近感を抱くビーアンは、オケイシーが「笑いの威力、悪と戦う武器」[3] を行使したのと似た意味で、笑いで撃つのをドラマツルギーの根本とする。

　『凄い奴』と『人質』はかなり異質であるが、この手法は共通で、人間の実態や社会の現実に対する憤りや批判を、笑いや風刺によって表現し、ギャグや脱線に満ちたドタバタ喜劇、歌と踊りの入ったミュージックホール劇のような、横溢する笑いのうちに、悲劇に直面する人間性を捉え、観客は笑っているうちに、不条理な状況や犠牲者の苦しみに感応させられる。

　二編とも自らの IRA 活動と入獄体験を素材とし、犠牲者の死と生存者へのそのインパクトに焦点を合わせるシーリアス劇でありながら、荒っぽい笑いと滑稽がおおう「コメディ＝ドラマ」（『凄い奴』の副題）である。「俺にはユー

モアの感覚があり、そのため葬式で笑いそうになる、俺の葬式でなければ」[4]とうそぶくビーアンの持ち味は、風刺と攻撃を通して人間への同情と理解に達する、素晴らしい悲喜劇の才能である。

　大勢の現実的なアウトカストの登場と、その生き生きしたダブリン下層階級の台詞による、現実感あふれる作風で、「生得の温かさと人間性」[5]が見られ、社会と人間の現実への洞察と憐れみを、猥雑なこっけいと騒々しいアナーキーで表現する、いわば笑いで撃つドラマツルギーである。

1. 『凄い奴』

　アイルランドの刑務所での死刑囚の処刑までの一日を描く『凄い奴』は、[6]作者の刑務所生活の直接体験による雰囲気と内情の知識と、ビーアン一流の荒削りな笑いの威力とで、社会への異議申立てを展開する傑作である。

　しかし、刑務所の抑圧的な日課と処刑の厳しい現実を洞察と同情で、基本的にはナチュラルに描きながら、ストレートなリアリズム劇でなく、囚人と看守の群像と、エピソードの脱線やおしゃべりの積み重ねによる、とりとめのない騒々しいドラマである。そのため、締まりのない構成や粗野な台詞が深刻な主題を阻害すると非難されたり、リアリズムを離れる作風にリトルウッドの悪影響を読みこまれたりする。

　『凄い奴』は、リトルウッドと関わる前に、ゲール語による一幕物のラジオドラマ『モウヒトツの縄ナイ』[7]としてスタートし、それを舞台劇に直し、最終的にはA. シンプソンによる改題と演出で、『凄い奴』としてダブリンの小劇場で初演にこぎつける。だからシンプソン夫妻による「整頓」や「カット」[8]、構成の引き締めや時間の圧縮も問題になる作品ではあるが、リトルウッドやシンプソンの手がいかに加えられたにしろ、それでもって『凄い奴』を過小評価することは不当である。

　一日の始まりの第一幕、朝の点検や掃除の日課と規律の中で、人生の大半を刑務所暮らしの老囚人ダンラビンが、大きな便器を磨きながら登場し、「女房殺しは、オレたちの一番いい奴にも起こりうる自然なことだ。だがオレの左側の助平な人でなしは…」（5）と、女房撲殺の死刑囚より隣室の性犯罪者を毛嫌

いする冒頭から、ダンラビンと仲間ネイバーがリューマチの治療を受ける間にマッサージのメチルアルコールを盗み飲みしたり、聖書の「すばらしく薄い紙」が煙草向きである「慰み」(21) を話したりして、閉ざされた囚人たちがさまざまな話題で論理や価値を転倒させて笑わせ、あるいは、酒や女への関心で状況に屈しない生命力を見せて、陽気で真剣なブラックユーモアを発揮する。

囚人たち独特の価値観や犯罪論を展開する一連のこっけいな台詞や所作は、生来の無神経あるいは獄中生活による倒錯に見えながら、常に「凄い奴」の絞首の予期に好奇心と想像力が向くため、笑いは恐怖を避け日常性を保つ生存本能であり、また真剣な批判や抵抗を隠す——

　　観客が徐々に悟るのは、ダンラビンや他の冗談を言っている囚人たちは、冷淡にあるいはサディスティックにしているのではなく、わかりすぎている恐怖を避けるために、自由になる唯一の手段を使っていることである。近づく死を肉体的によくわかるから、それと戦って正気を保たなければならない。なんとしても事実に直面しようとしない。冗談にし、賭けごとにし、儲け口にしようとしてでも、直面しようとしない。異常なことは何も起こらないかのごとく、通常の刑務所生活を生き抜こうとする。犠牲者と共有する人間性を隠すために、名前による個性を与えるのを拒み、「あいつ」とか「凄い奴」とかで見知らぬ者の領域に遠ざけようとする。できるだけ長く粗野な言葉の魔術を使って、自らのうちに感じる原始的な怖れを追い払おうとする。[9]

しかし徐々に、処刑の前例の話や執行前夜の準備が、ルーティーンの裏の処刑のプロセスの恐ろしさ残虐さへの思いを刺激していく。情報や警句で場面をさらうダンラビンの他にもう一人、次第に比重を増していくのは看守リーガンで、囚人に信望があり、同僚たちから疑いの目を向けられながら、敏感な困惑の反応で痛烈な皮肉を飛ばし、法務省から視察に来るホーリー・ヒーリーに処刑の残酷な肉体的現実を突きつける。

「君のような見解の者が、どうして職務にとどまるのかわからん」といぶかるヒーリーに、リーガンは「楽な仕事ですから、絞首刑と絞首刑の間は」(33) と答え、死刑執行延期になる女房殺しが自殺を図る皮肉、ラストの処刑と異なる「思いがけない、予告なしの、行き当たりばったりの、本質的に個人的な」[10] 首

吊りで、第一幕が終わる。

　もう一人の死刑囚、兄弟殺しの処刑が近いことを示す第二幕は、同夕刻、半ば掘り起こされた墓が見える刑務所の運動場で、隠うつな場面となるところだが、「オレたちは何かはしゃべってないと」(38)、「こんな宿の単調さを破ることならなんでも」(47) と囚人たちは相変らず一見軽薄で、死刑執行延期になるかどうかでベーコンの賭けをし、死刑囚の最後の夕食をのぞこうとし、墓を笑いの種にして、「あそこの快適な花咲ける谷で、一、二カ月すれば奴で育つキャベツを、オレたちは食べることになる」(37) と、老若・新旧の囚人が軽口を叩き合って、看守から「途方もない井戸端会議」(60) と叱責されるほどである。気の滅入る処刑に対する、囚人たちの生きている証の主張である。メチルアルコールで酩酊のダンラビンは第一幕の生彩を欠き、ネイバーなど他の囚人や看守たちが顕著になってくる。しかし、死刑囚を「凄い奴」、到着する死刑執行人を「彼」と婉曲に表現しても、処刑が近づく緊張と苛立ちは避けられず、笑いの陰に恐怖が混じるのは防げない。

　処刑執行の早朝にかかる第三幕は、苦い喜劇のクライマックスで、執行の儀式と所内の反応の対比で、ビーアンの風刺と批判が一段と鋭くなる。ほとんど執行側の登場人物で、所長と看守長など法の番人たちが、仕事の瑣事や儀式の秩序にこだわる無神経さ鈍感さが笑いの対象になる。「俺たちがここにいるのは3つのため、給料と昇進と年金。俺たちのような公僕の悩みの種はそれだけ」(68) と言うような看守たちの例外は、作者の代弁者ともいえるリーガンで、辛辣な皮肉で看守長を驚かす——

　　　私が考えているのは奴のことでなく、私自身のことです。レバーを押しさえすれば万事オーケーという仕事を与えられてません。奴をつかまえ、落とし穴の端から蹴落とす時間をお忘れです。下にいる看守が奴の脚にぶらさがって、首の骨をしっかり折ろうとし、落下が足りないと背中に飛び乗ることをお聞きになったことがないでしょう。(75-76)

処刑のためにイギリスから渡ってくるのは、仕事の前夜は酒に溺れる、パブの主の執行人と、禁酒で謹厳な伝道者の助手で、執行人が死刑囚の頭と体重を目測して落下距離を測る計算と、助手が歌う聖歌を交錯させる場面は、死刑囚

の人間性を意に介さない非情さと皮肉で、笑いと怖れを惹き起こすギャロウズ・ヒューモアの最たるものである。

　そして早朝の第二場、処刑は見えないで、かえって緊張が高まる暗い場面であるが、絞首台への歩みを囚人たちは競馬の実況放送にして茶化す。しかし処刑の瞬間には一斉に「恐ろしい叫び声」(83)を挙げる──「この多弁な劇で言葉が役に立たなくなる瞬間で、囚人たちは仲間の死の瞬間に、もはや反応を明確に表現することができないで、その代わりに、怒り、悲しみ、絶望、抗議の混じった叫びを挙げる」[11]。もはや笑いの余地はまったくないと思われるところで、死刑囚の手紙を日曜紙に売ろうとする囚人たちの無情な賭けと、女囚たちを歌う独房からの歌で幕を降ろす。

　社会から隔離された刑務所内部は、作者の体験と知識による細部が光り、ルポルタージュ的興味がある。早朝の点呼やボディチェック、看守のお役所仕事や囚人の退屈や狡猾など、内部のディテールをリアルに捉える。また絞首刑の現実も綿密に記され、体重による縄の長さの調節、塗油のための頭布の切り口など、詳細な事前準備を突きつけて観客を動揺させる。

　人間と社会への義憤はもちろんあるが、ストレートな死刑反対劇ではない。死刑囚を登場させて観客の同情を求める、センチメンタルなプロパガンダにも陥らない。逆に、死刑囚を登場させずに、死刑が囚人にも看守にも及ぼす、人間性を失わせる効果で、死刑囚への同情と死刑制度への批判を見せ、観客を新たな認識に導く。

　しかも作者の体験と作品のテーマから予想されるシーリアスな悲劇ではなく、冒瀆的な陽気さと無気味な活気に満ちた、観客が笑っているうちに撃つ作風である。近づく処刑を待つ状況にそぐわない軽薄な言動やおどけた騒ぎによる笑いと風刺のスタイルは、作者の個人的体験が示した不条理な世界に見合い、また観客の感情に訴えながらも、囚人を犠牲者扱いするのでなく、単純さに走らないで共感を惹き起こす、悲喜劇のトリックである──

　　　いくつものシーリアスなテーマを扱うが、『凄い奴』はユーモア、それも多くは陽気なユーモアに満ちている。しかし、ほとんどあらゆるユーモラスな台詞や場面に棘がある。巧みに述べられる洒落に自然に笑うが、笑っている最中に、

痛みの存在に気づく。これが繰り返し起こり、観客は一連の出来事を楽しんでいる間に、自分と社会の偏見、気取り、先入観が、ありのままにさらけ出されるのに気づく。この劇を観ることは楽しくて辛い体験であり、そこから力強い人生の肯定が生まれる。[12]

『凄い奴』は、さまざまな囚人と看守たちの余計なおしゃべりや活気のある騒ぎで、一見無秩序で締まりのない構成であるが、逆に「引き締まって、ほとんど古典的に統一され」[13] てもいる。独房の囚人の歌による開幕と閉幕、犯行と刑が知られるのみで、最後まで姿を見せない死刑囚、その処刑を意識して緊張する囚人と看守にしぼる登場人物、処刑前後の一日の刑務所内部という状況設定で、古典的三単一を守るリアリスティックな劇であり、クライマックスへの盛り上がりを間接的に見せる手法が、かえってドラマの緊張を増し、死刑をリアルに観客に訴える、緊密な構想と計算の劇である。

ただ、そのリアリスティックな枠の中で、ミュージックホールのヴァラエティのように、囚人たちの悪ふざけや看守たちの形式主義、決まった日課やドタバタ喜劇、下層ダブリン言葉やブラック・ユーモアなどに満ち、騒々しくも真険な、笑いの棘をもつ、笑いで撃つ「コメディ＝ドラマ」にしている。悲喜劇、暗い喜劇、苦い喜劇、風刺喜劇など、不調和な組合わせの定義がよく合う実例である。リトルウッドが歌や座興やアリュージョンを増幅したとしても、その手法がビーアンの悲喜劇に合うから、合作が成功したと言える。

2. 『人 質』

作者の体験を反映し、時代の雰囲気を伝える点で、社会の底辺あるいは周縁を舞台にすることで、また悲劇を扱いながら、死を笑い飛ばすヴァイタリティで、『人質』は『凄い奴』に似るが、もっと荒々しく奔放である。幽閉され、処刑を待つことが劇行為で、その仕組みや支える思想を問題にする点でも同じであるが、今度は政治的処刑であり、処刑される当人が登場する違いがある。

ストーリーは一見、笑いとは無縁の深刻なものである。警官殺しの廉で IRA の青年がベルファストで死刑宣告を受けた対抗策として、IRA は若いイギリス兵を誘拐し、ダブリンで人質にし、ベルファストが処刑すれば、直ちに処刑で

報復すると圧力をかける発端である。アイルランドの対英「紛争」ではもちろん、1950年代の北アイルランド国境でのIRAの活動再開でも、類似の例はいくらでもあり、例えばフランク・オコナーの短篇小説の傑作「国民の賓客」などに昇華されている政治状況である。

「基本的には、このような時代には異常なことだけど、人々の普通であることについての劇だね。……この劇が示そうとしているのはただ、一人の人間の死は、関わっている問題よりも重要でありうること」[14]と述べる作者の意図、愛国の大義と人命というテーマに、ビーアンはそれとは不調和な騒々しいドタバタ喜劇や皮肉な機智や矛盾のユーモアを対置し、笑いと風刺によるグロテスクな悲喜劇にして、きびしい批判の衝撃を与える。

『人質』も、古典的三単一を守るシンプルな構成と徐々に高まる緊張でドラマティックであるが、それが本質ではない。何よりも人質を匿う舞台設定が巧みで、「昔はよい時もあった落ちぶれた古い家」(1) は、かつては独立運動のヒーローたちの聖域が、今は売春宿「穴」(17) となり果てたという痛烈な風刺で、その性的メタファーにふさわしく、売春婦や同性愛者の騒ぎや悪ふざけが支配し、抑制の利かない活気や無秩序な劇的スタイルが目立つ。ドラマの約束事をほとんど無視する自由奔放なエピソードの集積の、メロドラマあるいはヴォードビル劇ともいえる。『人質』と比べたら、『凄い奴』はまったくのリアリズム劇と呼べる。

現実的イリュージョンを破る作風は、作者が羽目を外す感もあるが、むしろ混沌としたアイルランドの状況を映す、ロジックやプロットを超越する笑いと風刺の意図が明らかである。一貫したドラマの進行、細部へのこだわり、生気あふれる人物像、生き生きした台詞にもかかわらず、野卑な言動やカリカチャや洒落を合わせてヴァラエティ風にしたり、客席への語りかけやアドリブ、歌や踊りでブレヒト的異化効果を利用するのは、生活の退屈や処刑の恐怖を紛らすアウトサイダーたちのヴァイタリティであり、また政治や宗教やモラルの仮面を剥いだ、無秩序で狂気じみた現実の縮図であり、そのことで笑わせ楽しませながら観客をショックで撃つためである。

第一幕は、1950年代末の設定にもかかわらず、まだ対英独立戦争中と妄想

する「頭のおかしい」(1) ムシュアの所有で、かつての部下パットが管理する、くたびれた売春宿に、人質のイギリス兵が連れてこられる提示部である。人種も性癖も異なる多くの変わり種の登場とトピカルな話題、またきわどい冗談や騒々しい踊りをふんだんに使う、活気に満ちたスタイルで、風刺の笑いを飛ばし続ける。

> 劇の進行中、宿の他の住人たちが酒、快楽、妙な歌を求めて、その好奇心とパットの機嫌に従って、部屋を出たり入ったりする。建物と同じように、彼らもよき時代は過ぎている。幕が上がると、ヒモ、売春婦、落ちぶれた紳士、その「来客」たちが、騒々しいアイルランド・ジグを踊っている……(1)

開幕のト書が雰囲気を伝えるように、社会のはみ出し者たちが賑やかに出入りし、のべつしゃべって浮かれ騒ぎ、ヴァイタリティに満ちた言動で、自他のこっけいと愚かさを暴露しながら、対英闘争の暴力の狂気と、それに巻きこまれるアウトサイダーたちの人間性を鮮やかに見せる。

「ヒーローと敵がうようよする自分自身の世界に住み、とっくに死んだ敵を相手に昔戦った戦いのプラン作りで時を過ごす」(6) ムシュアは、時代錯誤のアイルランド・ナショナリズムのカリカチャで、ベルファストで死を待つ少年を、「大義」のために死ねて「非常にラッキー」(40) と称えて、バグパイプで葬送行進曲の練習をする。

ムシュアに忠誠を尽くしながらも幻滅のパットは、作者の困惑を代弁するかのように、ファナティックなナショナリズムに警句や風刺を連発し、「IRAも独立戦争もチャールストン同様に死んだ」(3)、それを時代遅れにするのは水爆で、「とても大きな爆弾だから小さな爆弾が恐くなった」(5) と、その笑いには苦い現実の裏打ちがある。

ソーシャル・ワーカーのギルクライスト嬢に見る宗教の偽善や、愛国心の証の一つになるアイルランド語の不自由など、作者の風刺の対象にならないものはない勢いであり、ベルファストの処刑が迫っても、みなが歌と踊りに興じ、最後に人質のレスリーが目隠しで連れこまれても、予期に反して無頓着な若者で、一緒になって歌うという、独特の非リアリズムで幕にする。

第二幕、IRAの兵士が人質を見張り、「穴」の住人が人質と接触しようとす

る中で、共に十九歳の孤児である、売春宿の女中テレサと人質レスリーのロマンスが進行する。過去や固定観念に縛られて、敵意と暴力から自由になれない周囲とのコントラストで、国も宗教も超える孤独な二人の無邪気な愛情と若者の生命力が強調される。例えば、レスリーとテレサは無邪気に言い争う──

　兵士　誰かがアイルランドに何かしていたのか。
　テレサ　イギリスはしてるじゃない、何百年も。
　兵士　昔のことさ。その頃は誰もが誰かに何かしていた。
　テレサ　今はどう？ベルファストの牢獄の少年は？北の六つの州では警察がタンクや装甲車で巡回してるの知ってる？
　兵士　イギリス人だとしても絞首刑に変わりないさ。
　テレサ　アイルランドにイギリス人がいるから戦った人よ。
　兵士　じゃ、ロンドンのアイルランド人はどうなのさ。無数にいるけれど、誰も何もしないよ。ただ勝手に酒を飲ませているだけさ。(57-58)

　女子修道院出の「いつもとても真面目」(28)というテレサが売春宿で働き、初恋のレスリーにベッドに誘われてためらわないのには無理があるが、政治的認識はもちろん、自らが犠牲になる情勢も呑みこめない無知なレスリーを、処刑──報復の苛酷な状況に置いて、憎み合う世界への憤りと犠牲者への同情を表す。

　しかし、主調は異様な住人たちの浮かれ騒ぎで、舞台上のピアニストを巻きこみ、「自由国派対共和派、アイルランド対イギリス、ホモ対ヘテロ」(76)の議論と争いが、半ば緊張の中で半ば緊張を忘れて進行する。

　第三幕は、処刑と報復の主筋が成就する緊張の高まりで「死と迫る死の雰囲気」(79)であるが、犠牲者の悲劇で終わるのではなく、だれもが「人質」である大義や信念の名のもとに行なわれる悲劇の状況を、笑いと風刺で批判する。

　住人が救出を図るレスリーが、報復からではなく、密告により駆けつける警察の急襲とIRAの反撃の混乱の中で死ぬ皮肉だけでなく、死の直後にレスリーが立ち上がって、死に挑む歌「地獄の鐘がティン、リン、リン／彼のためでなく、あなたのために／死よ、リンリン棘はどこにある／勝利の墓はどこにある」(109)[15]を皆と一緒に歌うファンタジーの幕にする。無辜の人々を犠牲に

するファナティックな愛国主義への批判であり、また悲劇を乗り越える生命賛歌でもある。「喜劇的カタルシス」[16]による解決であり、「見せかけ」[17]による非リアリズムである。

　人質の偶発的な死とアブサードな蘇りでリアリズムを破るラストは、『人質』のシーリアスでこっけいなスタイルの典型で、固定観念や不合理なシステム、人間の愚かさや自己満足を批判しながら、メロドラマやヴォードビルやミュージックホールの手法を自在に援用して、リアリズムのイリュージョンを打ち破る現代劇にする。その手法がどこまでビーアン自身のものであるかが、『凄い奴』以上に問題になる。

　アイルランド語普及団体ゲール・リンの依頼で、ビーアンはアイルランド語で『人ジチ』を創作する。オケイシーの影響を見せる『人ジチ』の素材は、「紛争」時のIRA作戦の話によると作者は語っているが、[18]スエズ運河侵攻のイギリス軍士官の実話にもよるらしい。[19]

　ドラマの緊張も登場人物の精彩も風刺の笑いもあるが、『人ジチ』は「ミュージックホールの飾りがない、ストレートにナチュラリスティックな劇」[20]で、三単一を守り、言動も抑制されて、素朴な客観性がある。

　警察の急襲の際、レスリーは洋服だんすに押しこまれ、誤って窒息死するものの、『人質』のように立ち上がって歌うイリュージョン破りでなく、その亡骸にテレサが泣き崩れるロマンティックなラストの違いが、両作品の基調の差異を明確に示す。レスリーの人なつっこさとテレサの無邪気さ、二人が理解できない政治的抗争に踏みつぶされる痛みと悲しさが、アイルランド語による創作劇として斬新で力強い作品にした。

　『人質』の演出家リトルウッドのシアター・ワークショップは、社会的関心で1950年代イギリスの新しい一翼を担った左翼系フリンジ劇団で、即興や異化効果を多用して、劇のイリュージョンを妨げるラディカルな手法で変革をもたらした——

　　その劇団は本当のワークショップで、だれも支配が許されない共同体であった。劇作家はチームの一員にすぎず、その台本は決して神聖不可侵でなかった。シアター・ワークショップは台本を土台にし、弱いと考えることをカットし、

ふさわしいと考えるように訂正し、関連があると考える素材を加えた。目的は新しくなく、楽しませて教えるだったが、手法は新しかった。観客の関心と好意を得るために、冗談と時事問題への言及を含めた。[21]

『人ジチ』を読めず、観ることもなかったリトルウッドの「ロンドン風の…潤色」[22]で、「本質的にナチュラリスティックな悲劇」が「音楽を伴うエクストラヴァガンザ」[23]に変わる。演出家によって圧縮され引き締められた『凄い奴』とは逆に、売春婦や同性愛者を加えて、売春宿であることを強調するだけでなく、ピアニストを登場させて、動機や必然性もなく歌や踊りに興じさせるエンタテインメントにし、ヴォードビルやドタバタ喜劇を多く用いて、心理や感傷を排し、観客へ直接語りかける反イリュージョンで考えさせようとする。

当然、構成は抑制が利かず粗くなり、人物像は皮肉なカリカチャになり、『凄い奴』ほど成功していないが、ヴァイタリティあふれる作品になる。IRAの活動家をいっそうファナティックにして批判しながら、アイルランド・ナショナリズムそのものへの関心より、ロンドンの観客を意識した、王室、植民地、階級などトピカルな言及で、イギリス化、国際化し、作者自身をもからかいの対象にする——

メグ　この歌は作者が歌うべきだったわ。
パット　その歌に作者がいるのならな。
兵士　ブレンダン・ビーアン、奴はあまりに反イギリス的だ。
士官　あまりに反アイルランド的だろう？畜生、奴がこっちに戻ってきてみろ。運動をからかった罰を与えてやる。
兵士（観客に）奴は戻ってきて、みなさんの金を取ることも平気ですよ。
パット　ビール一杯で国を売る奴だ。(76)

『人ジチ』の忠実な翻訳ではなく、思い切った改作である『人質』で、加えられた要素がどこまでビーアン本人の寄与か不明であるため、プロットやテーマに直結しない歪曲なのか演劇的豊潤なのか、また観客への挑発なのか迎合かという問題がある。さらに「ビーアンは共和主義の伝統へのコミットとその望みのなさの認識とに引き裂かれ、従って『人質』は政治的に非常に混乱した作品である」[24]と言えるかもしれないが、歌と踊りとおしゃべりの即興的スタイルの混淆による、ヴァイタリティと騒々しい猥雑さに富んだ、アナーキックな

作風の『人質』は、『人ジチ』を弱めたり、ビーアンの意図を歪めるものではなく、笑わせて撃つ自らの手法を、リトルウッドとの共作で増幅させたのである。

　笑いで撃つビーアンのドラマツルギーは、麻痺した人間の感覚に衝撃を与え、不合理な世界に人間の生命力を対置して、ある意味ではブレヒト的異化効果以上に、不条理演劇の側面をもち、登場しない「凄い奴」を待つ間の道化ぶりや、死んだ「人質」が立ち上がって歌うラストなど、ベケット的でさえあるが、大衆劇に幼い頃から親しみ、オケイシーに最も親近感を抱くビーアンの、死を喜劇で扱う不調和の手法は、アイルランドの悲喜劇の伝統で捉える方がふさわしいだろう——

　　ブレンダン・ビーアンは演劇のラディカルなアナーキストで……オケイシーの悲喜劇的ドタバタ喜劇の伝統を引き継いで、政治的喜劇的反抗の粗野な儀式に全力を注いで作品を書いた。……ミュージックホールの喜劇的転換の原則ともいえるアイロニーの手法で、すべての権威を出し抜き、冒瀆する。[25]

　人間の条件と状況への抗議と反抗の武器としての笑いであり、また生命力を主張する勝ち誇る笑いでもあり、それによって自己満足の観客を笑わせて撃つ悲喜劇である。『人質』の上演について語ることが、ビーアン自らの解説になる——

　　〔『人ジチ』〕のリハーサルを観て、演出家フランク・ダーモディにすごく感心するのだが、その演劇観は俺の演劇観ではない。彼の方が劣るとか俺の方が劣るとか言わない。ただ賛成できないというだけだ。彼はアベイ劇場のナチュラリズム派だが、俺はその門弟ではない。ジョーン・リトルウッドが俺の要求にぴったり合うのがわかった。彼女は俺と同じ演劇観で、つまりミュージックホールが目標で、人を楽しませ、人が退屈したらいつでも、歌や踊りで気を紛れさせる。T. S. エリオットが言ったことはそう間違っていないと常々考えている、つまり、今日の劇作家の主たる問題は観客を楽しませておくことで、観客が大笑いしている間に、その背後でどんなことでもできる、そして背後でやっていることこそ、劇をすぐれたものにするんだ。[26]

IX. フリール——歴史とフィクション

　血ぬられた歴史のトラウマや、混乱した過去へのオブセションから逃れられないアイルランドで、しかも歴史の見直しが進んで論争が続くアイルランドで、劇作家が歴史的観点に立ち、さらに歴史劇を創ることは自然である。アイルランド人の抱えるアイデンティティ問題、北アイルランド紛争で刺激されるナショナリズム、あるいはグローバル化の中でのイギリスとの関係の検証などで、今日の状況の源を歴史に求め、歴史劇のフレームで現代を語ろうとする。ブライアン・フリール（1929-）も例外ではなく、特に北部アイルランド出身の作家として、歴史と関わるのは不可避である。

　アイルランド史の重要な転機を扱うフリールの歴史劇のうち、最も初期の創作である『内なる敵』は、六世紀の聖職者コロンバの信仰と祖国への心情との葛藤を描いて素朴であるが、北アイルランド紛争でフリールは社会的関心、歴史意識を強めていき、後年の『翻訳』は1833年の土地測量を通して、アイルランドとイギリスの歴史的関係を言語劇としてクローズアップし、『歴史をつくる』では十六世紀の最後のゲール領主ヒュー・オニールを扱って、事績と記述の二重の意味で「歴史をつくる」プロセスをテーマにする。

　フリールにはまた歴史と関わる現代劇があり、1972年の「血の日曜日」を劇化する『デリーの名誉市民権』で、事件のフィクション化を問題にし、ヴァイキング時代の遺跡発掘を扱う『志願者たち』では、遠い過去との相互照射で現代アイルランドの政治状況を語る。

　これらのフリール劇で問題になるのは、単純には創作のための個々の史実のフィクション化である。史実や史料に束縛される歴史書とは違い、作者の想像力が大きく働く歴史劇は、当然、歴史とフィクションの複雑な関係を問題として抱える。

追憶のフィルターを通して過去を捉える傾向が強いフリール劇では、体験と記憶、事実と主観、現実とイリュージョンの関係を扱って、過去はあいまいで、真実を伝えることは不可能である。また視点と立場によって相反する価値観になることが多いアイルランドでは、歴史は主観的、相対的、暫定的、想像的な扱いしかできないのかもしれない。

　だから歴史への関心が深くて、大半の作品が歴史劇ないし追憶劇となるフリール劇は、歴史の当事者を登場人物とし、過去の再現を主たる問題とする場合でも、事実とフィクションの関連で捉え、また現代の状況を考察する劇でも、歴史のプロセスを問題にして、総じて今日の作家としての歴史劇になる。

1.『内なる敵』

　出世作『さあ行くぞ、フィラデルフィア！』の前、フリールの実質的第一作『内なる敵』は、時は六世紀、所はスコットランド西方沖のアイオーナ島の修道院に設定し、のちの聖人コロンバを主人公とする、「リアリスティックな」[1]歴史劇である。

　ドネゴール州の有力氏族出身で、のちにデリーの守護聖人となるコロンバ（521？-597）は、フリールと同郷で、その関心を反映する題材であろうが、伝記に基づいても、コロンバの信仰や事績の再現よりも、抗争に明け暮れる故国の親族との私的関わりに重点をおく歴史劇で、作者は歴史劇であることを否定するほどである——

> 　『内なる敵』は歴史でも伝記でもなく、聖コロンバの三十四年間の自発的亡命のうちの短い期間を、ドラマ形式で語る想像的記述である。聖人の二つのよく知られた素晴らしい側面——アイルランドとスコットランドでの修道院の創建と、予言者で奇跡の人であることは避けて……その代わり私人に専念した。
> 　歴史の特別な出来事に頼る時には、正確を期した。私が行なった多くの勝手な変更、特に昔の名前を現代の対応名に変形したことに……学者の反対があるかもしれないが、登場人物にいったん現代の散文を語らせると、地理の変更も必要だと感じた。
> 　コロンバが初めてアイオーナに渡った時、十二人の弟子を連れ、その中にグリラン、ケールナン、ドホナ、ディアミッドがいた。これら四人の記録はほと

んど何もないので、その扱いはまったく推測による (5)。

　だからといって、歴史はドラマの外枠にすぎないのではないが、伝道の名声が内外に広がるコロンバが、故国のリーダーとして、氏族の不和、流血の争いに巻きこまれ、信仰と布教に専念することが許されないゆえの、逆に言えば、個人は歴史の要件から自由でないための、内的葛藤に作者の関心がある。

　全編を院長コロンバの庵室にしぼるドラマは、まずコロンバを中心とする修道院の日常生活——農作業や祈り、冗談や悪ふざけなどを活写する。俗世を離れた素朴な自給自足の生活で、目的を一つにする修道士たちは、互いへの思いやりと信頼で和やかな雰囲気であり、位階による組織でなく、ただその「活力、気力、ほとんど若々しさ」(11) のためにコロンバがリーダーである家庭的絆で、コロンバは修道院生活に満足しているが、庵室は静謐な祈りの場ではなく、誘惑と試練が待ち構える。「内なる敵」を刺激され、故国の争いに誘惑されるのは、皮肉にもコロンバの「活力、気力」だけでなく、歴史的条件——コロンバの宗教的権威とともに、聖職者が政治的軍事的リーダーでもありうる時代の要請でもあり、「この時代を考える時には、乱暴で血なまぐさい時代で……修道院が兵役から正式に免除されたのは、コロンバの死後二百年以上たった、804年になってからであることを忘れてはならない」(6)。

　第一幕、厳しい労働と日課の中でも和やかな修道院生活を送るコロンバを、故国から使者が訪れ、身内への感情を刺激して、帰郷して一族の抗争に介入するように請う。副院長グリランは「聖職者か政治家か—どちらですか」(28) と警告し、コロンバも信仰か俗世かに悩むが、身内への感情に釣られ、誓いを破って応援に応じる。

　第二幕、上機嫌で修道院に戻るコロンバは、土産を配りながら、故国での闘いを熱中して語るが、留守中に盟友の老修道士ケールナンが死んだことを告げられ、自責の念に駆られる。苦行と戒律で自らを律しようとするその苦悶が、イングランドから来て自分を偶像視する聖職志願者オズワルドへの苛立ちとなって、顔に平手打ちを加え、オズワルドが姿を消すことで、自らの聖職者としての欠点をいっそう痛感するコロンバである。

　俗世への関わりと信仰のいたらなさを体験したコロンバの葛藤と苦悶は、第

三幕でクライマックスに達する。オズワルドを探し求める間に、故国から弟と甥が訪れ、甥の妻と息子をめぐる氏族の争いに、狡猾な口説きで聖職者としてのコロンバの力を借りようとする。「内なる敵」を処理したコロンバは、今度は惑わされず、「卑怯者、裏切者」(63) 呼ばわりされても、血縁との絆、故国との関係を絶つ。

　それに報いるように、不明のオズワルドが戻ってドラマは幕になるが、「内なる男―魂―大地に、アイルランドの緑の樹木の茂る大地に否定しがたく繋がれた」(16) コロンバには、グリランが予言するように、「内なる敵」との絶えざる苦闘があろう。実際、ドラマ最後の台詞はコロンバの「再び始める」(64)の繰り返しで、サイクルを示唆する。

　「つまらない聖職者」(25) であることを自覚するコロンバが、「郷里は首伽」(26) と言って、内紛の故国からの再三の要請で修道院生活を脅かされる試練が劇行為であるが、修道院長として信仰と布教に専念したいコロンバが、俗世の勢力からの誘惑に葛藤するのは、結局は、外なる敵の重圧によるよりも、俗世に対する権威や身内への責務を、さらには冒険や刺激を求める俗心を、捨てきれない「内なる敵」を抱えこむ「行動の人」(41) であることによる。歴史の装いのもとで、分裂する主人公の内面の二重性がテーマで、このあと続くフリール劇で展開されることになる。

　コロンバは自ら「この激しいアダムを打ち砕いて服従されてくれ」(39) と願わずにはおれない「活力、気力」の持ち主で、故国からの要請は、聖職者の権威だけでなく、そのプライドや権力欲を当てにしてでもあるが、コロンバの内面のドラマを複雑にするのは、血族の住む生育の地への愛着以上に、母国アイルランドへの絆、矛盾した忠誠心があるためで、アイルランド文学の一大テーマである離郷と望郷に通じて、コロンバは歴史上の遠い存在でなくなる。母国への愛憎は最後まで強く、弟の願いを退けて「卑怯者、裏切者」呼ばわりされたあとでも、コロンバはその心情をリリカルに吐露する―「心地よい緑のアイルランド―美しい緑のアイルランド―私のすばらしい緑のアイルランド、ああ、私のアイルランド」(63)。

　フリールはコロンバを次のように説明する――

聖コロンバは太って大きい「おろか者」だった。とにかく私はそう思う。そしてとてつもなく多くの戦争や殺りくに責任があった。彼がどのようにして聖性を獲得したのか見つけたかった。途方もない誠実さとそれを支える勇気をもつ人という意味での聖性です。[2]

だから「聖性」をテーマとしても、聖者伝とは程遠い、宗教色より「内なる敵」との葛藤に苦しむ、コロンバの劇になっている。聖職者としての公的活動は少なく、コロンバが聖者であるのは周囲の言動が示す敬愛からで、世俗と対立する信仰、聖人に価する魂の比重が相対的に低い。

コロンバの「内なる敵」を揺さぶる、故国からの二度の誘惑を中心にする、均整のとれた構成、あるいはオズワルドの出現・失踪・帰還をからませて、三様の外部からの来訪者による試練の繰り返しで、「少し仕組まれた職人技……計算された均整」[3]のコンヴェンショナルな構成で、のちのフリール劇のリアリズムを破る技法上の実験はないが、自然な修道院生活の描写で「うまくコンテクストを創り」[4]、「口調のモザイク」[5]を駆使した、フリール特有の生き生きとした「現代の散文」が、今日の歴史劇にする助けをしている。「歴史的状況についての劇であるよりも、歴史的状況に置かれた良心、内なる人についての劇である」[6]と言えよう。作者自身の評価では、「良くはないが、推賞するに足る劇。それ以上には言えない。非常に悪いところもないが、非常に良いところがないのも確か。しっかりした劇です」[7]となる。

『内なる敵』以前のフリールの習作群は、社会的傾向が強いようであるが、[8]公的な主題や歴史を扱うのはもっとのちになってからである。しかし、公人、私人を問わず、「内なる敵」による混乱や矛盾は、人間の生きる証でもあり、フリールは「内なる敵」へのアンビヴァレントな関心で、創作を続けることになる。

2.『デリーの名誉市民権』

田舎を舞台にした、個人の内面の劇を創り続けたフリールが、外的公的、政治的歴史的テーマに戻ったのは、『マンディ計画』と『穏やかな島』からであるが、ナショナリズム政治の偽瞞を風刺するファースと、西部の孤島の「アン

チ・パストラル」[9]は、まだ過渡的作品にすぎず、今日の政治的現実を扱ってフリールに転機をもたらしたのは、コロンバが守護聖人であるデリーの紛争である。

北アイルランド情勢と創作との関連で、フリールは『デリーの名誉市民権』の前に次のように述べている——

> 市民権運動に関する劇をどうして書いていないのかと聞かれます。一つの答えは、この状況に私はなんら客観性をもっていないことです。感情的に関わりすぎて、平静に見ることができないのです。またこの状況にドラマの素材があるとも思えません。ドラマの葛藤には、同等のものか、少なくとも同等に近いものの葛藤が必要です。ローデシアや南アフリカにドラマがないのと同じように、北アイルランドにもドラマがありません。[10]

また、「目下、事態は過渡期にある」[11]ことも理由に挙げる。

1972年1月の「血の日曜日」事件と直後の「ウィジェリー報告書」を題材とする『デリーの名誉市民権』は、北アイルランド紛争の重要な分岐点を扱う同時代史の劇であり、歴史の解釈と関わる劇として重要な傑作である。

デリー市の公民権を求める非合法のデモ行進にイギリス軍が発砲し、十四人の市民が死亡した事件に直接触発されながら、デモと兵士の対立のリアリスティックな再現を意図したのではなく、作者は複雑な操作でドラマにする。事件の反響と検証——視点や利害による事件の真相の相対性ないし歪曲のプロセスを追って、のちの『歴史をつくる』に通じるメタヒストリーの劇にする。

イギリス軍の催涙ガスから逃れる三人の平凡なカトリック市民が、プロテスタント統治の象徴である市庁舎と知らずに避難して、市長室で外の騒乱が収まるのを待つ間の写実的な描写と、その間市庁舎の外に集まる人々の「占拠」に対するさまざまな反応とを、平行して進展させる。

さらに、開幕で三人の市民は遺体として横たわり、終幕では手を挙げて市庁舎を出る三人が一斉射撃にさらされるという、時間を逆転させて振り返る展開に、当日の事件直後の神父の祈りと、後日の葬儀を同時に進行させる。

しかもその外側に、のちに事件の真相を究明する裁定委員会の模様を同時進行でかぶせる。舞台上方の城壁に判事と証人—軍関係者、解剖担当医、病理学

者などが時折現れて、三人の殺害状況を検証する法廷ドラマが進行し、市庁舎内の模様が現場再現のフラッシュバックにもなる。

　だから舞台は事件中と事件後で、場所も時間も異なりながら流動的に重なり、多様なフレイムで、市庁舎の内と外が対比され、語り手のフィルターを通した事件の真相となる。行進の参加者とイギリス軍兵士の当事者だけでなく、コメントするさまざまな立場の人々の反応で、事件が再構成される。

　市庁舎内の三人は、観客だけが直接目にし耳にして、その内心を知ることさえできる。公民権運動を代弁するが、中産階級の価値観で現実認識が甘い、失業青年マイケル、ダウン症児を含む子だくさんで、無知だが生活感あふれる、掃除婦リリー、そして鋭い知性と意識で状況を把握しながら、おどけと皮肉でしか表現できないドロップアウト青年、通称スキナー——デリーのカトリック貧困層を代表する三人は、混乱と不安の中でも、それぞれの個性と言葉、公民権運動への異なる姿勢を示しながら、市長室の酒やタバコを盗み取ったり、電話や化粧具を使ったり、礼服で「デリーの名誉市民権」(53)を与えたりして、生き生きとした生態で観客を笑わせる。

　貧困と疎外の現実を生きる平凡な三人の市民のリアリズムに対して、外側で反応を示し、事件を解釈する人々は、個性のない肖像と形式的な文体の非写実で対置される。テレビリポーターの実況放送、バラッド歌手の唄、軍広報担当者の記者会見など、それぞれの立場、価値観、忠誠心で、市庁舎「占拠」の人数や意図が、噂や誤解、偏見や恐怖で、誇張され歪曲されて伝えられ、自由の闘士と英雄視されたり、テロリスト集団と危険視されたりする。当局側に劣らず、事実を歪めてしまう外部の騒ぎを、作者は痛烈な皮肉で描く。また治安部隊員、検死医、病理学者などの証言と判事の裁定は、時には、イギリス軍の主張に沿った実際の「ウィジェリー報告書」により、公の立場で現実を歪めてしまうことを浮彫にする。

　武器を持たない三人の罪のないヴァンダリズムを目にする観客は、同時進行の周囲の反応と直後の葬儀をも目撃し、舞台上の事態とのギャップを痛感させられるだけでなく、三人の計画的反抗にして、イギリス軍の過剰反応を免責する裁定との乖離で、正邪の感情を刺激される。市庁舎の中の再現と外の反応と

のギャップは、客観的リアリズム、あるいは矛盾する視点の交錯による異化効果より、強いメッセージ性をもつと、国内外で偏向の批判を受けることになる。

「政治的メッセージ」性について、フリールは次のように応じる——

> それは私にはどのみち気にならない。「ある若者たちを送り出しただろうか」——そういったことは少しも気にならない。あの劇の問題点の一つは、「血の日曜日」が私の中で十分に純化されていなかったことです。ある種の熱気とある種の直接の熱情で書いたので、書く前にそれを少し沈静させていたらと思う。実際、あの頃を覚えていますか、非常に感情的な時代だったのです。[12]

行進に参加した自らの関わりから、体験の「純化」は不十分だったかもしれないが、事件の批判や「ウィジェリー報告書」の弾該に終わらないのは、政治問題への関与や、事件の再現でなく、事件と反応のプロセスに主眼があるからで、そのために作者は、視点の複合、流動的舞台、変化する時間の位相、非現実的な音楽や照明、短いエピソードによる中断など、幾重もの「距離をおく効果」[13]、「フレイムの技法」[14] を用いて、観客の視点と感情を操作する——

> 作品は決して論争にならず、怒りもコントロールを失わない。実際、予期される憐れみ、怒り、恐怖の感情は、ドラマの形式によってしっかり統制され緩和されている。時と所と行為のよき三単一は、実に巧みに切り混ぜられて、平凡な観客反応の捌け口はふさがれ、断続的な順序で中断され、不完全に考え感じるよう余儀なくされる。[15]

1972年の「血の日曜日」事件を「1970年」(14) に設定するのは、あまり意味がないと思われるが、タンクや重火器の使用などで史実にもとるアナクロニズムというより、「作品は歴史的には選択し、インターンメント（裁判なき拘禁制度）の前と後の時期の特色を合成している。こうして騒動の始まりを表し、またその進展、市民と軍の衝突を示唆する」[16]。

北アイルランド紛争に見られる宗派間の対立や、共和主義や左翼の動静に言及しないのも、状況の不完全さより、政治的関与をそらす「距離をおく」ためのフィクション化であろう。三人の犠牲者の「守勢の軽薄さ」(72) も、外側の人物のカリカチャ化や公的立場のステロ的発言も、皮肉なコントラストの異化効果になる。

史実をも変える「距離をおく効果」の上にフリールはさらに、事件当日の軍の乱入発砲の騒ぎが聞こえる舞台の一番外側に、事件とは関係のないアメリカの社会学者ドッズを配し、講演「貧困のサブカルチャー」(19) を観客に直接行なわせる、三層の構造にする。

事件の根底に「貧困のサブカルチャー」があることは言うまでもなく、貧困というグローバルな問題を指摘するドッズの講演は、三人の下層のカトリックの客観化、普遍化であり、また「社会的調査」(17) でも「道徳的判断」(18-19) でもないとして、事件に限定して客観的見解をまとめようとする裁定委員会の不徹底な結論に対する、アカデミズムからの中立的批判になりうるが、「貧困のサブカルチャー」理論で事件が片づけられないことも暴く。

三人はイギリス軍の発砲による犠牲者であるだけでなく、三人が共通に抱える住宅の貧困や就職の差別の根底には、北アイルランド特有の政治、経済、宗教などの問題がある。三人は専門用語で概説される貧困階級の典型ではないし、何よりも、講演内容を否定する、生き生きとした個性的姿のリアリズムがある。だからドッズの講演も、ドラマが多用する外側からのコメントの一つになる。

従って、一見「血の日曜日」の劇化と「貧困についての研究」[17]が、相互に補完的あるいは批判的に働くよりも、異質なまま混在しているように思える。「血の日曜日」事件が起こる前に、フリールは十八、九世紀のアイルランド西部での土地追立て（結局は貧困）に関する劇を書いていて、事件の勃発で、当代の情勢に作品を変えたことが影響しているのかもしれないが、『デリーの名誉市民権』の主題は歴史解釈のずれであり、そのために、当事者と周囲の反応、事件と裁定の矛盾の上に、現実と学説の距離を重ねて、ドラマの重層化を図っている。

三人の個性的な犠牲者のリアリスティックで自然な台詞、神父や判事や証人などの堅苦しい没個性的な公的発言に、アカデミックな専門用語による講演まで利用する「声のモンタージュ」[18]、「高い言語意識」と「談話形式の操作」[19]による、視点と言葉の複合化で、事件をめぐる議論や感情を浮彫にしながら、『デリーの名誉市民権』は、「血の日曜日」事件を再現するのでも、三人の犠牲

者のドラマでもなく、さまざまな立場と見解によって歴史がつくられるプロセスを描いて、史実の問題性、歴史の主観性というテーマで、フリールの大きな転機をなす、複雑で濃密な作品になっている。

3. 『志願者たち』

　悪化する北アイルランド情勢に『デリーの名誉市民権』で反応したフリールは、続く紛争の現実を表現するのに、歴史的視点を強調するようになる。アイルランドの歴史で、ナショナリストともロイヤリストとも、それぞれの武力闘争と犠牲に結びつく「ヴォランティアズ」をタイトルにする『志願者たち』は、現代のアイルランドを掘り起こして、その歴史を遡り、過去との関わりを探って、現代が過去に直結することを示唆し、「現代アイルランドが大切に抱く価値や神話を問題にする」[20]。

　ダブリンのヴァイキング時代の遺跡にホテルを建設するため、急いで考古学的発掘が行なわれ、「政治犯」の囚人から「志願者たち」五人が現場の作業に駆り出され、五カ月の発掘が急に中断される日である。

　今日の出来事と論争——ダブリン市がヴァイキング居留地跡にオフィス・ブロックを建てようとしたウッド・キー論争に題材を得た現代劇であるが、首都のルーツを掘り起こす千年を遡る発掘は、今日の政治的状況のルーツを、アイルランド人のアイデンティティを探る、歴史的メタファーになる。「志願者たち」のリーダー格キーニーが、戯れで見学の学童たちに教える女教師のふりをして言うように、遺跡は「カプセル入りの歴史、アイルランド人物語の具体的要約」(36)であり、「祖先について知れば知るほど、ますます自分たちについて発見する……自己発見のスリリングな旅」(37)に参加していることになる。だから調査半ばでの「現場の凌辱と、アイルランド国民が受け継ぎ、支え高められる知識の破壊」(66-67)に反対する。

　特にヴァイキングの骸骨リーフ（Leif は Life のアナグラム）の発掘は、現代アイルランドの政治的状況に通じる。発掘作業の最終日、発掘に志願した裏切りゆえに、囚人仲間からリンチによる処刑の予告を受けている「志願者たち」は、「革のロープがゆるく首に巻き、頭蓋に小さな丸い穴がある」(27)、

処刑の儀式の跡がある骸骨リーフのように犠牲になり、ともに紛争で分断される暴力社会の過去と現代のシンボルになる。

リーフの死因をめぐって、特にキーニーと仲間パインが、「お笑いコンビの早口のおしゃべり」(17)で示す、さまざまな疑問と解釈の物語——リーフの離郷と犠牲、宗教的虐待や部族抗争や仲間の殺し合いによる殉難のストーリーは、考古学的解釈と「志願者たち」の運命が二重映しになって、現代アイルランド問題の考古学的発掘の意味を担う。

ただ、リーフを「ひょっとして志願した」「言うなれば社会の犠牲者」「たぶん言葉の被害者だった」(28)と自らと結びつけても、「長年の習慣でほとんど完全に人前でおどけ者の仮面をかぶる」(17)キーニーが、「ただ正気を保とうとして」(31)冗談と悪ふざけの中で話すため、どの仮説が信憑性をもつのかあいまいで、そのことにかえって状況の複雑さと話し手の困惑と絶望が読み取れる。

歴史的視点を強めるフリールが、歴史を通して語る手法の意義が、『志願者たち』で表されている。ヴァイキング時代の遺跡の発掘が示唆するのは、アイルランドの暴力の歴史であり、リーフの謎を解く仮説は、解釈が多様で不確かなことで、一つの視点や立場への固執や忠誠を疑わせる。時も所も固定し、異化効果も夢想もない、リアリスティックな『志願者たち』を、単なるリアリズム劇に終わらせないのは、現代アイルランドの混迷の源を歴史に探る、歴史的視点によるダブル・ヴィジョンの効果である。

4.『翻　訳』

現代の事件で歴史のプロセスを探る『デリーの名誉市民権』と、現実の舞台に歴史的視点を重ねる『志願者たち』と違って、フィールド・デイ・シアター・カンパニーを立ち上げての『翻訳』と『歴史をつくる』は、文字どおりの歴史劇でありながら、今日の状況を反映し、歴史とフィクションの問題を内包する。

ゲール文化とアイルランド語の分岐点を捉える『翻訳』は、時は1833年、所はドネゴールのヘッジスクールで、イギリスによるアイルランド併合から

三十年の両国の政治的文化的関係の縮図となる。

　ヘッジスクールは、カトリック教徒の教育を禁じたカトリック刑罰法の名残りで、本来、野外の土手や生垣の陰で教えた変則学校のことであったが、この時代には納屋や家畜小屋なども利用されるようになっている。一体化を進めるイギリス植民地化政策のもとで、アイルランド語を話すバリベーグ村では、村民の教育は非合法のヘッジスクールで行なうしかない。

　ヘッジスクールとオドンネルの私宅を兼ねる舞台で、父親ヒュー、父親を手伝う長男メイナス、そして数年ぶりにダブリンから帰郷する次男オーエンの、オドンネル一家の体験にヘッジスクールの衰亡を重ねて、アイルランド語とゲール文化の伝統が崩れ、新たなアイデンティティを迫られる社会と歴史の転換点を、小さな集落、貧しい平凡な村人のミクロの世界に凝縮する。執筆途上で作者が危惧する、「テーマのほとんどまったく公的な関心、つまりアイルランド語の根絶と英語の代用がこの社会にどう影響するか、その言語をなくして社会はどのくらい存続できるか」という問題を、「個々人の魂の暗い私的な部分の探求」[21)] で捉えようとする歴史劇である。

　生徒の少ないヘッジスクールの動きを活写する開幕は、メイナスが言語障害のセアラに名前の発音を教え、傍らでは神話の神々の実在を信じるジミーがホメロスを原語で読むシーンで始まり、自分のアイデンティティの発声に苦闘する娘と、ギリシア語ラテン語に堪能な無垢な老人は、言葉をめぐる両極の姿であり、主題が言葉であることを冒頭から示唆する。

　メイナスが恋する生徒モーリャは、メイナスが開設されるナショナルスクールの定職を得ようとしないのに業を煮やし、アメリカ移民を目指して英語を学ぼうとしている。モーリャに代表される英語の浸透、メイナスをはさむセアラとモーリャの三角関係が、それぞれドラマの軸になる。

　アイルランド語を禁じて、英語で教育を施すナショナルスクール開設の動きは、イギリスによるアイルランド支配の一環と見なされ、実際、国民と文化のアイデンティティと密接に関わる言語の収奪は、植民地支配の基本である。

　『翻訳』の際立つ特徴は、支配と収奪の結果、アイルランド語がほとんど衰滅の最終段階に達している今日の時点で、その歴史的転換点を扱うのに、村人

が日常話すアイルランド語を英語で表すという、皮肉でパラドクシカルな「劇的思いつき」[22]によって、「相反する二つのことを同時にする、つまり理解不可能と文化的寄りつきがたさを表現する一方で、明晰で微妙で巧妙な伝達を達成する」[23]画期的な作品にする。ドラマは英語で一貫しながら、ヘッジスクールの村人は実はアイルランド語を話しているという、意表を突くトリックが、開幕後しばらくしてわかって、時々それに気づくように仕向けられる。

ナショナル・アイデンティティと言語の主題を英語を通して表現する「劇的思いつき」を除けば、劇の構造は、メロドラマが徐々に緊張の高まりを見せる、悲喜劇のバランスが取れた、ナチュラリスティックな劇であるが、観客の「翻訳ゲーム」[24]をいっそう複雑にして、ドラマを動かすもう一つの大きな要因は、イギリス陸軍工兵隊が進める土地測量である。アイルランド最初の陸地測量地図の作成と、地名を「近似の英語の発音に変えるか、英語の言葉に翻訳するかで、英語化する」(34)ことは、軍事的政治的重要性だけでなく、国民と文化のアイデンティティに関わって、アイルランド社会を根底から揺さぶる「ある種の強制立退き」(43)で、地図作成が征服と植民の両国関係の「完璧なメタファー」[25]になる。

測量要員としてイギリス陸軍のランシー大尉とヨランド中尉が登場する。片や「言葉でなく実行にすぐれた」(29)頑迷な軍事専門家、片や「偶然に兵士になった」(30)感じやすいロマンチストの、硬軟両様の対応は、村人との双方の誤解で増幅されて、村の事態を一変させ、悲劇に進展することになる。二つの言語と文化を併せもち、通訳としてついてくるオーエンは、言葉の変化がもたらす結果を悟らない、実情に疎い無頓着と、逆に、「みんながあくまで話し続ける妙な古風な言葉を、立派なキングズ・イングリッシュに翻訳する仕事」(29)の通訳として、軍の真意を隠す意図的誤訳などで、双方の結びつきと衝突を体現する重要な役を果たす。

オーエンの登場で、土地測量がオドンネル父子の思惑と態度に深く関わる。「アイルランドの利益を促進する政府の意向」(31)と称する土地測量が、「血なまぐさい軍事作戦」(32)につながると悟るメイナスには、オーエンのいい加減な態度や背信的誤訳は堪えられず、むしろ生徒のドネリー双子の実力行使

の抵抗の方が理解できる。しかし新しいナショナルスクールのポストを求めないのは、言語収奪の危惧からではなく、むしろ父親への遠慮からである。

　周囲の事態に一見無頓着なヒューは、ナショナルスクールの職は得られず、生徒が減るヘッジスクールの状況に無力であるが、英語化のプロセスとイギリス文化の浸透への適応を説く、複雑な人物でもある。その錯誤と洞察の矛盾へのアイロニーにもかかわらず、変化を認めるヒューには作者の意図が託されているようである——

　　言葉は不滅ではない。だから文明が言語の輪郭に閉じこめられて、その言語の輪郭がもはや……事実の風景に合わないことがありうる。(43)
　　われわれを形成するのは正確な過去、歴史の「事実」ではなくて、言語に具現された過去のイメージである……われわれはこのイメージを更新することを止めてはならない。なぜならいったんそうしたら、われわれは化石になるから。(66)

　アウトサイダーのロマンチシズムで「天国のような」(38) 社会を見いだし、言葉の通じないモーリャと恋に陥り、新しい環境になじんで、地図作成と翻訳の得失を弁えるヨランドが、おそらくドネリー双子ら抵抗勢力のせいで行方不明になる。そのため態度を硬化させ、速やかな報復措置で脅すランシーによって、半ば喜劇的に進んできた言語のドラマが、深刻な緊張と対立の政治軍事のドラマに急転する。じゃがいも虫害の兆しもあって、バリベーグ村ひいてはアイルランドは激変を迎え、土地追立てと移民の危機に瀕することになる。失恋が重なるメイナスも、翻訳者としての裏切りを悟るオーエンも村から姿を消す大混乱、そしてヒューがローマのカルタゴ征服の歴史書をあやふやに暗唱する、さまざまな点であいまいな終幕になる。

　こうして「名づけ—慣らしのプロセス」[26] によって、アイデンティティやコミュニケーションをめぐって異文化の二国関係を扱う『翻訳』は、アイルランド語とゲール文化の衰退の転機を歴史的パースペクティヴで捉える大作であり、現代の紛争にも直結する問題劇である。しかし当初から、『翻訳』は現代の古典として高い評価を得る一方で、批判も受ける。主として、歴史劇として史実を歪めるという指摘と、ナショナリスティックな偏見があるという見方で

ある。

フリールが素材としたのは、「ジョン・オドノヴァンの手紙、コルビーの『回顧録』、ジョン・アンドルーズ著『ペーパー・ランスケープ』、ダウリング著『アイルランドのヘッジスクール』、スタイナー著『バベルのあと』」[27]で、背景はイニシュオーエン半島行きに負うている。それらの素材から注意深くさまざまな事実を組み入れ、想像を働かせて、歴史の雰囲気を伝えるのだが、専門家の立場からは、史実にもとる誤りや不正確やアナクロニズムがあるらしい。[28] その主な指摘は次のとおりである——

土地測量はメイナスの言う「血なまぐさい軍事作戦」ではない（将校が銃剣を持ち、追立てに手を貸すことはなかった。それどころかアイルランドの学者や詩人を参加させた）。

アイルランド語とゲール文化は内部から衰退していた（英語は経済的に時代の要請であり、ヘッジスクールも英語を教え、外圧のみによるのではない）。

ナショナルスクールはイギリス化政策ではない（既存の教育への国家助成であり、宗派と無関係な初等教育の普及に寄与した。当初は義務でも無料でもない）。

これら史実からの離反という指摘は無視できないが、歴史の忠実な再現がフリールの目的ではない。過去を現代に結びつけ、歴史を通して今日の状況を批判的に眺める現代の視点、現代作家としての「あと知恵」[29]が働き、作家の想像、その選択と解釈による歪みである。J. H. アンドルーズの批判に対してフリールは、「フィクションの命令は地図製作法や歴史記述の命令と同じく厳しい」と答える——

> 歴史劇を書くことはある利点を与えるかもしれないが、特別な責任も課する。一見利点と思われるのは確立された史実、あるいは少なくとも一般に認められた史観で、作品はそれに根ざし、親しみや近づきやすさと思われるものを与える。それに伴う責任は、その史実や史観を認めながらも、それに盲従しないことである。ドラマはまずフィクションで、フィクションの権威をもつ。人は『マクベス』に歴史を求めない。[30]

歴史書の典拠をもちながら、作者の想像によるフィクション化が「ささやか

な傷」[31)]か、「敵意のあるカリカチャ」[32)]かが問題にされる。

　創作途中でフリールは、「この劇は言語と、言語だけと関連しなければならない」[33)]と意図し、「政治劇と考えてパニックを起こした」[34)]が、「名づけ―慣らしのプロセス」が、ゲール文化とアイルランド語の運命に、アイルランドの社会とアイルランド人のアイデンティティに、軍事制圧に優るとも劣らない影響をもったことを示すことが構想であっても、政治的軍事的側面が加わるのは不可避で、危惧する「政治劇」になるのは避けられず、ナショナリストの視点からは決定的な危機の時代と状況を描くドラマだから、ナショナリスティックな歴史観も否定できない。

　舞台は近代化の洗礼を受ける前の素朴な田舎風景で、イギリス軍の二人に対して、村人を牧歌的に、貧しいが教養があるよう描いているように見えるが、ランシーとヨランドはイギリスのアイルランド理解の両極であり、村人も「ある種の牧歌的、アーデンの森の生活」を送るのでないことを、作者は登場人物の「精神的欠如の公然の表れである身体的障害」[35)]で暗示し、一方、教区司祭が一度言及されるだけの、ほとんどキリスト教化以前の社会のようで、カトリックの視点を強調することもない。じゃがいも飢饉の兆候もあり、アメリカ移民を目指すモーリャが示唆するように、貧窮のため若者の移民がふえ、アイルランド語はすでに内部から敬遠されて、英語の必要性は時代の要請で、ナショナルスクールの外圧のせいだけではないことを示している。

　「アイルランド農民がイギリス工兵に抑圧されることに関する劇」、「アイルランド語の死への挽歌」、「土地測量に関する劇」、「地名に関する劇」にはしたくないと望みながら、「これらすべての要素が関連し、それぞれが雰囲気の一部となって、そこに本当の劇が潜む」[36)]上に、当然、今日の北アイルランド紛争も反映しながら、『デリーの名誉市民権』のように直に描くのではなく、歴史のパースペクティヴで――歴史のフィルターを通して現代を、あるいは現代の鏡で歴史を捉える。歴史と現代の相互照射で、両国間のさまざまな「翻訳」を提供する歴史劇であり、イギリス植民地政策を断罪する政治的メッセージ、古い不公平な歴史観という批判は当たらない。

　しかし『翻訳』を国民的演劇とするような反響に驚くフリールは、現代アイ

ルランドが過去を理想化して尊ぶ、偽善的こっけいさ、センチメンタルな愚かさを風刺するファース『コミュニケーション・コード』で、『翻訳』とその反響の「解毒」[37]を試みた。

5. 『歴史をつくる』

　ゲール貴族とケルト文化のアイルランドが、中央集権化を確立したエリザベス朝イングランドの絶対王制によって征服され、そのことでアイルランド・ナショナリズムの起点の一つともなる、決定的局面を描く『歴史をつくる』は、イギリスによるアイルランド支配の最終局面を扱った『翻訳』の十九世紀をさらに二百年以上遡る歴史劇である。また、タイトルが過去の出来事とその記述の二重性を示唆するとおり、史実と史書の関わりで「歴史をつくる」プロセスを検証し、歴史の見直しが進む今日の状況と、北アイルランド紛争に見られる歴史観の対立と、直接結びつく、生き生きした現代語による、歴史に関する現代劇でもある。

　だから、アイルランドのイギリス化、二つの文化の融合で『翻訳』に直結し、『デリーの名誉市民権』の歴史のプロセスを再び問題にするだけでなく、フリールが作家として最初から抱える、事実とフィクションの関係を歴史で検証する。『内なる敵』以来はじめて歴史上の人物を主人公にして、その内面の葛藤に焦点を当て、また『翻訳』のヒューの「われわれを形成するのは正確な過去、歴史の〈事実〉ではなくて、言語に具現された過去のイメージである」を問題にする、最も歴史劇と呼ぶにふさわしい現代劇である。

　イングランドの侵略に抵抗する最後の拠点アルスターで、ゲールの領主ティローン伯ヒュー・オニールは、アイルランドを統一できる最後の英雄と期待され、スペインと組みながら、エリザベス朝イングランドと戦って大敗する。事実上アイルランド全土を支配されて、政治でも文化でもアイルランド史の重大転機となるキンセールの戦い（1601）であり、女王の死（1603）を知らずにオニールは降伏する。

　ドラマは第一幕「キンセール前」と第二幕「キンセール後」の対比とバランスで成るが、年代を圧縮し、戦いの十年前（1591）の開幕から、「伯爵たち

の逃亡」(1607) を経て、領地を没収されたオニールのローマでの敗残の姿 (1611 頃) までを扱う、二幕四場の構成である。キンセールの戦いそのものは幕間で、「主要な出来事はすべて舞台裏で起こるから、歴史的背景と現在の出来事に関するかなりの情報を観客に伝えなければならず」[38]、口頭による伝達や間接描写に頼る、言葉の劇になる。また、戦い前後の思惑や後悔だけでなく、戦いの評価や歴史の記述をめぐる議論がドラマの核心をなすため、言葉をめぐる歴史劇になるのは必定である。

　第一幕は、オニールとメイベルの結婚 (1591) に焦点を合わせ、結婚翌日と「ほぼ一年後」の二場から成る。新興のニュー・イングリッシュで、イングランド軍司令官の妹、二十歳のプロテスタント娘との、三度目の結婚で、政治・宗教・文化の違いをまたぐ駈落ち婚であるため、周りのロンバード大司教や若い首長オドンネルらを驚かせ、当人たち二人の間にも波風は避けられない。

　人質として、ルネサンス文化のエリザベス朝宮廷で育ち、ノスタルジーを抱くオニールは、最後のゲールの英雄とは程遠く、イングランドに忠誠を誓うティローン伯でもあり、ゲール族と文化への愛着との「ディレンマ」(27) に苦しみ、双方への忠誠か反逆かの相克、フリールが最初からテーマとするアンビヴァレントな内部分裂に絶えず揺れるから、メイベルとの結婚は、アイデンティティと関わって、公私にわたる矛盾や紛糾の現場となる。

　「率直で果断な」(15) メイベルも、カトリックに改宗する気遣いまで示しながら、ヒューの愛人の同居など、アイルランド人の習俗になじめず、植民者の思考に捉われる姉メアリーの来訪で、アイルランドに対する洞察と違和感の矛盾した心境を率直に吐露する。また、スペインの支援と法王の応諾で始めようとする、イングランドとの戦いを思いとどまらせようとするが、オニールはメイベルの妊娠の知らせにも耳を貸そうとしないで、キンセールの戦いへと突き進む。

　第二幕は「約八カ月後」、キンセールの戦いの大敗で、アイルランドは混乱と困窮に陥り、オニールたちは敗走、潜行する。オニールはエリザベス女王への降伏を決意するが、出産直後のメイベル母子の死に衝撃を受ける場面と、「伯爵たちの逃亡」で国民的リーダーとして失墜したオニールが、「何年もの

ち」再婚して、法王とスペインの扶助で、ローマで酒浸りの屈辱的な亡命生活を余儀なくされる、オニール最後の零落の姿とを、圧縮した二場で描く。

　出産死で第二幕に登場しないメイベルは、オニールには自らの伝記の重要な要素であり、伝記者ロンバード大司教との対立の火種になる。『歴史をつくる』は、キンセールの敗北とメイベルとの結婚という、オニールの公私の出来事を軸に、「神話作り」のナショナリスティックなオニール伝を書こうとするロンバードと、失敗も恥辱も含めた記述を主張するオニールとの、歴史の「真実」をめぐる抗争をドラマの核とする。

　アーマーの大司教で「教会の外交官」(6)、オニールをヨーロッパの反宗教改革のチャンピオンと見なすロンバードは、「国家的出来事の大きなキャンバスで」(69)、異国の抑圧に抗して祖国を統一するゲールの指導者、異教と戦う聖戦のリーダーとして、聖人伝のようなオニール伝記を残そうとする。

　それに対して執拗に「真実」(8, 9)を繰り返すオニールは、キンセールの戦いは一時間足らずで「ねずみのように敗走した」「恥辱」(65)であり、「伯爵たちの逃亡」は自国民に石をもって追われたのであり、自らは「策動家、リーダー、嘘つき、政治家、好色漢、愛国者、酔っぱらい、ひねくれ辛辣な亡命者」(63)であること、エリザベス朝イングランドとの関わりもメイベルの存在も大きかったことなどで、「すべてを加え」「全体の生涯を記録する」(63)ように懇願する。

　特に第二幕第二場、ローマに亡命し、酒と後悔の生活を送るオニールの「最後の戦い」(62)で、開幕早々からの「真実」をめぐる二人の相違と対立はいっそう明確になり、メイベルの「中心」性を主張するオニールと、オニールを「華麗な嘘で保存しようとする」(63)ロンバードはかみ合わない。

> 　アイルランドはかつてない征服を受けています。絶滅の瀬戸際にある植民化された国民の話ですよ。あなたの「策略」だの「恥辱」だの「裏切り」だのを批評している時ではありません。それは別の時代の別の歴史の素材です。今はヒーローの時代です。ヒロイックな文献の時です。だから私はゲールのアイルランドに二つのものを提供しているのです。神話の要素をもつこの物語を提供し、ヒュー・オニールを国民的ヒーローとして提供しているのです。(67)

こう説くロンバードは、歴史に「〈真実〉が一番の要素かどうか」疑い、「情報と同じくらい想像が重要になる」(8-9) という考え方で、「ありそうもなく時代錯誤的に……ポスト構造主義の歴史記述のスポークスマン」[39]である。ただ、メイベルに首ったけ、あるいは文なしの酔っ払いのオニールを目にする観客には、祖国とカトリック教のチャンピオンとする伝記は、あまりに私生活の実態とかけ離れた神話化のために、ロンバードによる歪曲になってしまう。しかしロンバードの歴史記述の立場は、作者の「フィクションの命令」に似通うアイロニーがあり、「革新的な、今日の歴史記述意識」[40]の代弁者にされているところがある。

　女王に慈悲と寛容を乞うオニールの無条件降伏の親書の暗唱と、ロンバードのヒロイックなゲール指導者の伝記の冒頭の朗読の交錯する中で、オニールがメイベルに泣きながら詫びる終幕になる。相容れない二つのモノローグの皮肉な並置は、どちらが歴史の「真実」か——オニールの私的主観的「真実」と、ロンバードの信仰と愛国の「神話作り」とは、相互に排斥し合うものか、両者の矛盾する視点の統合に歴史があるのか、それとも歴史の「真実」は多様、相対的で、すべては主観や解釈、フィクションや歪曲にすぎないのか、まさに「歴史をつくる」過程で、歴史の事績と歴史家の記述のテーマを提供して、ドラマは終わる。

　フリールは創作のモチーフをショーン・オフェイロンの『偉大なオニール』に負うている。[41] デ・ヴァレラ時代に書かれた修正主義的伝記で、ゲール文化とカトリック教の理想的指導者という従来のロマンティックでナショナリスティックな見方から離れて、ゲール文化の伝統に愛着を抱きながらも、近代化に遅れる部族意識を批判し、養育されたルネサンス文化のイングランドと女王に惹かれ、近代ヨーロッパ的背景も理解する、矛盾し分裂したオニールの全体像を描く伝記である。

　オフェイローンは対英独立闘争後のアイルランドの行方に問題を提起し、孤立主義のナショナリズム、保守的なカトリシズム、偏狭なゲール文化よりも、イギリスとの関わりとヨーロッパの視点を説くのだが、フリールの関心も、ナショナリスティックなゲールの英雄でなく、ゲールとイングランドの文化の間

で揺れる、「二つの深く対立する文明」(28)を融合させようとする「ほとんど自己否定」(40)の仲介者オニールにある。

　フリールはさらに現代に引きつけ、北アイルランド紛争とナショナリズム論争に関わって、歴史の書き直しの進む今日のドラマにしている。史実より神話化による、政治的立場からの固定した対立観念にとらわれるアイルランド人の歴史に対する姿勢への批判が明らかであり、歴史の神話化の誤りと危険を意識させる複合的視点の必要を説くのが、作者の意図であるとも言え、近年のアイルランド史の再評価につながる思想劇である——

　　『歴史をつくる』は『デリーの名誉市民権』のように、「真実」が言葉と結びつくとき陥りやすい歪曲、特にその組立てに使われる言葉が、政治家・組織人・神話作り・歴史家・作家の手になるときの歪みを強調する。『翻訳』でゲールとイギリス人の伝統の文化的融合が望ましいことを示唆したあとで、フリールは『歴史をつくる』で『デリーの名誉市民権』の政治的テーマに戻り、異なる論述の間の矛盾を探究し、再び歴史のフィクションの要素をあばく。その意図は、北アイルランドの分裂し戦陣を張る二つの社会を揺さぶって、双方が固執する神話や価値は絶対でなく、選択された先祖回帰の歴史であって、それが双方をそれぞれの陣地に閉じこめることに成功しただけで、新しい形に書き直され翻訳されるように叫んでいることを、意識させることである。[42]

　こうして歴史は客観的史実よりも、時代や社会の要請による「書き直し、翻訳」であるとしても、根本的なところでの歪曲やフィクション化は問題である。プログラム・ノートでフリールは、歴史のフィクション化について弁明している——

　　『歴史をつくる』は劇によるフィクションで、ヒュー・オニールの生涯の実際の出来事と想像の出来事を使って、ストーリーを創っている。客観的に、私の創作のやり方で、経験的手法に忠実であろうとした。しかし歴史的「事実」とフィクションの命令との間に緊張がある時は、物語の方に忠実だったと言ってよい。例えば、ヒューの妻メイベルは1591年に亡くなったが、十年余分に生かす方が私のストーリーに適した。時折こうした勝手をやったのを残念に思うことはあるが、歴史とフィクションは関連した類似の談話形式で、歴史の文献は一種の文学的所産だとも思い起こす。[43]

　フリールはすでに『内なる敵』を「ドラマ形式による想像的記述」とし、

『翻訳』でも「フィクションの権威」を主張していたが、『歴史をつくる』でも「フィクションの命令」を説く。

　『歴史をつくる』は史実に時に不正確、省略、歪曲が見られる。1591年から1603年までの十年余りの出来事を、年代を変えて二年以内に圧縮している。1601年のキンセールの敗北を1592年と1593年の間に早めるのは、公的政治的な無条件降伏への責任感と私的家庭的なメイベルの死への罪意識とを関連づける効果のためだろうが、逆にメイベルを実際より何年も長生きさせることになる。しかも二人の結婚は、フリールの描くロマンティックなものとは違って、メイベルは夫から逃れて、1595年に死に、キンセールの戦いの時には、オニールは四番目の夫人と結婚している。

　ロンバードがオニールに初めて会うのは、「伯爵たちの逃亡」のあと、1608年以降、ローマにおいてであり、ロンバードの史書は1600年頃の制作だから、キンセールの戦いは守備範囲外である。そもそもオニールのルネサンス・イングランドでの養育も、酔っ払い意気阻喪した晩年も、オフェイローンの伝記に基づき、史実としては問題があるらしい。[44]

　もう一人のゲール領主ティルコネル伯ヒュー・オドンネルを、優れた軍人指導者でなく、政治に疎い「衝動的熱狂的な」(6) 若者、「ヨーロッパの未知の新しいやり方」(40) が視野に入らない偏狭な田舎者に変えるのは、オニールとの対比を図ってであるが、あまりに単純軽薄な矮小化にしている。

　『歴史をつくる』は、軍人・政治家としてオニール最大の戦果であるイエロー・フォードの戦い (1598) はまったく省き、オニールが望むような、メイベルを中心にした「家庭物語、ラヴストーリー」(69) で、『翻訳』に続けて「異族結婚」を両国関係のメタファーとする。

　史書ではほとんど無視されるメイベルに作家として創作意欲をそそられるのは自然であるが、ロンバードに対抗してメイベルとの関係を重視するオニールには、「歴史をつくる」別の視点の提供というより、妻に甘い感傷性が目立つ。またメイベルもカルチャー・ショックと内面の分裂を見せて、初めのうちこそ興味深いが、スペイン援軍による戦いに反対して、オニール本来の慎重な戦略をアドヴァイスしたり、キンセール後、女王への降伏による統治を勧めたり、

オニールをしのぐ鋭い政治分析の思慮深さには無理がある。「問題は、フリールのメイベルに説得力がないことである。オニールにとってのイギリス文化の魅力を適切に代表もしなければ、またルネサンス貴婦人やこの劇にふさわしい役も演じない」[45]という批判が出る所以である。

「フィクションの命令」で、ドラマの凝縮は当然であり、夫婦関係と敗残の姿に力点を置くのは作家としてのモチーフで、フィクション化の効果を挙げているのだが、「歴史をつくる」事績と記述の対比—「全体の生涯」(63) の「完全な真実」(66) と、「いくつか可能な物語」(15) の中で「可能な限り最良の物語」(8) の対立のドラマ構造で、根本的な年代の変更や事績の操作は疑問である。もちろんフリールは誤ってそうしているのではなく、また歴史記述の主観性選択度がテーマであるとしても、自己撞着になるのではなかろうか。結局、歴史はどんなに「真実」であろうとしても、ロンバードの立場でもオニールの主張でも、フィクションでしかないことを示すのには、あまりにもフィクションの優位になっている。

歴史のフィクション化のメカニズムとプロセスを明かす『歴史をつくる』は、オニールとロンバードの歴史に対する姿勢の差異に焦点を合わせて論争を闘わせる、論文の面白さをもつ観念的なメタヒストリーの劇で、ドラマとしては必ずしも成功作ではない。『翻訳』の劇行為やメタファーの演劇的効果と比べると、本来大きな葛藤と緊張を内包するにもかかわらず、静的で演劇的迫力に欠ける。しかし、歴史のフィクション性は極めて現代的な意義をもち、フリールが最初から関心をもつ「真実」のフィクション性を歴史で問う作品として重要である。

また『内なる敵』からのテーマであるアイデンティティの二重性と分裂した忠誠心につながり、フリールが愛用する劇行為の記録者ないし解説者への関心も受けつぐ歴史劇としても興味深い。結局『歴史をつくる』は、歴史劇の装いであっても、フリールの主題と手法は大差なく一貫していると言えよう。

X. マーフィ——変革期の「魂の飢餓」

　独立したアイルランドの戦後体制で育ち、1950年代末からの改革の洗礼を受けたトム・マーフィ（1935-）は、現代アイルランドの変革期の政治経済、文化道徳の激変と混沌に直面する人々を描き、「メディアの関心が多く北アイルランドの出来事に向けられているが、この三十年間〈南〉の危機があり、マーフィ劇はそれに取り組み、明確に表現するのに力を貸した」。[1]

　当然、貧困や失業、移民やナショナリズムなど具体的社会状況を扱うが、外面的な変化や混乱よりも、近代化に伴う価値観の転換やアイデンティティの喪失を体験するトラウマ、変革期に遭遇する「魂の飢餓」[2]と再生をテーマとして、優れた作品を創り続け、「一種のアイルランドの内面の歴史」[3]を形成する。

　「私の作品は感情や気分、それについて論評したり書くことが難しいかもしれない感情や気分に発する」[4]と述べるように、人々の内面のありよう——葛藤や挫折感、幻滅や不安、喪失感や罪意識、無気力や暴力性、物欲や疎外感、あるいはそこからくる自己探究や人間性の回復、癒しや贖いに迫るため、その表現は基本的にはリアリスティックでありながら、皮相を扱ったり、知的把握にとどまらないで、ナチュラリズムを超える志向を見せ、時には非現実的な手法や果敢な実験で失敗することがあり、また必ずしもアイルランドの特異性を越えられる作家ではないが、広く人間性に訴え、感情を解き放つ、挑発的で魅力的な劇作家である。

1.『外側で』

　マーフィの第一作『外側で』（ノエル・オドナヒューとの合作）の設定は、「時は1958年、所は田舎のダンスホールの外側」（166）で、時代も場所も現代

アイルランドの転換点を象徴する。1958年はウィタカーの経済改革によるアイルランド再生の元年で、田舎にも変革の波が押し寄せる前触れとなり、またダンスホールは田舎家の台所に設定することが多かったアイルランド演劇のパターンを破る。だから『外側で』は、ダンスホールの入場料が足りない二人の若者が、あの手この手で入場しようとしても、すべてがうまくいかずに退散するという、たわいない話の一幕喜劇でありながら、変革期の社会と経済の細心のリアリズムでもありうる。

　アイルランドでダンスは元々、十字路や民家で行なわれ、誰にでも開かれた行事であったが、風紀を気づかうカトリック勢力と新興のビジネスの思惑が結びついて、ダンスホールが設けられ、バンドが用いられるようになる。当然高い入場料が要り、場内はコントロールされやすくなる。「背景のダンスホールはいかめしい建物で、一見、娯楽場より監禁所を連想させ」、皮肉な名前のバンド「マーヴェルトーンズ・オーケストラ」の演奏は「まずく」て「お座なりの拍手」でも、「入場する金のない外側の者には、気をもませ誘惑的」(167)となる。

　主人公フランクとジョーは二十歳ぐらいの「町のヤツ」(188)、町工場の見習工で、安い給料は家計に回され、手元不如意。アンとデートを約束したフランクは、入場料不足で身を潜め、待ちきれないアンが入場するのを見届けて二人は姿を現し、切符売場の女に馴れ馴れしくしたり、金持の友人から金を借りようとしたり、帰る客から入場の半券をもらったり、通りすがりの酔っ払いから金を巻きあげようとしたりするが、すべて不首尾に終わる。

　締め出され屈辱が募る若者との対比で、階級差を示す人物を登場させて、作者は社会の一断面を超えるパターンを工夫する。一人は「小さな田舎町の地域社会に広がる非常に頑固な階級差」(170) の代表として、その名も自動車王を連想させるミッキー・フォードである。侵入してくるアメリカニズムと、アイルランドが突入しようとするコマーシャリズムの象徴で、同じ年頃の二人の若者が、その気取った言動をいくらからかっても、太刀打ちできない職業や収入の差で、アンはフランクからフォードに乗り換えてしまう。

　もう一人は「酔っ払い」という呼び名の、五十歳ぐらいの労務者ダリーで、

若者は「非常にぶっきらぼうに扱う」(172) が、背に腹はかえられず、小銭を持つのを見て無心してしまう。若者の将来を示唆しかねない姿で、フォード以上に嫌悪すべき対象になる。

「静かな田舎道」に似合わない娯楽場に来た町の若者が、生気のない生活と新しい活力の接点であるダンスホールに入られずに、その「外側で」経験する屈辱は、一方ではアイルランドの礎の田舎からの締め出し、一方では徐々に押し寄せる変革からの疎外であり、アウトサイダーの「魂の飢餓」のメタファーになる。その挫折感・閉塞感をフランクは、タンクの比喩で吐き出す——

> いいか、仕事は大タンク。町全体がタンク。家もタンク。壁がまっすぐに高くのびる巨大タンクだ。そして俺たちはその底辺で、金曜夜の反吐の中を一週間はね回り、周りの側面をひっかく。そしてボスは、お偉いさんは、てっぺんあたりで、中を見て、見下ろす。顔付はわかるだろう。唾を吐いてる。俺たちの上に。俺たちがどうにかして登って出ないかと怖れてだ。何をしてると思う？壁面にグリースを塗りつけている。(180)

だからダンスホールの「ポスターに走り寄り、げんこつで強く叩き、猛烈に蹴る」(192) 怒りと罵りのラストでも、残される道は移民しかないのかもしれない。

マーフィはのちに続編ないしペアの『内側で』を書き、「田舎のダンスホールの内側」(194) も、閉塞と停滞から脱出できない人々で占められていることを示す。『外側で』と同じ時と所に設定しながら、十年以上たっての創作で、教師群像であるにもかかわらず、宗教と道徳の因襲に縛られ、特に性的フラストレーションを抱える精神的退廃は、『外側で』の若者と似たり寄ったりで、短い一幕物の皮肉な並置で「魂の飢餓」の根の深さと広がりを描き、マーフィ劇の進展を予告する。

2.『暗がりの強がり』

マーフィの出世作『暗がりの強がり』は、家族と世代、階級と貧困、移民とアイデンティティ、アイルランド-イギリス関係など、変革期アイルランドが近代化、産業化へ移行する過程で生じる、急激な価値観の変化に伴うさまざま

な問題を提起し、若い作家のエネルギーがあふれる、リアリズムの力作である。

舞台は 1950 年代後半、イングランドの工業都市コヴェントリー。アイルランド西部出身の労働者階級カーニー家の長男マイケルが、イギリス娘ベティと結婚して住む公営住宅に、マイケルの弟たちハリー、イギー、ヒューゴーが居候している。そこへ郷里から父親ダダと末弟デズが訪れて、ドラマは展開する。

「大声と動作と準備の混乱で開幕。部屋と家具は荒らされた跡を示し」(3)、「言葉より行為が大声を出す」(31)。騒々しいのは、出迎えの興奮と準備からでもあるが、むしろ「家中での喧嘩やすさまじい騒音」(8) や「たわごと言い」(15) の弟たちの傍若無人な言動による。ポンびきやピンはねで女や人夫を食いものにする泡銭で生活する弟たちは、郷里の田舎とまったく違う異国の都会で、強健な肉体と乱暴な言動によって、マイケルの家庭の平穏を著しく乱し、ベティに言わせれば「野蛮人、狂人」(55)、「豚、動物」(75) である。だから──

> ウェルメイド劇の上品で堅苦しいやりとりに代わって、叫び、歌、徹底的ではなくとも念入りに激しい身振り、冗談、掛け合い、モノローグ、そして言葉とモチーフの繰り返しになる。台詞はちぐはぐで食い違い、分裂しながら頼り合う登場人物なみである。[5]

自制を欠いて衝動的に動き、ベティをからかう「鉄の男たち」(18) の歪んだマチスモは、故国からの価値観を引きずって、当然家の外でも面倒を起こし、街の黒人やイスラム教徒だけでなく、同じアイルランド移民の一族と、チンピラあるいはやくざまがいの抗争を構え、実際ドラマは、その抗争の予知で始まり、その結果で終わる。

酒と喧嘩のステレオタイプのアイルランド人に見え、旧来の家族制度や因襲的な価値観に縛られているようだが、郷里では見込みのない経済的必然から、豊かさを求めて移住した、教育もマナーもない弟たちであり、出口のないフラストレーションの発散に、動物的な本能のままに生きて、異国にも都会にも適応できないアウトサイダーである──

伝統的、ナショナリスト的神話のアイルランド性への自信が挑戦を受ける、歴史的瞬間である。経済の変化と失業が、伝統的な階級や男らしさの観念を混乱させ、ダダと息子たちで象徴される古い価値観に結びつく気高さという考えはすっかり消え失せた。一家が主体性、誇りをもてるものを見つけようとする試みは、妨げられるようだ。アイルランドでこれら「下位の者」に与えられる従属の立場は、安定よりも、主流から外れる結果をもたらすだけである。そしてその後（以前の）帝国の中心に移動するのは、その闘いをいっそう悪化させるだけである……。[6]

一方、家庭の平穏と秩序を必死で保とうとするマイケルは、教育と仕事、家と結婚で、物質的にも社会的にも新しい環境に同化しようと努める中流志向ながら、二つの世界にまたがって生きる矛盾やディレンマを意識せざるをえない。ベティを気遣って弟たちの不作法に悩みながら、その居候や怪しげな仕事を黙認するのも、郷里と一族の絆を絶たないで、家庭の崩壊を防ごうともがく魂の葛藤である。

「こんな生活から抜け出したい……今の俺でありたくない……俺はどうしたのだろう」(57)と悩むマイケルは、『さあ行くぞ、フィラデルフィア！』の主人公が、「すべては終わった」「すべてはこれから始まる」と言いながら、「なぜ行かなきゃならないのか」「ボクにはわからない」と悩む姿に先立ち、マーフィ劇の主人公たちみんなに当てはまる——

〔「俺はどうしたのだろう」という〕悲しげな疑問は、アイルランド演劇でこれまで主人公が問うことはなかった。戦後のアイルランド社会そのもののノイローゼと関連する、個人のノイローゼに、マーフィの焦点が合わされる。マーフィ劇が探究するのは、時代遅れの神話で混乱し、文化の大変革を組みこむ新しい持続できる生活様式を生み出せない、個人に課せられるプレッシャーである。[7]

ウィタカー＝レマスによる経済変革と近代化は、田舎の疲弊、都市の膨脹をもたらすだけでなく、階級の流動化、家族の分解を現実にし、価値観の変化で人々を揺るがし、道徳や宗教でも方向を見失なわせて、「魂の飢餓」による緊張や不安、劣等感や葛藤を生じさせる。カーニー家はその変革に取り残され当惑する、必然的な副産物で、このような現実と背景で、家長の権威をひけらかすダダと、兄たちの都会生活に憧れるデズのコヴェントリー来訪は、すでにあ

る対立や混乱に拍車をかけ、怒りや嫌悪感の吐け口を与えるだけである。

　元警官のダダは、田舎の中流階級と交流する錯覚のプライドで、無職ながら、彼等と同じゴルフクラブの用務員のポストを拒み、妻が彼等の掃除婦であることに屈辱を感じ、また郷里も変わってきて、隣人フラナガンが道路掃除人から中流階級に成り上がっていることも意に介さずに、息子たちに家父長の権威を振り回わせると思いこんでいる。「わしは戦う人間だ」(29) と自慢し、デズに喧嘩の仕方を教える、ダダのアナクロニズムの虚勢は、マルライアン一家との抗争でも息子たちの争いでも、身を隠して傍観する臆病で無力な姿で暴露される。旧来の家庭秩序を覆す変革にさらされ、取り残される世代の当惑であり、現実の階級差と世代の相違に傷つき孤立して、何もできない姿である。そういうダダとマイケルの必然的な感情の対立がドラマを動かし、一番若い、アイルランドから初めて渡ってくるデズをめぐって先鋭化する。

　家族の絆から二人の来訪を歓迎するものの、マイケルは残された母の苦労を思い、田舎にも浸透する経済的可能性から、デズに郷里の新工場で働くように勧めるが、デズは兄たちのあとを追って移住する意向で、他の兄たちも郷里での屈辱的思い出から、マイケルの意図に反対する。マルライアンとの抗争で加勢するデズを気遣って苦悶するマイケルは、自らも父親譲りの思考から自由でなく、そのアンビヴァレンスから、弟たちとの対立がエスカレートする中で、自制心を失い、弾みでデズを殺害してしまう悲劇になる。そして兄弟たちが「ダダから離れて、デズの死体の側のマイケルと一緒になり」、「舞台隅に孤立する」(87) ダダの取りとめのない言訳で終幕になる。

　『暗がりの強がり』の激しさは、単にイギリス移住で適応できない「鉄の男たち」の理不尽――異文化のマナーや仕事のルールに従うことを拒む、無分別や衝動性の激しさだけでなく、一家を取り巻く時代の変化、伝統と価値観の変動にさらされる不安や劣等感、その裏返しとしての自己主張や怒りの激しさであり、その破壊的感情が乱雑な言葉や変則な文体にも表れているのである。

　中流階級志向で変革の波に乗ろうとするマイケルも、変化に翻弄され底辺の運命に甘んじる弟たちも、「鉄の男たち」の内面は同じような「魂の飢餓」を抱え、その対処に手こずり、何もできずにいる。その点では同時期のイギリス

の「怒れる若者たち」の演劇に似て、社会への鋭い批評とプロテストであり、また感情的矛盾と苛立ちの爆発である。

マーフィは自らの体験から、移住者たちの激しさの心境を語る——

　イングランドに渡り、イングランドにもアイルランドにも属さない男の生活は空白です。親、隣人、地域、教会のコントロールから自由になり、それが時に激しさの爆発を生みます。[8]

　男たちはこの生まれた国に裏切られたという感じをもち、また国を裏切ったとも感じていました。あとに残した人たちにずっと劣るという、とても奇妙な罪悪感をもち、イギリスにも属さない男たちでした。夏の一時滞在で戻ると、ここにもよくは属さないことがわかりました。奇妙な二分裂が生じていて、自分を、自由を、金を、この砕け割れた自己をどうしてよいかわからなかったのです。[9]

『暗がりの強がり』は、変革期に突入するアイルランド社会の緊張、歪み、不安、痛みを、社会の底辺、イギリス移住で捉える。旧来の伝統や価値観が通用しなくなる一方で、それから逃れられずに衝突し、新しい生活様式も身につかず、また受け入れもできない、宙ぶらりんの魂を、犀利な観察と強いとまどいのリアリズムで——閉された一つの舞台と三単一を守る一見古典的な正確さで、作者自ら感心する「並外れてうまい組立て」[10]で表現した。そして写実の限度を越える激しさこそ、「魂の飢餓」のリアリズムとしての成功だった。

3.『食品雑貨店店員の生涯の決定的一週間』

1958年の設定、移民との関わりで、『外側で』と『暗がりの強がり』との連作といえる『食品雑貨店店員の生涯の決定的一週間』も、アイルランド変革初期の若者の「魂の飢餓」を扱う佳作である。

「アイルランドの田舎の小さな町はずれの通り」(90)に住み、食品雑貨店の店員として働くジョン・ジョーは、三十三歳の「半人前の男」(162)で、しがない日常生活を送る。毎朝、目覚まし代わりの母親に起こされ、通勤の自転車を外に出してもらい、乗り気のない仕事に出かけるジョン・ジョーは、小遣銭までせびって、家の内外でフラストレーションに満ちた日々を送る。家の中は、会話の成り立たない父と、苦労しどおしの母。恋人モナがいるが、母の反

対もあって煮えきらず、仕事はささやかで、周囲はすべて無気力なため、満たされないのである。

　ジョン・ジョーに干渉しながら世話をやく母親は、「アイルランドの歴史、貧困と無知の産物であるが、何かすぐれたところ、扱っているのが十九世紀だったら〈ヒロイック〉と言えそうなところがある」(94)。半ば時代に取り残されながらも、家庭の中心にいる母親は、雇主を侮辱して仕事を失う息子を気遣って、神父に次の仕事を頼むかたわら、隣家の実兄の小さな店を目当てにして、その年金不正を密告さえする。

　ジョン・ジョーは、「留まるか立ち去るか」(93)の選択に直面する。移民による、特に、常に依存する母親からの心理的自立の望みは大きいが、親の葬式のために帰国した、仕事の前任者ペイキーの成功例がある一方で、アメリカに渡った兄フランクが、酔って警官と争い刑務所入りした、苦い失敗例が身近にあって迷う──「ここに残っても半人前、行っても半人前で、なんとかする希望がないじゃないか」(162)と母に叫ぶしかない。

　だから移民は、単に失業や貧困の経済問題だけでなく、金銭では解決できない感情や魂の問題を抱えている。そういう移民に直面する青年の複雑な心理的葛藤を扱うマーフィ劇は、現実と夢の交錯でもフリールの『さあ行くぞ、フィラデルフィア！』に似る。月曜日から次の月曜日までの一週間を展開するドラマは、ジョン・ジョーの日中の家庭と仕事の日常生活の、ストレートな写実的描写と、深層心理を表す夜の、主としてモナとの超現実的な悪夢や移民を果たす夢とが交錯する。創意に富む構成で、現実と夢、客観と感情の相互照射によって、「魂の飢餓」を鮮明にする。

　舞台の田舎家の台所は、ジョン・ジョーの寝室と連なり、「非現実的な光の輪が強さをます」(91)中で、窓からスリップ姿のモナが闖入して、ジョン・ジョーに脱出を促す、夢あるいは悪夢の表現主義的な喜劇のシーンになる──「異常な照明は夢のシーンの非現実性を示唆し、身振りと台詞は様式化し、人物はカリカチャになる」(90)。写実と非現実を組み合わせる、時には「何だって許される、まあ、ほとんど何だって」(142)というスタイルは、魂の分裂を見せ、その内面を鏡にして社会を映すためである。

X. マーフィ——変革期の「魂の飢餓」　175

　ジョン・ジョーが束縛され、フラストレーションを感じるのは、家庭と職場だけでなく、カトリック教会の教えによって狭量で抑圧的な田舎町だからでもある。ジョン・ジョーの現実は大きな変革が押し寄せるアイルランドの現実であり、主人のブラウン氏でさえ変革期の意識をジョン・ジョーの母親に語る——

　　ねえ奥さん、いつでもいいから新聞を持ってみなさい、なんて書いてあります？大文字の印刷で、極めて明白に、なんてあります？なんてあるかというと、「時代は変化している」ですよ。世の中は混乱です。ゆうべベッドの女房に言ったばかりです。宇宙は震えているとね。周りは戦争、会議、新奇な思想ばかり。未経験のアイデアが試されています。(123-4)

　母親の干渉を逃れ、店員の仕事から解放されたいと願っても、簡単な解決策はなく、モナに駈落ちの覚悟を迫られても、文なしでは踏みきれない。母親の苦情、神父の諭し、雇主の怒りで、フラストレーションを爆発させるジョン・ジョーは、深夜、聞き耳を立てる近所に、家族の恥や近所のゴシップをわめき、翌朝「町へ行って仕事を探す」(164)と宣言する幕になる。自他の恥や秘密をさらす反抗で、「留まるか立ち去るか」の選択の自由を得るのか、周りに甘んじて町に留まることが自己の解放につながるのか、楽観できる保証のない結末である。親や地域から脱出しても、金も職もない状態では、小さな田舎町の沈滞と閉塞に我慢がならないのと同じ現実、「半人前の男」に変わりがないからである。

　伝統や慣習に支配されながら、押し寄せる新しい時代の波に直面するジョン・ジョーの内面の分裂と矛盾、精神と感情のパニックを、現実と夢の絡まりで描く悲喜劇は、F. オトゥールが説くように、『外側で』と『暗がりの強がり』とともに、経済と社会の変革期をめぐる一種の三部作をなす——

　　『外側で』と『暗がりの強がり』と『食品雑貨店店員の生涯の決定的一週間』を合わせると、『外側で』のラストの避けられない移民から、『暗がりの強がり』の無益な移民へ、そして『決定的一週間』の留まる可能性へと、円の軌道をなす。この点で三作一まとめで、人間の必要と要求を追求する空間の探求になる。そしてその探求の結論は、逃避は不可能、世の中の現実を避けられる聖域や安息所はないという信念である。『決定的一週間』の最後のジョン・ジョーが

割合に楽観的であるのは、逃避の楽観ではない。ジョン・ジョーが町の秘密のヴェールを取ることができたのは、現実を置き去りにしたからでなく、現実に直面して、はっきりと述べたことによる。だからこの劇が裏書きするアイルランドの将来は仮のもので、ジョン・ジョーが暴露した社会の分裂と支配の厳しさで抑制される。ドラマの終わりは勝ち誇るより希望的で、イリュージョンの束縛を断ち切るというテーマに、マーフィはやがて戻ることになる。[11]

　社会の閉塞感に悩みながら、急激な変革に当惑して、適応か脱出かのディレンマに苦しむ若者の「魂の飢餓」を捉える連作で、立ちはだかる現実、追い立てる時代相を捉えて、鋭い社会批評をなす。しかもリアリスティックな『外側で』から、現実と夢の混淆による超現実主義的な構成の『決定的一週間』の実験に進展して、劇作法の変化と成長を見せて興味深い初期作である。

4. 『飢　饉』

　「魂の飢餓」の根底には、経済的貧困と社会的混乱があるから、マーフィがアイルランド史の原点の一つである、十九世紀半ばのじゃがいも飢饉にテーマを見いだすのは自然である。人口を激減させ、社会構造を破壊し、国民性や伝統に大きな変革をもたらして、今日までもアイルランド人のトラウマとして残る、未曾有の大惨事を描く『飢饉』は、歴史劇であると同時に、現代アイルランドの経済と精神の変革を二重映しにする現代劇でもある。

　1846年秋、アイルランド小村の指導者ジョン・コナーの娘の一人の死で始まり、1847年春、村全体の壊滅で終わる『飢饉』は、この大きなテーマをコナー一家の悲劇に具体化しながら、二十人以上の登場人物による集団劇で、エピックのスケールをもつ。

　全十二場はブレヒト流にタイトルを付され、叙事演劇のスタイルを取る。穀物を積む車が警護されて次々と通る中で、飢えに苦しむ農民たちがジョンを中心に策を練る第二場「道徳力」、利己的な地主や土地管理人などの責任回避と偽善で、救済の名案が出るはずがない第五場「救済委員会」、移民しかないというその結論で、命の危険が伴う移民に賭ける農民たちのふるい分けの面接が進む第七場「面接」など、十二のエピソードで飢饉の惨状が進展する。

飢饉に襲われるグランコナー村の惨状は典型的で、じゃがいも不作が胴枯れ病によることがわからずに、原因と対策をめぐって混乱し、村人が合議しても解決策は見当たらず、救済委員会の救済策は移民しかなく、飢える農民たちは、土地を追い立てられ、餓死するか移民に賭けるしかない。裏切り行為や暗殺まで行なわれ、宗教も具体的救いにならず、飢えと病いで次々と死人が出て、人々はただ生き残ることにのみかかずらう状況である。

　血統で村のリーダーになっている伝統主義のジョンは、娘の通夜をしきたりどおり「食べ物、酒、タバコ」の供応と哀歌の儀式、さらに歌と踊りの「お祭騒ぎ」(19) で行なう第一場「通夜」から、家族の窮状にこだわっておられずに、村全体への責任で、農民たちのために努力する。同情心と責任感の持ち主であるが、状況の認識が甘く、「正しいこと」(22) を行なう「道徳力」(20) を信じ、当局への信頼を失わない単純さで、複雑な選択を回避し、助けを待って堪えることしか、大災害を免れる方策を編み出せない。「生来の知性で最も道理をわきまえた」(xiv) リアムや、「暴力的（そして精神病の？）」(xv) マラキなど、他の村人と比較して、作者はジョンに対してアンビヴァレントである。だから観客には、善悪や好悪の感情移入より、距離を保つ異化効果があることになる。

　「正しいこと」にこだわり、「身内を怠る」(31) ジョンに、必死で家族の救済に努める妻が鋭く対立する。実際的献身的だが、二人の子供を失って、「今は少しでも口に入るものなら何でも」(32) と利己的になって、苦しむ仲間から盗みまでしてしまう。

　ジョンを中心にまとまろうとしていた村人たちも、しだいに共同体意識を失い、治安判事への実力行使に走るマラキから、プロテスタントのスープに頼る背信を責める教区司祭まで、飢饉との闘いに苦しみ悩み、最後はジョンの忠告に抗って移民する村人たちが、短いスケッチのシークエンスで活写される。

　第十一場「女王死す」で、妻と息子が餓死するのを見かねるジョンは、二人を自らの手で殺害し、年が明けた春には、「異様な孤立した姿、たぶん正気を失っている」(89) ことで、村のリーダーと仰がれるジョンの公的立場と「正しい」モラルの原則が、集団と個人の悲劇を招いてしまう極限を描いて、エ

ピックと悲劇が両立する。

　飢饉でも若者は恋に陥り、第四場「ラヴシーン」は、ジョンの娘メイヴとリアムが死体の転がる中で恋する様を描き、最終の第十二場「春の季節」は、ようやく食物が届く春に希望の曙光を見るこの二人で幕を閉じるが、飢え、病い、移民でほとんどの村人が消えた悲劇の中である。

　『飢饉』はこのように主として叙事劇の技法を用いた悲劇で、史実の重みを簡潔に伝え、特に第五場「救済委員会」に顕著な、批判的効果をもつが、「全体的に因果関係の政治的分析を扱うのではなく、マーフィが表現しようとするのは、心理的体験そのもの、生き残りの必死の本能が、この状況でもたらす魂の恐ろしい破壊である」。[12] 時代の荒波による価値観の転換がもたらす「魂の飢餓」を、いわば歴史の原点に遡って探る大作であるが、「一つの劇で飢饉の現実を〈正当に〉取り扱うことはできないと考える」（xvii）と作者が記すのは当然である。

　セシル・ウッダム＝スミス著『大飢餓』から素材を得た歴史劇であるが、マーフィは『飢饉』の創作が歴史的関心からだけでないことを強調する――

　　どのような大事件であろうと、歴史上の事件に関する劇を書くことは私には意味をなさず、余計なことに思えました。それで私自身の時代と呼ぶ二十世紀半ば、1950年代、私が育った文化について考え始めました。……そしてたぶん食物、その欠乏は飢饉の一つの要素にすぎず、あらゆる他の貧困が飢饉に伴うと感じ始めました。[13]

　　私は『飢饉』をイギリスで書いた。アイルランドでは書けなかっただろう。アイルランドの飢饉の歴史に関するものではない。1960年代に住んでいて、自分が飢饉の犠牲者であって、まだ終わっていないことに気づいた。……『飢饉』の意味は私には、歪んだ精神、恋愛、優しさ、愛情の乏しさ、青春の自然な放縦さが花咲こうと願いながら、十九世紀の精神に遮られていることだった。[14]

　だから先行する「三部作」に『飢饉』が続くことに不思議はない。アイルランド人にとっての歴史のトラウマ、飢饉が百年以上経っても精神的感情的傷を残す現代を見すえて、鋭く追究し、小さな一つの集落、一家族の悲劇に集約して成功した。

5. 『帰郷の会話』

　ケネディ・ブームの反映で「ホワイトハウス」と名付けられたパブに集い、ウィタカー＝レマス時代の変革の波に乗る成功を思い描いたかつての若者たちが、停滞と幻滅の中年にさしかかって再会する姿を描く『帰郷の会話』は、「1970年代初め」(2)のアイルランド——60年代の理想が消え、経済と社会の変革に取り残された、出口のない世代のドラマである。

　再会の場となる「ゴールウェイ東部の町のパブ」(2)は、顔がケネディ大統領に似ていると言われたジェイ・ジェイの店で、店内にヌード絵を飾る反教権的リベラルな態度に惹かれて集まった若者たちにとって、「われらの避難所、希望と抱負の源泉」(11)、「われらのルーツで、進み続ける文化の揺りかごになるはず」(38)であったが、1960年代の成功神話も失せた今、まだケネディの大統領就任演説を諳んじて口にできる中年者たちにとっては、その荒れ果てた姿から、理想を失った幻滅と絶望の場でしかない——

　　忘れ去られたように見える建物、荒廃したパブ。窓かドアの上のパネルに「ホワイトハウス」と色あせたプリント。飾りが必要な店で、時計は止まり、棚のストックはまばら、ジョン・F・ケネディの写真がある。(3)

　ケネディ時代を体現すると見なされたジェイ・ジェイは、よそのパブで呑みつぶれて登場しない。1960年頃、イギリスでの失敗を隠して帰国したが、ケネディに似ているという噂が立ち、「そのアメリカ仕こみのいわゆる理想主義の時流に乗って」(52)、夫人とパブをものにしたものの、「借りもののイメージ」(57)による虚像でしかなかったことが徐々に暴露される。

　「1970年代は比較的に経済繁栄の時期で、移民の流れは止まり、アイルランドはEECに加入した」(I. xviii) が、耐える夫人によって辛うじて営業を続けるジェイ・ジェイのパブは、繁栄に取り残された小宇宙で、新時代のイリュージョンで文化再興の夢を共有した若者たちが、十年後、町を離れず、状況を変えられずに、幻滅と失意の中年になって再会し、落伍感を酒に流すのである。

　再会の中心にいるのは作家志望のトムで、知性も感性も洞察力もありながら、何も書けずに、田舎教師となり、自らは停滞の淀みにつかったまま身動きできずに、ただ時代への不協和音を奏でる——「俺たちはこっけいな人種で、

選び取るイメージでさえまったく気紛れだ」(54)。仲間たちの現実無視のイリュージョンを激しく剥ぎ取る一方で、十年来の付合いの婚約者ペギーと結婚に踏みきれずに、忍従の彼女に怒りをぶつける。大人になりきれない、自惚れて残酷、不機嫌でシニカルなトムを通して、作者は時代への批判を表す。

　国外へ脱出しても事情は変わらない。再会はアメリカから帰国のマイケルを迎える形で行なわれ、帰国した移住者と国内にとどまった者との対比としてもドラマが進行する。「ある意味では、帰国した移住者は一種の亡霊でその不完全な知識が〈国内の急所を突く真実〉の定義あるいは再定義をする仕かけになる」[15]。

　アメリカン・ドリームを追って、映画界入りを目指して渡米したマイケルは、夢破れて十年ぶりに帰郷し、母親から酒代を得てやっと面目を保つ始末である。あるパーティで裸になり、「このような生活は、まったく違う」(28) と叫んで、体に火を付けた男のエピソードを、他人にかこつけて話して自らの失敗を隠しても、周りには当人のことと気づかれてしまう。まだケネディとジェイ・ジェイの理想主義の幻影に翻弄されて自分を見失っている姿である。トムの幻滅感と最も衝突しながら、大人になれない二人は基底で似ている「双子」(15) である。「この劇の依存関係、長引く子供状態、大人の関係の未発展のイメージは、個人的であり、また社会的政治的でもある」[16]。

　むろん例外はあり、田舎にも押し寄せる変革と繁栄はアウトサイダーのリアムに成功をもたらす──「リアム車のキーを振り回して登場…よい身繕い、高価で重いピンストライプ、ダブルのスーツ、体裁のためきちんと畳んだ新聞がポケットから突き出る。農家、不動産屋、旅行代理業者、資産家」(4)。

　ナショナリスト的口吻をもらすが、ジェイ・ジェイのケネディ・ドリームの申し子で、「ホワイトハウス」も娘アンも手に入れそうな勢いであるが、ト書は「少しアメリカ訛りを気取り、ちょっと愚かで鈍感、成功の必要条件らしい」(4) と続き、「ミスター成功の─すばらしい─70年代─アイルランド」(70) とトムに皮肉られる。

　三十代の男女数人が大人になれず、時代の変革とも折合いをつけられないため、酔いが回るにつれて、60年代の理想を回想し、ゴシップや探り合いの中

で互いの失敗と幻滅に言及して、「孤独感、立場の穏やかな絶望感」(81) を露呈する。アイルランド人の成功の夢の実現者としてのケネディのイメージを小さな田舎町にもちこみ、その神話が消えた今日のアイルランドと対照させ、変革期の夢と現実、成功と幻滅を対置する。『決定的一週間』に似ているが、ジョン・ジョーにはまだ選択の可能性が残されていたが、60年代の変革のイリュージョンに裏切られ、ケネディ暗殺で理想が消えている『帰郷の会話』では、帰郷のマイケルだけでなく、パブに屯するトムらにも幻滅感が色濃く、変革期への期待の反動が明らかである。ウィタカー=レマス時代にケネディ・ブームを重ね、60年代末から再燃する北アイルランド紛争への言及もあって、「成功の―すばらしい―70年代―アイルランド」の「魂の飢餓」の苦い悲喜劇になっている。

　アイルランド西部に定めた、リアリスティックな舞台装置と、土地の言葉による、酒が回る酒場の会話で成り立つ、実験性をほとんど抑えた、ストレートなリアリズム劇であるが、元々『ホワイトハウス』という旧作を改作したものでありながら、ゴールウェイのうらぶれたパブをホワイトハウスと重ね、60年代の変革の夢と現実をケネディの理想主義と暗殺による失望を重ねる改訂こそ、『帰郷の会話』を佳篇にしている――

> 『帰郷の会話』はナチュラリスティックな土台を使って、関節の外れた時代の感覚を組み立てる。……過去と現在が同時に舞台にあり、互いに食いこんで、絶え間ないアイロニーを生み、演劇的に大いにより効果的にする。一つ以上の世界が同時に舞台にある時、本当のドラマが生じ、『帰郷の会話』には、希望・抱負・追憶の世界と、本当の幻滅の世界がある。……一つの世界は、過去とJ.J.キルケリーの世界、一世代の希望で、もう一つの世界、70年代の世界と一世代の破れた夢、その間にギャップがあり、そのギャップに失意の苦悩がある。[17]

6.『ジリ・コンサート』

　変革期の社会のミスフィットやアウトサイダー、現代アイルランドの「外側」の人々を扱ってきたマーフィが、『ジリ・コンサート』ではむしろ成功者ないし恵まれた階層の「魂の飢餓」と再生の試みを主題とする。

　1960年代の経済改革による繁栄を享受する、「自力で叩き上げ」(170) の建

築業者「アイルランド人の男」は、物質的には恵まれた仕事と家庭をもつ中流階級の実業家であるが、仕事上の汚ないやり方に罪の意識を抱き、妻子に暴力的になって一時家出される生活で、「すべてが陳腐で浅ましく低級。愚かで無感覚、罪深く無価値で駄目」(183)という自己嫌悪から、心の中に荒れ狂う不安や気分の落ちこみを、イタリアのオペラ歌手ジリのように歌いたいという、突飛な奇跡で紛らそうとして、怪しげな「ダイナマイトロジスト」のJPW. キングのオフィスを訪れる開幕である。

アイルランド人の血を引くイギリス人のキングは、パブリックスクール卒の上層中流階級であるが、仕事でも私生活でもドロップアウトの敗残者にしか見えない。イギリスの本部とは関係が絶たれ、外界と隔たるオフィスは、顧客があるとは思えない荒れ模様で、むしろ寝泊まりの住まいにしか見えず、だらしない落ちぶれた本人の外見からも、人々の「自己実現」(168)の手助けをするダイナマトロジーが、いかさまに思えてしまう。

この奇妙な二人の出会いが、患者と精神分析医の面接による精神療法のように、数回のセッションで展開され、身の上のことを話し、悩みを聞いて、徐々に信頼が生まれ、互いに見かけほど違わないことがわかり、双方が失敗感を抜け出し再生への手掛りを得る「治療のプロセス」[18]がドラマの構造である。舞台の自然な外観、登場人物の詳述、日を追うセッションなど、リアリズム劇であるが、社会的コンテクストより個人の内面と関わる「実存主義的サイコドラマ」[19]になる。

精神療法ないし懺悔のパロディともいえる面談で語られる、アイルランド人のライフ・ストーリーは、名前も住所も明かさないあいまいさで、イタリアでの子供時代など、ジリの伝記を多く合成して紛らわしい、ファンタスティックな神話作りの経歴物語である。

ただジリのように歌いたいというオブセションは明らかである――

　　ジリを聴くと――聴くのを止められないんだ！胸がいっぱいになる！いろいろ――胸が。張りつめる、すべてがもっと張りつめる。注意深く聴くんだ。すると美しい――だが叫んでいる、思い憧れている！何を憧れている？私を正気にしているのか狂わせているのかわからないんだ。(184)

それは「魂を売った者が、魂を取り戻したいと思う」[20]ことで、自己嫌悪や精神的不毛を逃れる「自己実現」の努力、理想や美への憧れと説明できるだろうが、経済的変革と成功の陰の「魂の飢餓」のメタファーとなり、ナチュラリスティックな外見と異なる寓話になりうる要素をもつドラマになる。

男とキングは外面的には対極にいるようでいて、魂の袋小路、内面の暗闇で、分身のような関係にあることがわかってくる。「精神が生きていることの本質である」(168)ことを共通に認識しているからである。

しかし、より深刻な危機にいるのがキングの方であることは、むしろ最初から明らかである。人妻ヘレナと電話だけの一方的なプラトニック・ラヴともファンタジーとも思える関係を続けながら、人妻モーナと性的快楽に耽り、仕事でも私生活でも自らが治療を受けなければならない状態であり、実際に治療も受けるキングの方が「自己実現」のための刺激を待っていたといえる。だから男にとってキングとの面接は「ジリのように歌う」夢をかなえてくれる場ではなく、むしろ途中から二人は立場を逆にしていく。

その結果、男はキングとの対比で自分の日常生活がそれほど悪くないと悟って、現実の仕事と家庭に喜んで帰っていく。ダイナマイトロジーの成果かはっきりせず、ジリのように歌う目的に失敗したにもかかわらず、オブセションからの解放に満足し、「いい仕事をしてくれた」(237)、「すばらしい人だ」(238)とキングを称えて去る。

一方、「自己実現」を助ける仕事と称するキングは、男に対処しているうちに、精神医と患者の関係が逆転して、キングが治療を受けているように思え、男の治療に失敗し、ヘレナにもモーナにも去られる絶望と覚醒の中で、男のオブセションであった「ジリのように歌う」奇跡を自ら行なってしまう。男が去り、鍵をかけた部屋のブラインドをおろし、プレーヤーの電源を切り、オーケストラの前奏に合わせて、アリアを歌う。

魂の救済をめぐる喜劇は、それぞれの意図に反する奇跡を生んだことになるが、「ドラマは、片方は救われ、片方は敗けたことを示す」[21]とするわけにはいかない。

男は「ジリのように歌う」オブセションから解放されて、危機は去ったと満

足するが、このような神経衰弱をしばしば繰り返すのだから、一時的解決で、また落ちこんで同じことを繰り返さない保証はない。初老の男の中途半端な抵抗と自己偽瞞の療法打ち切りにすぎないのかもしれない。キングの「二つの選択肢」のうち「暗闇のどん底に跳ぶ、飛びこむ」(212) のを怖れて、元に戻るだけとも言える。

　キングの方は「跳ぶ、飛びこむ」をしたかもしれないが、「ジリのように歌う」のは男の夢の転移であり、酒とドラッグによる恍惚状態でのファンタジーと思われ、役者がレコードに合わせて歌うふりをするトリックであり、想像のオーケストラまで伴うから、キングの内なる声ととる方がよい。

　だから男の「治癒」もキングの「奇跡」も、ともに「自己実現」あるいは精神的再生のハッピーエンディングにはならない。「ジリのように歌う」は魂の解放のメタファーであるが、二人とも当初の意図に反する成果で、男は放棄することで常態に戻り、キングはそれを果たしたと思って異常になったと言えなくもない。

　舞台をキングのオフィスに限定し、登場人物はキングと「アイルランド人の男」とモーナの三人に絞り、その会話と議論で人物と状況を提示し、セッションを追って人物の内面を明らかにしていく点で、リアリスティックな台詞劇であるが、台詞を越える音楽への依存が大きくてリアリズムを離れ、不可解な精神性と関わるため、むしろメタフィジカルな性質を帯びる。

　インターテクスチャリティもあって、ファウスト物語の変形とか、ユング心理学のパロディとか、キリスト教的神学論とか、さらには北アイルランド出身のモーナとでアイルランド－イギリス関係のメタファーとか、寓意的要素によるさまざまな解釈が出てくる余地があり、それが魅力でもあり難点でもあるが、基本的には、変革期の繁栄と混乱の中で自己や目的を失う、「魂をなくした世界での魂の苦悩」、「魂へのオブセションと魂の歌」[22]のドラマと見なすことができる。そして「ジリのように歌う」奇跡を舞台上で起こすのは至難の技、不可能なことであるため、『ジリ・コンサート』はリアリスティックとメタフィジカルの間で揺れる難しい作品になる。

7. 『バリャガンガーラ』

　アイルランド伝統のストーリーテリングの構造で、現代アイルランドの「魂の飢餓」と赦しと救いの可能性を語る『バリャガンガーラ』は、内容でも手法でも伝統と革新を融合させて、マーフィ劇の集大成となる傑作である。

　「1984年、わらぶきの家の台所」(90) に設定し、老耄の祖母モモと中年の孫娘たちメアリーとドリーの三人の、一見単純にリアリスティックな劇であるが、「およそ五十年前」[23]、「僻遠の村のパブ兼よろず屋」(172) の出来事を劇中劇として語り、二つの時間、二つの世界、二つの劇を合わせているため、影の人物が大勢登場し、位相が交錯する、複雑な構成でもある。

　半ば耄碌したモモが、舞台を占める台所のダブルベッドで、世話するメアリーを孫と認識できずに、三十年以上も昔の、想像の小さな孫たちにお伽噺を語り始める——「さあ坐るんだ、お前たち、これを食べたら今夜はいい話を聞かせたげよう。いい話だよ、そして眠るんだよ」(91)。

　パセティックともグロテスクとも言える老婆が、断片的断続的に、行きつ戻りつ、取りとめもなく回りくどく、いつまでも終わろうとせず饒舌に話すのは、独り言とも教訓話とも思える語りである。時には支離滅裂、時には直截簡潔、時にはシャナヒーのようにレトリックや詩語の様式化も駆使する、「古風なシンタックスとゲール語の名残りに満ちた、非常に凝った、高度に様式化された言葉」[24]による語りは、「バリャガンガーラの物語とその名の由来」（副題）であり、時間を超越した「モック・エピックの話」[25]であるにもかかわらず、自分の家族の昔の悲劇を語っていることが徐々にわかってくる。

　ある夫婦がクリスマスの商いに出た帰途、家では三人の幼い孫が留守番をして二人の帰りを待ちわびているのを気にしながらも、悪天候のため、途中ボフトンのパブに立ち寄り、笑いの競技に興じて、夫が村一番の笑い手をいったんは負かすものの、相手が笑いすぎて発作で死に、夫婦は悪魔と疑われて村人に追い払われ、遅くなって帰宅すると、孫のトムが灯油の火災で死んでいて、夫も続いて死んでしまう。

　ボフトン（「貧しい所」あるいは「貧しい人」）がどうしてバリャガンガーラ（「笑いのない村」）という名前になったかの由来譚になるが、耄碌した意識で

他人のことのように三人称で語り、すべての役を演じ分けて、フィクションの距離を保とうとしながら、時にふと一人称が口に出るのは、トムと夫の悲劇の元凶としての罪意識から語らざるをえないオブセションであるのに、その後悔と悲しみのために、自分の話とせず民話のように語り、しかも死ぬ前に語り聞かせて心の重荷を降ろそうとしながら、結末に達するのが苦しいのである——

これは劇の技法として大いに効果的である。劇がテーマにしていることをドラマとして再生することを意味するからである。悲しみを引き延ばすことに関する劇だから、話の結末を延ばすことで効果をあげる。語りは一連の「ライヴ」の動作で絶えず中断されるため、観客は期待をはぐらかされる緊張があり、次に何が起こるのか知る必要が生じ、それはメアリーとモモが物語の結末に達するのを必要とするのと同じである。語りと劇行為を中断し距離を取ることで、観客が人物と一体化することを妨ぐことになり、感情がほとばしり出るのを許さずに、感情を高め蓄えて、最後の瞬間に語りと劇行為がぴったり合って、圧倒的なカタルシスになる。[26]

かつてモモの世話をしたドリーも、今世話するメアリーも、空で言えるほど何度も聞かされた話で、モモがつかえると口添えするほどだが、あるところから先には進まないため、二人とも悲話の結末を知らず、どこまで自分たちに関わるのかもわからない。観客にはなおさら初めのうちは何のことかわからず、一度に十分に語られずに繰り返されることを、つなぎ合わせて組み立てなければならないが、やがてモモ一家の実話であることに気づくことになる構成である。

メアリーは話を完結させることが祖母のトラウマとオブセションからの解放になると思って誘導していき、モモはそれまで語ることがなかった部分を語り始める。笑いのコンテストは、作者がほぼ同時期に『クリスマス泥棒—バリャガンガーラの名の由来の事実』として別にドラマ化する、貧しい農民たちに比重をおく悲喜劇の実況である。

一見たわいのない笑いのコンテストは、村人たちの希望のない現実と関わって真剣になっていく。パブに集まる大勢の村人によってわかるのは、パブの主人との賭けに操られる地方経済の逼迫であり、クリスマスの接近によるその深刻さである。そしていったん止めようとした夫をそそのかし、農作物の不作から家族の不幸まで、不運を主題にしてコンテストを続けさせたモモの「魂の飢

餓」——冷たい夫婦関係の意趣返し、その怒りと憎しみ、結果的にトムと夫を死なせてしまった後悔と悲しみの告白としての話である。三人称に仮託して他人の話にしたり、断片的断続的語りになるのは必然であり、「作品は効果を挙げるためにわざと分かりにくさを冒し」、「語りを結ぶ衝動がドラマのダイナミクスになる」。[27]

アイルランド語が頻出し、「アイルランド英語の方言と派手なラテン語系統の語彙を組み合わせる、高度に組み立てられたリズミカルな文体」[28]の語りは、いつの時代かと疑わせるような話し方であるが、舞台は紛れもなく現代のアイルランドであり、日本のコンピューター工場が進出し、ヘリコプターやオートバイの騒音が聞こえる1980年代であり、その工場の閉鎖で、工業化、経済の近代化がむしろひずみを生む状況である。変革期も四半世紀たち、物質的貧困からの脱出はできても、それとは関係なく、あるいはそれゆえにいっそう、人々に「魂の飢餓」が巣くう。テクノロジーの現代と田舎の過去の混在と対比で、変革にもかかわらず、人間の内実がそれほど変わらないことが示される。

だからドラマは現代、1980年代の、すでに中年女の孫娘をめぐっても展開する。真面目で頭のよいメアリーは、60年代の申し子で、ナースになってロンドンの病院で働いたものの、感情の充足を求めて家に帰りたくなり、今は祖母の世話に明け暮れているが、モモを老人施設に入れて再び出て行こうとしている。

メアリーが戻るまでモモの世話をしていたドリーは、出稼ぎから年に一度帰国の夫から不貞のかどで暴力を振るわれ、それを癒そうとして不義の子を孕んでしまうが、その子をメアリーに引き取ってほしいと願う。自らの結婚や妊娠の問題を抱えるドリーは、オートバイを乗りまわすヴァイタリティ、束の間のセックスを楽しむ享楽主義で、現代を舞台に持ちこむ。ドリーと比べれば、メアリーは後向きで、孤独な現状を逃れようとするが、二人とも「魂の飢餓」を抱える姿である——

> マーフィの意図は、貧しいアイルランドの田舎の現実を、代々のナショナリストの理論家が表明するアイルランドの田園の理想に対置し、同時に、脆弱な経済的発展の空虚さを暴くことである。だから、ドラマは、デ・ヴァレラの田園牧歌の物質的貧困と、レマスの現代的拡張の精神的貧弱の、両方を包含する。

しかし、単に挫折で無力に陥ることを劇化するより、むしろ過去と現在を動員して未来に役立たせる……。[29]

モモの語りの完結、孫の視点での認識によって、三人の女の悲劇が明らかになるが、完結と同時にモモは、それまで識別しなかったメアリーを初めて孫娘と認め、メアリーがドリーの生む子を引き取ることを承諾し、三人が一緒にベッドに入るラストになる。モモの語りが中核をなし外枠にもなって、台所の大きなダブルベッドの上に集約される、三人の「魂の飢餓」の由来と解決が、過去と現在、死と出産、物語と現実と、いくつかのレベルで融合して、相互の関連と反響で、ある種のハッピーエンドにたどり着く。

語りの完結までの手法と、悲話から和解と再生への内容で、ドラマツルギーでも人間洞察でも、豊饒で見事な作品である。しかもストーリーテリングだけでなく、農家の台所はアイルランド演劇の伝統への回帰であり、三単一を守るリアリズムに、それまでマーフィ劇で弱かった女性のドラマで四単一でもあり、あらゆる点でマーフィ劇を総括し、頂点を極める。

変革期の「魂の飢餓」を問題にするマーフィ劇は、基本的には社会の観察や歴史の基盤によるリアリズム劇であっても、状況や出来事の外面的リアリティを目ざすのではないから、リアリズムに縛られずに、時にはプロットや手法で想像力に富み実験的な作品をいくつか創る。

マーフィ劇で最も実験的な『楽観主義のあとの朝』は、超現実的で幻想的な舞台、お伽噺のような非写実的人物、照明から音楽まで特異な舞台言語で、リアリズムに挑戦し、ヒモと売春婦の中年男女が、若い二人の男女に魅せられながらも嫌悪から殺してしまうという、不条理な内容と象徴的手法で、「アイルランドの内的歴史」を展開し、独立アイルランドの「子供から大人へのイニシェーションと、人々が成長して現実世界に直面するのを妨げた重苦しい黄金時代の神話の一掃」[30]と理論づけできるのかもしれないが、抽象的観念と夢幻的雰囲気と陳腐な人物像で、現実とのつながりをほとんど絶って、かえって普遍性をもてない、不思議な作品である。

初演時に反教権的として論争を巻き起こした『サンクチュアリ・ランプ』

は、アイルランドとは明示されない教会を舞台に、サーカスの人物たちで、罪と赦し、信仰と魂の自由をめぐって展開する。経済の変革に劣らずアイルランド近代化に大きな影響を及ぼした第二ヴァチカン公会議を背景にもち、宗教ないし形而上学的問いと関わる。説教壇を持ち上げたり、告解ボックスをベッド代わりにするなど、幻滅と絶望から生じる皮肉で挑発的な行為には、魂の危機、逆説的に神への憧憬が見られるが、神と教会への悪態は、「神の観念とそれが現代社会で役割を果たすことかできるかできないかについての思弁的問いかけ」[31]をはみ出るコントロールのなさで、魂の救済に無力なカトリック教会を強烈に批判する劇である。

ナイトクラブの舞台、ギャングのような集団、そしてアメリカのギャング映画のパロディによる誇張されたスタイルで、アイルランド・ナショナリズムの政治とテロリズムを批判する『ブルー・マキュシュラ』は、「私が周囲に見いだすアイルランドは、ギャング、強盗、人殺しに満ち、最もひどいのは、権力者すべてについての噂に満ちている」[32]と作者が言う社会的現実に基づき、アメリカ化による「〈1970年代の手っとり早く金持になるアイルランド〉への風刺」[33]であるとしても、「メロドラマ的ブラック・ファース」[34]にとどまる。

これらの作品はいずれも、月並みなリアリズムを離れて、新しいスタイルを求める果敢な実験で失敗している。マーフィ劇は表現主義やエピックにも向かう自由さがあり、映画や音楽の影響も大きくて、さまざまな志向と技巧で、リアリズム一辺倒ではない。

しかしマーフィ劇の基底をなすのは、アィルランド変革期の現実、ウィタカー=レマス時代と第二ヴァチカン公会議に直面する中でのアイルランド人の「魂の飢餓」、社会と人間の具体的状況に基づく内面の動揺、形而上的苦悩である。マーフィが変革期の「魂の飢餓」を表現しようとするからこそ、その作品がリアリズムを離れてメタファーになるとしても、登場人物は三人で、三単一を守る、古典的な骨組で一見ナチュラリスティックな『ジリ・コンサート』と、特に『バリャガンガーラ』で、心理的深みあるいは形而上的高さ、さらに詩的次元をも達成して、「魂の飢餓」から魂の再生へと追究しているのは注目すべき成果である。

XI. キルロイ――'the play's the thing'

　トマス・キルロイ（1934-）は、アイルランド演劇の主流をなす、言葉を重んじるリアリズム劇の伝統に挑む、最もシアトリカルな劇作家の一人である。極めて理知的で、犀利な批評家でもあるキルロイは、欧米の演劇に通じる改革熱で、知的で複雑な主題にふさわしい手法の冒険と新機軸を試みる。

　キルロイの主題は、端的には「自己と社会」である。「個人の激しい凝集された希望・恐怖・信念が、社会生活の断片化・拡散化の影響にさらされた時に何が起きるか」[1]である。因襲的で狭隘な社会の圧力で、自己の孤立を自覚したり、他のアイデンティティを求めたりし、急激に変貌し分解する社会で、その勢力に立ち向かったり、妥協の矛盾を抱えたりする、「個人の生き残りのための闘い」[2]である。しかもそれには、抑圧と抵抗の長いアイルランドの植民地の歴史と、今日のアイルランド社会の大きな変貌が反映していることが重要である。

　「自己と社会」の交錯のヴィジョンを表現するのに、リアリズムの殻を破る手法の工夫を怠らないキルロイの劇は、素朴な現実への鏡を目ざすのではなく、約束事を破る非リアリズムの作品になる。

　　私の劇作は、今日のアイルランドの演劇状況の典型ではないと見なします。アイルランドの劇作の支配的スタイル、支配的イメージは、非常にリアリスティックであるという意味です。社会的、社会問題的で、今日のリアリズム、いわゆる「あけすけなリアリズム」の劇です。私の作品はそれとは反対に、大いに様式化され、一種の虚構の劇で、リアリスティックな要素を使っても、実際は観客にリアリズムの意識を一時的に中断するように求める劇です。[3]

　　私はナチュラリスティックな演劇、型にはまった叙述や紋切り型の物語の劇には興味がありません。非常に豊かな演劇だとは考えますが、私には魅力がありません。たぶんそのような劇の要求を満たす能力がないのでしょう。私が魅

せられるのは、多様なイリュージョンを与える演劇です。私に興味がある劇は、人を招き入れ、一瞬たりとも劇以外のもののふりをしない劇、それ自体を祝い、出来事や動作その他の演劇性を祝う劇です。[4]

こうして虚構による演劇性を強調し、上演を強く意識するキルロイは、技巧を凝らして内容と形式の一致を図る。何よりも「舞台の感覚」[5]が必要であり、役者の「肉体の言語」[6]が重要である。当然リハーサルでの演出家や役者との共同作業を不可欠とし、戯曲の絶対的優位を認めることはなく、ヴィジュアルな演劇性で'the play's the thing'を実現する劇になる。

1.『オニール』

キルロイはアイルランド近現代史の実在の人物を劇化することが多いが、最初の劇『オニール』は、アイルランド史の一大転換点となる、エリザベス朝イングランドによるアイルランド再征服を扱う歴史劇である。イエロー・フォードの戦いの勝利で、ゲール世界の最後の希望となるヒュー・オニールが、キンセールの戦いで大敗し、イングランドによる植民地化が完成する経過を描く。フリールの『歴史をつくる』と同じ題材であるが、『オニール』の上演が先立つことに留意しなければならない。

「社会の全体性を達成できないアイルランドの体験」[7]を、典型的な先例オニールで捉えて、内的分裂を抱える人物を扱う先駆けとなり、また歴史的人物の真実性より劇的虚構による異化作用で実験性を先取りする。

ゲール社会の首長、ケルト文化の守護者としてのオニールは、イングランドに抵抗する救国のリーダーと仰がれながら、アイルランド・ナショナリズムの「死者の重み」(21)「時の重み」(23)に逆らい、また、ティローン伯爵として早くからイングランド（風）社会に馴染みながら、イングランドによる制圧に抵抗して、アイデンティティと忠誠心で分裂し、二重性を抱える。「アイルランドのヤヌスの顔」[8]の葛藤と矛盾の複雑さを探るドラマであり、それを典型的に示すのが、イエロー・フォードでの勝利とキンセールでの大敗で、『オニール』はイエロー・フォードの戦いを舞台裏にしてはさみながら、その前後の二幕で構成される。

第一幕、イエロー・フォードで戦勝のオニールは、ゲールとカトリックの立場を鮮明にする一方で、彼我の比較で、イングランドの優越性も認めざるをえない。自他への固定観念で好戦的な他の族長たちとの大きな違いで、分裂を抱え、意志の鈍るオニールは、「いったい俺は何者だ」(31) と自ら訝る。その二重性の最も先鋭的な顕れが、イエロー・フォードで敵対するイングランド軍司令官バグナルの妹メイベルとの三度目の結婚で、第一幕はその破天荒な結婚による波紋とオニールの葛藤をクローズアップする。

　二人はゲールとニュー・イングリッシュの対立を越えて、互いに相手方に敬意や親近感を抱くものの、年齢差、既婚歴、宗教の対立があり、何よりも周りのゲール社会にとって、首長の敵対する側との結婚は言語道断で、オニールの二面性をかえって悪化させる。メイベルもゲール社会との疎外感やオニールの愛人たち周囲の侮蔑に耐えられないで、立ち去り、初めから避けられない結末を迎える。

　第二幕はメイベルが姿を消し、私的レベルでのオニールの破綻から、広いコンテクストで、政治と軍事のリーダーとしてのオニールが、ゲール社会の最後を招く悲劇に重点を移し、第一幕からの展開と対比で二幕形式を有効にする。

　イエロー・フォードの勝利の勢いで、血気にはやって猛進しようとする周囲と違って、「イングランド人を打ち破るのは戦いの半ばにすぎない。そのあとで自分たちとの戦いが始まる」(63) と自覚するオニールは、「事実を直視する」(60)、「理由をもつ」(61)、「自らの欠点を知る」(63) 現実感で、ロマンティックなゲール・ナショナリズムに対抗するが、結局キンセールの大敗とメリフォントでの降伏に導く。イングランドに対する客観的視点にもかかわらず、あるいは矛盾した態度ゆえに、私的にも公的にも、またイングランドとアイルランド双方に屈する形でも、「二重の降伏」[9] に終わる。

　1969年の初演は、一方では、1968年からの北アイルランド紛争の激化による統一問題の再燃と、他方では、1973年のEEC加盟に表れるヨーロッパ志向と重なり、分裂と統一、ゲール文化と欧米文化をめぐる、アイルランドを今日の視点で問う現代劇になる。十二世紀に始まるイギリス統治による混乱と分裂が今日まで続くアイルランドの現状と、ヨーロッパ統合で一国ナショナリズム

がしだいに意味を失っていくグローバルな状況を描くのに、歴史の原点、原型的人物に立ち返る歴史劇である。

「イングランド人には賞賛すべきことが多多ある」(20)、「われわれは新しいヨーロッパを求めて戦っている」(52)——このようにオニールをイングランドひいき、ヨーロッパ志向にするのは、ショーン・オフェイローンの『偉大なオニール』に負うところが大きい。独立国としてのアイルランド・ナショナリズムに、またイギリスとの敵対関係からの離脱のために、ゲール世界のリーダーというロマンティックなナショナリスティックなオニール像でない、広いヨーロッパ的視野による現代人を提唱した修正主義の大著で、のちにフリールも『歴史をつくる』で顕著な影響を示す。

主題以上に手法が、伝統的な歴史劇のエピック的枠組を破る。イエロー・フォード戦勝のアイルランドの要求が読み上げられるのを、イングランド側のセシル卿とマウントジョイ卿が「張出し舞台最前方に」(11)割りこんで中断させる。

 マウントジョイ　私はまだオニールとそのアイルランドの戦いに面くらっています。なんとかもう一度最初からやり直せないでしょうか。
 セシル　(いらいらして)すべて取り扱ったと思っていたが。
 マウントジョイ　もう一度だけどうでしょう。すべてを明確に理解するまで私は満足できません。私は事実が好き、事実が私の友です。
 セシル　(しぶしぶ)わかった。(周囲に呼びかける)もう一度最初から始めよう。みんなだ。(居合わせるみんなからぶつぶつ不平)
 オニール　もう一度ぜんぶをやり直さないといけないのか。
 セシル　そのようだ。もう一度やり直して先に進むのだ。
  (オニールうんざりした仕草、部下たち装置を取りはずし去る)(12)

突然の割りこみで、両陣営をあたかも同一場面のようにオーバーラップさせ、状況に困惑するマウントジョイの求めで(そして観客に説明する導入部として)劇中劇あるいは舞台稽古のようにスタートさせる開幕は、歴史再現のイリュージョンを破り、第二幕冒頭で繰り返されて、「一連のフラッシュバック、繰り返し、脱線を使って…直線的年代順を混乱させ」[10]、仕組まれた劇であることを晒す——

私がまっ先に書いた劇『オニール』は、私が今日でも持っている手法上の興味を多くもっていました。例えば、劇で舞台を際立たせることです。私は劇の舞台性、劇にこの巧みな工夫があることが好きです。起こっていることは舞台上で起こっていて、外界と張り合っているのではない事実に注意を向けるのが好きです。[11]

　だからまた、イエロー・フォードを「戦場の簡単な表現」(11)ですませ、キンセールの戦いを「戦いの耳障りな音」(65)で片づけ、両陣営の並置や自在な場面転換、叙事と喜劇のコントラストなど、シェイクスピア史劇の要素ももつ。さらに、三人のスパイは両陣営の情勢に通じて、オニールの動静やメイベルの噂などを観客に語りかけるコロス的解説役であり、観客の反応を複雑にするブレヒト劇のような異化作用も活用する。

　こうした巧妙な劇的工夫によって、歴史の解釈に疑問を呈し、ナショナリズムのありようを問い、いろいろな点でダブル・ヴィジョンのキルロイ劇を予示する佳作であり、現代劇として魅力をもつ歴史劇である。

2.『ロウチ氏の死と復活』

　『オニール』の前に上演された、キルロイの出世作『ロウチ氏の死と復活』は、所は「ダブリン、ジョージ王朝の建物の地階の部屋」(9)、時は「現代の土曜夜と日曜早朝」(6)、登場人物はパブの常連たちで、キルロイとしては最もコンヴェンショナルな劇であるが、キリストの復活劇を匂わすタイトルが写実性を裏切り、実際、リアリスティックな設定の中で「死人」が蘇る奇跡によって、擬似復活劇の展開を見せる喜劇であることがわかってくる——

　　　昔の復活＝豊饒喜劇の皮肉なヴァージョンを書く試みに、ある個人的なアカデミックな楽しみがあったことは事実です。この劇にそうした構造の骨組はありますが、それを果たすには、ロウチ氏が一種の神のような人物になる必要があり、それでうまくいくかわかりません。ナチュラリスティックな劇を他の次元のリアリティに高めて、信じられるようにするのは非常に難しいことです。[12]

　パブで飲む数人の中年男たちが、閉店のあとケリーのアパートに移って、週末を酒と談笑ですごす。ウィタカー＝レマスによる経済と社会の変革期1960

年代後半で、活路を求めて田舎を出て、大学に進学のゆとりがあり、首都で自由な生活を送る、下層中流階級のホワイトカラー族である。公務員のケリー、中古車セールスマンのマイルズ、医者になりそこねて病院の死体置場の係員をする「ドク」、それにひとり既婚の教師シェーマスで[13]、それぞれに失意と挫折の男たちが、孤独と虚しさを避けて、飲み騒ぎに息抜きを求め、不安や不満を露わにしていく。

　ドラマ展開の直接のきっかけとなるのは、途中から加わるロウチ氏である。「四十から五十歳の間」の分別盛りの年齢だけでなく、何よりもゲイとして界隈に悪名高いアウトサイダーだから、その突然の来訪にケリーはひどく嫌悪感を見せ、追い出そうとするが、その反応には奇妙なト書が付く──

　　（ほとんどヒステリックに）奴を追い払え、地獄行きだ。助平な不潔な変態め。君たちが何もしないなら俺がやる。言っとくからな。（ケリーは寝室に出て行き、初めはためらい不安そうに立っている。それから腰をかがめて鍵穴から覗き耳を傾け、あるいは部屋を歩き回る）(28)

そして追い返しに失敗すると、「俺はだれにも劣らずリベラルだが、変態は限度を越える」と言って、「急いで寝室に出て行き、ドアを閉じた中で、ハンカチで顔をふき、強く手をふき、それからドアで耳を傾ける」(33)。

　ケリーの脅えた反応と曖昧な口ぶりは、同性愛が犯罪であるアイルランド社会の隠蔽と抑圧を露呈する。[14] 外からのアウトサイダーの闖入が、内部の人間を脅かす典型であるが、ロウチ氏は男たちの性的フラストレーション、「消耗、衰え、わびしさ」(38) を暴いていく。ホモであることだけがわかり、職業などは不明のロウチ氏が、男たちとコントラストをなし、自由と分別で批判者になる。

　歓迎されない客をスケープゴートにする悪ふざけで、「ロウチ氏がホーリー・ホールに突き落とされ、階段を転がり落ちる」。「聖なる穴蔵」という小部屋から引き上げると、「ロウチ氏がどこかおかしいのは明らかで、不自然に首を垂れ、ぐったりしている」(39)。酔いの勢いでホモ嫌悪の戯れが、思わぬ悲劇に転じる「第一幕、ロウチ氏の死」(6) になる。

　「第二幕、死体の始末とレクイエム」(6) は、「死んだ変態」(44) の処理に

困って、運河のほとりのベンチに放置することにして、ドクとケヴィンが出かけ、シェーマスと残るケリーは、その不思議な言動の理由——ものの弾みか一時の気の迷いか、ロウチ氏とセックス体験をもち、その罪の意識に駆られてであることを告白する。自らの同性愛を受け入れられないケリーは、ロウチ氏との一夜をアクシデントにし、「知れ渡ること」(43)を怖れ、また苦しい胸の内を忘れようとして、男だけの飲み騒ぎに逃れているのである。

　ロウチ氏を触媒とするケリーの自己分析で、ケリーにドラマの焦点が合わされる。変革期のアイルランドで、ケリー自身が自己矛盾の二重性を抱えるだけでなく、ケリーとロウチ氏は作者が愛用するダブルである。

　「第三幕、ロウチ氏の復活」(6)で悲劇がファースに転じる。眠られない一夜を過ごしたケリーは、朝日が差しこむ頃、ロウチ氏がドクとケヴィンと一緒に戻って、観客もろとも驚かされる。

　　（ケリー跳び上がり、ドアをさっと開ける。ロウチ氏が最初に入る）
　ケリー　イエスさま！
　ロウチ氏　そうでもないよ、君、でもその間違いはうれしいね。
　　（三人入る。大笑いになり、実際三人はしばらく笑って口を利けない。「奴の顔を見たか」「ああ、パンクしそうだ」などと叫ぶ）(69)

　「奇跡」(70)は、閉所恐怖症のロウチ氏が「聖なる穴蔵」に押しこめられて気を失ったのを、医者になりそこねのドクが誤診し、にわか雨で息を吹き返したと、道理にかなった説明が与えられ、その限りでは皮肉な笑いの逆転劇になるが、「ロウチ氏の死と復活」は日常性を越える次元、擬似宗教性を加える。

　ここでの驚きの叫び「イエスさま！」はもちろんのこと、最初にマイルズはケリーの部屋を「この墓」(20)と呼び、ロウチ氏が閉じこめられるのは「聖なる穴蔵」であり「地獄」であり、ロウチ氏の死に「ああ、神さま」「聖母さま」(42)「ああ、主よ」(43)などと繰り返す。

　第三幕は、日曜日の早朝だから、教会の鐘が「ゆっくり弔鐘のように鳴り」、ケリーが「ひとり椅子の側にひざまづき、頭を垂れ」(63)神に祈るところから始まり、「イエス」「煉獄」(70)「奇跡」などの言葉を皮肉に使い、おかしがるロウチ氏が「神父のように」日の出の「神秘」(72)を語り、みんなでミ

サに出かける。日常性を取り戻すように見えるが、ひとり残されるロウチ氏が「観客に向かい、謎の微笑が顔に戻って」(79)幕になる。

『ロウチ氏の死と復活』は、アイルランド社会の疎外者であるホモを通して、因襲的な風土を検証し摘発するリアリズム劇である。時代と社会の価値観や因襲に縛られて、特に性に成熟した態度を取られないケリーたちの仮面を剥がし、ロウチ氏の泰然自若な自由さとの対比で、偽瞞や卑怯、不安や欲求不満の自らの正体に直面させる。

それと同時に、キリストの死と復活のモチーフを「言葉のアイロニーの積み重ね」でパロディ化し、ロウチ氏のアレゴリカルな「死と復活」によってナチュラリスティックな舞台に「擬似宗教的テーマ」[15]を加味して、社会の欺瞞を風刺し、タブーからの自由を説く、ファンタスティックな風刺喜劇の佳篇でもある。

しかし、オニールもケリーも「自己と社会」の関わりでは順応する傾向が強く、ドラマとしても『オニール』と『ロウチ氏の死と復活』は、リアリズムを離れようとしながらも、まだラディカルではない——

> トマス・キルロイは1960年代後半のこの二作によって最初に支持された。その非常にラディカルな意味合いは、二人の主人公、『ロウチ氏』のケリーとヒュー・オニールが集団と同化しようと努力することで、やや隠されている。二人が最終的にはそれに失敗し、その結果、痛ましい実存的危機を経ることは、そのあとの作品の発展の方向を示している。そこでは中心人物はすでにアウトサイダーで、周りの者から見れば奇人である。劇が強調するのは、それら孤立する姿と、取り巻く社会の典型的行動様式を問いかけるインパクトである。劇的葛藤の点で関心は二様になる。同化できなくなった社会でこのような人物が起こす自己防御的暴力と、このような人物の断片化したアイデンティティ、存在の中心の空虚さを隠す一連の仮面である。
>
> キルロイは個人と社会の葛藤と、自我の本質的人為性を取り扱いたいと思った。そうするにはナチュラリズムの約束事よりずっと演劇的自由が必要だった。[16]

A. ロウチが巧みに説くように、このあとのキルロイ劇は一挙にリアリズムを離れ、'the play's the thing' を目指す。

3.『お茶とセックスとシェイクスピア』

　キルロイの全作品の中で『お茶とセックスとシェイクスピア』は、'the play's the thing' のシアトリカリティを最もおおっぴらに発揮する、超現実的で不条理なファースである。創作に行きづまり、また妻の不貞を疑って、パニック状態の劇作家を主人公にして、その内面――頭の妄想、心の錯乱を舞台上に展開することで、舞台がリアリズムから最大限の自由を獲得する。

　インスピレーションを求めて悪戦苦闘する劇作家ブライアンの一日は、断片的で無秩序な体験の連続である。ダブリンの小さな下宿屋に住む状況、「昼間」と「夜間」の二幕構成で三単一を守る設定であっても、「O夫人の家の最上階のシュールリアリスティックな変形」(13) の舞台に、平凡と異常が交錯して、予測できない悪夢の連続のドラマになる。開幕が秀逸である――

　　劇が始まると、ブライアンが部屋の「天井」から首を「吊って」ぶらさがっているのが見える。しばらくは、実際に死んでいると信じさせられるが、やがて彼は背後から火のついたタバコを取り、吸う。たちまちうしろの衣裳だんすから物音がし、急いで「首吊り」を続ける。衣裳だんすからシルヴェスターが、長いゆったりした黒のコート、大きな黒の帽子を身につけ、巨大な鋏を持って出てくる。ブライアンを見つめ、周りをそっと見て、椅子を見つけ、それにのぼり、ブライアンの頭上のロープを切る。くずれ落ちたブライアンをもう一度見てから、衣裳だんすに姿を消す。照明が十分に明るくなると、ブライアンは首の周りのロープの切れ端と頭上のロープの残りを、やや当惑しながら調べる。頭上のロープは目の前をゆっくり引き上げられ見えなくなる。ロープを投げ捨て、タイプライターに向かい、数語打つ。止めて、元気なく、客席に向かってどっかと坐わる。(13)

　開幕の首吊りは見せかけ、ブライアンの妄想であり、一日じゅう超現実的な幻に取りつかれるため、ほとんど常に現実か幻想か紛らわしく、観客もブライアンと一緒に「ああ、何が起こっているんだ」(17)、「何か恐ろしいことが起こっている」(20) と訝る。

　ブライアンが「神経衰弱」(67) とされるのは当然で、実際自ら「普通であることの地獄」(24)、「人々の卑しい残酷な現実」(39)、「現実の性質」(44)、「普通の言葉の不適切さ」(47) などに悩まされていることを認め、その「境

界がはっきりしない」(44) 苦悩や絶望が、自他の「想像されたカリカチャ」(36) として現れる。

　ブライアンの現実と妄想が脈略なく入り乱れる舞台は、スランプ作家の混乱と苦闘の反映であると同時に、逆説的に自由な劇的表現を可能にする見事な構造でもあり、「シュールリアリスティックな技法を使って、キルロイは悪夢を首尾よく陽気な喜劇に変える」。[17]

　オフィス勤めの妻エルミナの不貞の妄想にブライアンは取りつかれるため、舞台は性的イメージが充満する。二人の結婚に強く反対した、ブルジョア根性の義父母の来訪とそのお茶の習慣はうとましく、何かというと「お茶一杯」を勧める家主O夫人の愚かさも、その娘デアドラの誘惑も迷惑で、隣室の「変装の名人」(18) シルヴェスターはエルミナの恋人やスパイ役で目障りであり、自らは妻とセックスする場面を演じたり、嫉妬からオセロとデズデモーナに擬したりする。

　医師に扮するシルヴェスターが診断する——

　　文筆のインポテンスの明確な症例。お茶飲みの神経衰弱的嫌悪とシェイクスピアの詞章に目を通すオブセションで悪化。症状は、烈しく引き裂かれたページ、隠された流産の傑作と他にお流れになった半端ものの証拠。既知の治療法なし。(67)

劇作家にとってシェイクスピアの影響は避けられないとしても、スランプのブライアンには良し悪しで、電話でアドヴァイスを求めても、自らの『オセロ』の苦境に合わず、「シェイクスピアはもはや助けにならない。あのハッピーエンドばかり……こやしの山だ」(36) と反抗する。しかし、「首吊り」と『ハムレット』第一幕第二場のもじりで開幕し、『オセロ』のヴァリエーションとして展開した劇は、やがて後期ロマンス、特に『テンペスト』の方向に進む。試練の一日を経て、舞台にひとり残されるブライアンはやっとタイプしはじめる——

　　（突然、「ブライアン、ブライアン！いるの、あなた」とエルミナの遠い声。ブライアン再び緊張し、身を起こして待つ。エルミナが仕事から戻って、寛ぎ、やさしく、照明の中に登場している。エレガントなコートを着て、流行のショッピングバッグを持つ。ブライアンの頭の天辺にキスし、髪をくしゃく

しゃにし、とても暖かく夫に振舞う。夫の仕事机にもたれかかって溜め息）
　エルミナ　どう、あなた？（間）あなたの一日はどうだった？
　　（ブライアン客席を見て、眉を上げ、終幕）(76-77)
　妻の帰宅で現実に戻り、妻への嫉妬は無用な心配で、日中の出来事はブライアンの頭の中の妄想であったことがわかる。それは同時に、スランプ作家の悪戦苦闘に観客が立ち会って、劇作のプロセスを体験したことにもなる。
　作家の「磔」(26)のようなスランプと結婚の破局には、キルロイ自身の反映があるらしいが、その徒労と失敗の個人的体験を、劇中でシルヴェスターが「エンタテインメントとして提供されても、ほとんど信じられないだろう」(28)と驚くような、奔放なこっけいさ、不条理な皮肉で描く。リアリズムの制約を逃れて、想像力と遊びに満ち、まさに'the play's the thing'の芝居がかりの劇的効果をもち、しかも創作の秘密に触れさせる佳作であり、続く作品群の実験性を予測させる。

4. 『タルボットの箱』

　リアリズムを離れるシアトリカリティで『お茶とセックスとシェイクスピア』に似る『タルボットの箱』の特徴は、タイトルの「タルボット」と「箱」に凝縮される。
　ダブリン労働者階級の神秘家マット・タルボット（1856-1925）は、その禁欲的な信心で市民に敬愛された実在の人物である。スラムの赤貧の中で育ち、酒に溺れる非熟練労働者であったタルボットは、ある時期から禁酒の誓いを立てて、日々の祈禱と断食で極端なカトリック信心を実行し、検死で、巻きつけた鎖が体に食いこむ苦行を行なっていたことが発見され、列聖の運動が起こる。
　一方では、タルボットの生涯はアイルランド現代史の激動期と重なりながら時勢に従わず、1913年の大ロックアウトでは、独自の信心から波止場の労働者仲間に同調しないで、スト破りの裏切者と蔑視されながら、教会と雇主には気高い献身のシンボルとして利用される。
　キルロイにとって、タルボットの偶像視は共感できるものではなく「風刺、

からかいの作」[18] として着手したが、特異なタルボットの生きざまよりも、作者を一貫する「自己と社会」のテーマ、現代アイルランドにおける個人のアイデンティティと社会の圧力との関わりで構想する——

　　神秘家についての劇、その極端な個人主義と、人間関係・共同体・社会の要求との間の、本質的に復元不能な分裂についての劇を書きたいと思った。また、例外的な個性の人が、いかに他人から巧みに操作され、要求を投影されるようになるかについても関心があった。このような人はいかなる職業や信念も超越すると思われるから、マット・タルボットはこの劇の契機にすぎない感がある。……

　　初めは、他人に権力を保持する目的でモデルを求める勢力が、風変わりで近づきがたい人に行なう露骨な操作に取りつかれた。思うに私が書いたのは孤高について、そのための犠牲とそれを保つのに必要な勇気についてである。〔7〕

「箱」は、「ほとんど舞台全体を占める巨大な箱で、正面は観客に向かって閉じてある。その印象は素朴な閉じられた空間で、いくぶん牢獄、聖域、演技空間の感じ。……劇に要する役者、衣裳、小道具はすべてすでに中にある」(11)。

開幕で内側から開けられ、閉幕で外側から閉じられる箱は、タルボットの多様性に見合う多機能、多義性をもち、タルボットの人生の時と所によって、さまざまなスペース——棺桶、告解室、証人台、死体置場、あるいは教会、診察室、自宅、職場を表す自在さで、写実性はもはや意味をなさない虚構である。タルボットの暗い内面と社交を嫌う孤独のイメージであり、タルボットを閉じこめるアイルランド社会のメタファーにもなる装置である。それはまた、「舞台をトリックの素晴らしい箱と考えるのが、いつも私に魅力があった」[19] と述べる作者の「劇作のトリック、キルロイの仕事の小道具と策略を公然と陣列する箱」[20] である。

二人の男が箱の前面を開ける開幕は、死体置場で、タルボットの亡骸を前に臨終の祈禱が行なわれ、タルボットの蘇りで、その生涯の一連の主な出来事がフラッシュバックで演じられる。だから開幕からリアリズムを排し、イェイツの能プレイのような儀式的開幕と夢の回想の劇になる。

タルボットの回想は歴史と伝記に基づき、家庭や社会、仕事仲間や恋人との

関わりで、極端な信仰と孤立にいたる苦闘が展開される。スラム街での貧困と堕落の中で、自らの飲酒や盗み、呑んだくれの父親や心配してくれる妹、さらには牧師館メイドとの煮えきらない交際からスト破りとしての疎外まで、追想の私生活は、教会組織や結託する支配層との軋轢を経た、回心と敬虔による自己否定と孤独に収斂されていく。

　定まったタルボットと司祭役のほかは、男一、男二、女の三人がさまざまな役——家族、メイド、同僚、使用人、病院ヘルパー、通行人、医者、科学者、政治家など、タルボットの生涯と関わる多くの人々を、ひっきりなしの変身で騒々しく演じて、タルボットに対する。変身とおしゃべりの過剰演技の端役たちとのコントラストで、中心に静止する裸体で通すタルボットの近づきがたい孤高の姿が浮き立つ。

　司祭を女優が演じ、男と女は箱の奥で役に従って絶えず衣裳を変え、また即席で舞台を設定したり、客席に直接語りかけたりの異化効果で、風刺的喜劇的になる。当然リアリズムと非リアリズムの混淆で、人物は個性でなく役割、立場の代弁者になる。すべては劇中劇で、時には軽い遊び心がまさって、タルボットの神秘性を剥がし、さまざまな交流もアイロニックに見せる。キルロイ独特の「巧みな工夫」のある劇で、'the play's the thing' を実現する。

　開幕がそれを典型的に示す。女の司祭役が客席＝教会の聴衆に説教を始めると、聖母マリア像役に「いつまでこうして立ってなきゃならないのよ」(11)と突然遮られる。

　　女（くんくん嗅ぐ）なにか臭い。
　　司祭役　信者の皆さん、これは私たちにとってなんの意味があるのでしょうか。
　　女（もっと大声で）なにか臭いって言ったのよ。
　　司祭役　何だって。
　　女　臭いよ。
　　司祭役　どういうことかね、臭いって。
　　女　ちょっと…汗のような……
　　司祭役　汗……
　　女　体臭よ。
　　司祭役　体……ちょっと待って…教会よ。敬虔な姿勢を続けて！（大きなエアゾー

ル缶を取り出し、説教壇から跳び降り、ラテン語で祈りながら、あたり一面に吹きかける）さあよしと（満足気に見回す）
女　もっと臭いわよ。
司祭役　なんとしても台座を離れないで！
（さらに吹きかける）
女　いやよ（台座から跳び降り、うんざりして舞台奥に行き、衣裳を脱ぐ）その缶の中味で窒息しそうよ。(12)

　宗教儀式の思いがけない脱線が教えるのは、以後の展開が写実ではなく、芝居を演じているにすぎないということで、手の内を明かして、観客の感情移入や単純な見方を起こさせない手法である。
　「箱」は最後に棺桶に戻って、タルボットが横たわり、外から閉じられて、独特の舞台とロールプレイの革新的作品が終わる。
　キルロイを貫くテーマである、「自己否定こそ、ある種の個性が自己主張できる唯一の道であるという考え」[21]と関わる、自ら課した苦行で信心するタルボット、その「自己」を「社会」に閉じこめる（box in）「箱」の象徴的使用で、主題と手法を合致させる独自のドラマツルギーによる、キルロイの興味深い野心作である。

5. 『ダブル・クロス』

　アイルランド人である実体を裏切って、第二次大戦でイギリス側とドイツ側で対立したブレンダン・ブラッケン（1901–1958）とウィリアム・ジョイス（1906–1946）を扱う『ダブル・クロス』は、「自己と社会」、個人の自由と社会の圧力のテーマを、これまでの個人的レベルから、国際政治に拡大して、現代史との深い関わりで追究し、それを一人芝居にすることで主題と手法をマッチさせた、キルロイの傑作である。タイトルは裏切りも二重性も一人二役も表しえて巧みである。
　独立する故国に背を向けてイギリスに渡り、アイルランド人であることを隠して、片やジャーナリズムの世界でのしあがり、チャーチルの側近として戦時内閣の情報相になった「トリックスター」(24)ブラッケンと、片やイギリスにも失望して、ナチスドイツのゲッベルスの片腕として、ホーホー卿の名で反

英のラジオ宣伝活動をし、戦後絞首刑になった「トレイター」(24) ジョイスを──コーラス役の役者が紹介するように、アイルランド人に代わる自分を「でっち上げ」「演じ」「捏造する」(24) 二人を、対比し交錯させる、現代史の政治劇であり、アイルランド‐イギリス関係で、ナショナリズムと個人のアイデンティティ、忠誠と裏切り、自由と抵抗のあいまいさのテーマを展開する。作者の意図は「序文」に明らかである──

　　ブレンダン・ブラッケンとウィリアム・ジョイスが出会った、あるいは互いの存在を意識していたという証拠はない。二人は歴史が織りなす皮肉な可能性の一部にすぎない。この劇で二人を結びつけたのは、二人が同じ劇的趣向を生きるようにするためで、かくも目覚ましく自らの素性を否定し隠した二人は、二人の愛国者よりもナショナリズムの歪みを劇的に表現するかもしれないという考えからである。二人を敵対させたドラマで、二人は一種の個人的第二次大戦を行なう。実際の第二次大戦のように、連合国側につく方は「勝者」となり、ナチス・ドイツ側につく方は悲惨な結末を迎える。二人が戦争で反対側につく理由は、生まれ育った場所とは関係ない。むしろそれぞれの追いつめられた性質、それぞれに祖先を消す、言うなれば裏切る強迫衝動に駆り立てられた人格と関わる。この劇は、あらゆる戦争の白黒の仕切りをくずし、あらゆる政治目的の正当性をくつがえし、込み入った政治問題をずっと謎である個人の性格のプリズムで見ようとする。この劇でブラッケンとジョイスは互いの鏡像のようになり、もちろん同一役者で演じられなければならない。(11)

　第一部「ブラッケン劇、ロンドン」は、「チャーチル、国王ジョージ五世、サー・オズワルド・モズリーの等身大より大きい厚紙の切り抜きが、物干しロープからぶらさがる」(21) ブラッケンの部屋。アイルランド独立運動の活動家だった父親を逃れてイギリスに渡り、素性を隠して同化しようと、「名俳優の魅力」(12) で実業界、政界にのしあがり、支配階級、社交界入りするブラッケンの「トリックスター」ぶりを示す。

　チャーチルから愛人まで、次々にかける電話の七人を相手に、口調を変え、素性をぼかして、快活に話す、一方的な長い電話シーンは、「自ら作る手のこんだ役を演じる役者」(12) の圧巻であり、それは貴族的作法でイギリスに同化しようとする社交術であるとともに、ブラッケンの不安定なアイデンティティを見せる。

その不安定は特異な性癖とも関わり、上流階級のポプシーとの倒錯的な愛人関係で、インポテンツないし同性愛傾向を暴露する。また、実在するのか妄想か、謎の兄弟との複雑に変幻する関係や、共和主義支援の父親との家族歴の否定で、イギリス人としての新たな自己のアイデンティティを探る。そしてブラッケンの極端なイギリス志向、イギリス擁護が、イギリスの戦争努力をくつがえそうとするジョイスのナチ宣伝と対決するのである。

第二部「ジョイス劇、ベルリン」は第一部の反面で、物干しロープがひっくり返ると、「チャーチル、王、モズリーの肖像が、ゲッベルス、ヒトラー、そして再びモズリーの像になる」(55)。

ジョイスは、十五歳でゴールウェーでアイルランド警察にIRAを密告した経歴をもち、モズリーに従いながら「覇権の夢」(60)を満たさないイギリスに失望してドイツに渡り、ナチスドイツを支援するが、戦後捕えられ、イギリスに対する反逆罪で絞首刑になる。

公的世界での成功だけでなく、愛ないし性の特異性でもブラッケンとクロスし、ドイツ人と不倫の妻マーガレットを離縁しながら、ジョイスは即座に再婚する「サド・マゾ的シャレード」[22]を見せる。

イギリスのファシスト指導者モズリーの肖像が二人の背景に裏返しで共通であることが示唆するように、二人は正反対のようでもシンメトリーのバランスを保つ。二人とも独立前後の激動の母国を逃れ、ルーツを絶って、理想化するイギリスに仕えようとする。内面の分裂と不安定を抱えながら、イギリス人以上にイギリス人になろうとする必死の、あるいはこっけいな、新たなアイデンティティ形成の努力の中で、一方は仲間入りし、他方は失望してドイツに渡り、それぞれに「裏切りによって産み出される深い忠誠心」(84)を正当化する。二人は相互に補完する分身あるいは「鏡像」であり、それを劇の構造でも示す。

舞台は異なる時と所に縛られない自由な構成で、舞台上のブラッケンは、ラジオやスクリーンで、ジョイスから執拗にからかわれ、否定され、痛いところを衝かれ、逆もまた同じである。だから二部構成で、それぞれ一方を主人公にしても、二人が登場する「ダブル・クロス」の劇である。ロープの肖像が根本

的に対立しながら、モズリーを共有するように、二部とも「二つの対照的なスタイル」(14) ながら、可能な限り同一のパターンで反復される。そして二人の役を一人の役者が演じるワンマンショーにすることが、二人の二重性あるいは一体性を明確にし、第一部のラストで明示される。

　ブラッケンが舞台前方中央に出て、コーラス役が背景の肖像を裏返し、ブラッケンの衣裳を脱がせてジョイスに変身させる——「外套の下にファシストの黒シャツとネクタイ。眼鏡をはずし、髪を除くと、短く刈った髪。顔をおおう傷」(55–56)。二人を同一役者が演じ、ラジオの声やスクリーンの映像で、二人の会話や反応のように聞かせ見せていたのであり、「われわれは一人。君と私は一つだ」(53) とジョイスが言うとおりである。先の「序文」を作者は次のように続ける——

　　私がこの二人の話に惹かれたのはまた、政治やイデオロギーや戦争とはまったく関係ない、私自身の想像力の働き方と関わる理由からであった。それは二重性あるいはダブリングへの私の関心、つまり人生ではものごとが際限なく繰り返され、あるいは反対のものが惹き合うことへの関心からである。これは演技ないしロールプレイの源の一つである。それはまた、日常生活を反映しても異なる物語ないし代わりの現実を創り出そうとする、普遍的な要求の背後にある。この劇は、ロールプレイから裏切りまで、フィクション作りから政治的反逆までの両極を扱う。だましの行為が演劇性にも犯罪性にも共通であることに私は常に魅せられてきた。(11–12)

だから二人の正体の操作でも、観客の操縦でも、忠誠と裏切りの関係でも、『ダブル・クロス』はドラマの虚構と演技の本質を使って、タイトルの重層的意味を明らかにしていく。しかも主役二役を演じる一人の男優のほかは、男優と女優各一人だけで、男優はキャスルロス卿（ゴシップ・コラムニスト）、ビーヴァーブルック卿（新聞社主）やエリック（マーガレットのドイツ人恋人）など男の五役を、女優はポプシーとマーガレットなど女の四役を演じ、また二人は観客に直接語りかけるナレーター役を果たすなど、'the play's the thing' にすることで、「ダブル・クロス」の趣向と構造を見せ、主題と手法が一つであることを見事に示す——

　　『ダブル・クロス』は一人の役者が二役を、戦いで対立する二人の人物を演じ

ることを利用しています。そうすることが戦争の狂気そのものを、大義やイデオロギーの狂気、戦争と大破壊を可能にするすべてのことの狂気を捉える一つの手段と考えました。[23]

『ダブル・クロス』は一種の激怒から書かれました。ファシズムのすべてに対する激怒です。ロールプレイや衣裳や制服に属する権力への激怒、軍国主義への激怒です。実際に私の怒りから生じた二人の性格、二人の人物について書きました。[24]

第二次大戦、ナチス・ドイツを扱うから、作者の言う「戦争の狂気」や「ファシズムへの激怒」が発想の根底にあるのは当然であるが、アイルランドの視点も重要である――

> 裏切りは境界を越えて相手側と接触する一つの手段である。確かに極端な手段で、超国家主義者を動かすのと同じ程度の熱情に駆られている。自らのアイデンティティを専ら神秘的な地域意識、出生の偶然を根拠とするのは、私には危険な愚かさに思える。その考えを組織的に裏切ることに一生を捧げるのも、同じように馬鹿げていると思う。
>
> 私はナショナリズムに関する劇を書きたかった……私の興味は、自己の向上と公民権の促進の元としてのナショナリズムより、むしろ暗い重荷、トラウマと衰弱の元としてのナショナリズムである。だから結局ファシストについて書くようになったのは不可避だったと思う。(12-13)

ここには固定観念による忠誠と裏切りの抗争を続ける北アイルランド紛争の反映があり、偏狭なナショナリズムが「怪物、人間怪物を作る……極端な形のナショナリズム」[25]のファシズムに通じかねないことを示唆している。

しかし、深刻な問題意識にもかかわらず、一人二役の演技と遊びを最大限に活用する『ダブル・クロス』は重苦しい作品ではない。「ブラッケンの表現はパロディで風習喜劇に基づき、ジョイスのはブレヒト風に近いと思う」(14)と作者が記すように、「二重生活がワイルド的アリュージョンで飾り立てられる」[26]ブラッケンは「イギリス社交界に対して宮廷道化というアングロ・アイリッシュの役割を演じ」[27]、複数の役を使い分ける二人のナレーター役によるブレヒト的異化効果など、軽みもある、極めて巧妙な仕掛けの舞台である。

ただ、フィールド・デイ・シアター・カンパニーの提起したナショナリズム、ナショナル・アイデンティティ論争と関わる創作であった『ダブル・クロ

ス』を、北アイルランド情勢の変化もあり、作者は後日次のように語ることになる——

　　この劇はもはやアイルランド生活で重要でない問題、つまりナショナル・アイデンティティに言及しています。今日ではこのことを同じレベルで吟味することはありません。60年代70年代のような流行、惹きつける力はありません……。[28]

6.『マダム・マカダム旅興業一座』

　イギリスの落ちぶれた小さな旅興業一座が第二次大戦の最中に、戦禍と混乱を逃れてアイルランドの田舎町に着き、ガソリン切れで立ち往生して、土地の住民を相手に劇中劇「アイルランドのメロドラマ」を演じることにする。こうして始まる『マダム・マカダム旅興業一座』は、キルロイが旅興業一座のフィールド・デイ・シアター・カンパニーに与えた旅興業一座のドラマで、劇団、演目、役者、観客など、すべての点でメタシアターになる。

　また劇団、役者が地域住民と関わる中で、いろんな交渉をもち影響を与えていくが、舞台の田舎町を越えて、アイルランド−イギリス関係の反映になるのは必定である。第二次大戦を扱って『ダブル・クロス』を継ぐものの、それはファシスト的自警団やユダヤ人狩りへの言及に見られるだけで、背景に退き、むしろ演劇の視点が強く、旅興業一座が田舎町に及ぼす影響、みなが役者になる実人生と演劇との混線で、ロビンソンの『イニシュの劇』に似た喜劇的趣向の劇である。

　まともに興業できない分解寸前の劇団は、田舎町の日常生活を乱し、一座と住民の交流、芝居と実人生の交錯で、現実と虚構の見分けがつかなくなり、イリュージョンが支配し、アイデンティティがあいまいになる。「ここはとても危険な国よ。演技者の国民の前でどうして芝居をうてるでしょう」(46)とマダムが警告するのも無理はない。

　夢見がちな十代の村娘二人のうち、マリーは爆撃機のパイロットや役者とのロマンティックな駈落ちのイリュージョンを楽しみ、地味なジョーは寂しさのあまり幼児誘拐の罪を犯しながら、旅役者レイブと肉体関係をもち、パン屋のバークは国防市民軍の班長として「いまいましい役者たち」を追放し、マダム

のパートナーのライルはグレイハウンドによる地元のインチキに一役買い、レイブはジョーを捨てて他の劇団員に乗りかえ、なんとかガソリンを入手する一行は「この愚者の大舞台」(68)を去っていく。

劇団名を派手に描いたヴァンを開けて、団長のマダムが客席に語りかける、「いつもの演し物、恋物語、消えた子供、悪事全般。背景は戦争の太鼓。最後ははかない救いの幕」(1) そのものであり、また、例えば第一場「音楽、投写。世界大戦！マダム・マカダム登場、消えた子供、犬の不正」(1) のように、全六場を場ごとに音楽と投写で粗筋を紹介し、芝居の仕組みや演技のトリックを意識させる、演劇的な作品であり、当然キルロイのどの作品よりも演劇が論じられ、作者の演劇と社会の関わりへの考察が反映される。

ヴァンを舞台上の舞台とする、素朴ながら巧みな劇中劇の構造から、マダム・マカダムの再三にわたる観客への語りかけや演劇論まで、'all the world's a stage' を常に意識させる側面が統一されず、'the play's the thing' を最も生かせる趣向でありながら、キルロイ劇としては当てはずれの出来という、不思議な失敗作である。

7. 『コンスタンス・ワイルドの秘密の転落』

有名なオスカー・ワイルド裁判を背景とする『コンスタンス・ワイルドの秘密の転落』は、オスカーと妻コンスタンスとオスカーの愛人ダグラス卿の「三角関係」を探るが、タイトルが示すとおり、コンスタンスに焦点を合わせる。「自己と社会」の関わりを、これまでほとんど男性を主人公にして探究してきたキルロイ劇が、社会に規制され差別される女性の立場とその悲劇に力点を置き、社会の掟による、オスカーの公然たる醜聞に対して、コンスタンスの「秘密の転落」を対照させる。

そのために、周知の伝記の枠組を利用しながら、キルロイは一つの大きなフィクションを用いる。オスカーの父サー・ウィリアムの女たらしと、ダグラス卿の父クィーンズベリー卿の執拗な恨みはよく知られているが、コンスタンスには父による凌辱という、典拠にはない「秘密」を与えて、「三人とも、強力で巧みに操る父親によるトラウマの遺産、その時代を支配する社会の掟と

イデオロギーと闘っている」[29]という趣向にする。そして「秘密」を扱うゆえに、「目に見えない圧力として内なる自己の仮面を着ける、脱ぐという問題を探究し」、「演技の操る手際を特別に強調する」[30]ことになる。

『真面目が肝心』初演の1895年、オスカーが同性愛の嫌疑で重労働二年の判決の際、コンスタンスが家の階段を「転落」して背椎を痛める。それが事故か自殺の企てかわからないところに、作者はオスカー「失墜」の悲劇を重ねるだけでなく、さらにコンスタンスに「秘密の転落」を想定する。オスカーの子供との面会禁止とも合わせて、「父親の利己的な非人間性の重荷」[31]で統一する巧妙な着想で、性をめぐる父子関係が「三角関係」をいっそう補強する。ただコンスタンスの「秘密の転落」は、途中でヒントを与えながら、「秘密」だから最後にしかわからず、その暴露はテーマと関わるには遅すぎる。

歴史のフィクション化、コンスタンスの「秘密の転落」について、キルロイは次のように語っている――

> まっ先に言わねばならないのは、これは歴史ではなく、歴史のフィクションだということです。歴史に基づく劇を書く時、歴史の記録を自由に扱うことは、私にはいささかの問題もありません。歴史劇を書くのに重要なことは、記録の空白を探ることです。記録の空白は記録に含まれる出来事や状況の言外の意味だからです。それこそ想像で関わることです。「もしも」という昔からの問いです。劇は観客の好奇心を刺激して始まり、それからその好奇心を満足させるのです。……この劇のコンスタンス像に関して私には何の問題もありません。第一に、歴史上のコンスタンスではありません。劇の中の出来事、父によるコンスタンスの転落については、それを実証する記録は十分にあると思います。記録で完全に確実に明らかにされているわけではないけれども、ほのめかされています。ドラマの三角関係でも想像上は私には完全に意味をなします。[32]

「秘密の転落」の意識が、コンスタンスをオスカーに近づける。オスカーの「他人に自分自身をわからせる能力」(65)と、わいせつ判決でオスカーが「打ちのめされた」(53)ことで、コンスタンスは自らの秘密に直面する。女であるがゆえの、恥ずかしめられた妻、献身的な母のイメージが自分を守る役割を果たしながら、社会から押しつけられた、本性を隠す仮面であることに気づき、そしてオスカーをはさんでダグラスと対立しながら、世間と自己を偽って

いる「自己と社会」の関係を探っていく――「理解してもらわねばならないのは、私たち女性は生まれた時から隠すように教えこまれるの。そうしないと男性は今のように振舞えないでしょう。それがいわゆる社会よ」(30) と言うコンスタンスが「自己に直面する」(12)、「自分を取り戻す」(13) ドラマになる。

ドラマは二人の最後の日々から始まる。オスカーは牢獄生活に「打ちのめされ」、コンスタンスは「転落」による麻痺で、死期の迫る二人が、「秘密」に直面するには「まず演じきらないと」(17) と「秘密の旅」(18) を始める。最初の出会いに戻り、コンスタンスの死までの出来事を、年代を追って体験し、「演じる」(11) オスカーと「リアリスト」(12) コンスタンスの「二つの異なる世界観の設定」[33)] による対立と議論によって新たな認識に導く。

そしてドラマは演劇の約束事とトリックを大胆に扱う、ラディカルな非リアリズムの劇になる。開幕の舞台進行は次のように指示される――

> 暗闇の舞台。補佐役たちが無言で暗闇を出る。顔のない白の仮面、山高帽子、ぴったりしたヴィクトリア朝上着、チェックのズボン、白の手袋。ヴィクトリア朝紳士と、ストリート・パフォーマー、裏方、人形遣い、衣裳係、ウェイターと、運命の女神の混淆。
>
> 暗闇から補佐役四人、大きな白いディスクを舞台前方の明るいスポットに転がす。サーカスのリングのような演技スペース。
>
> 同時に暗闇からコンスタンスの「だめ、だめ、だめ！」という叫び声。
>
> ついでほかの二人の補佐役がオスカーとコンスタンスをスポットの中、ディスク上に導く。病院の付添人と弱々しい病人に似る。六人の補佐役はすべて暗闇に消え、オスカーとコンスタンスだけになる。二人はディスクの上で互いに回りながら演ずる。(11)

舞台設定も演技もリアリズムから遠い劇形式で、シアトリカリティを前面に押し出す演劇的虚構性は、実体と見かけ、秘密と虚構のテーマに対応する様式化であり、ブレヒト的異化効果をもつ。「白いディスク」が「明るいスポット」を浴びるのは、「秘密」が公けの目にさらされることを表し、謎めいた補佐役の指示による演技は、冒頭から「お芝居」か否かで争う二人のアイデンティティと関わり、ともに「自己と社会」のテーマに直結する。

様式化で最も特徴をなすのは人形の使用で、無力な二人の息子が「実人生で

操り人形であった様子を捉えるために」[34]、小さな白い操り人形で、一方、抑圧的なコンスタンスの父親やワイルド裁判の判事を巨大なヴィクトリア朝の像で登場させる。権威や支配、虚像と実体を追究するのに有効であると考えたからであり、「リアリティがいかに劇として組み立てられるかを提示する」[35] キルロイ劇のシアトリカリティの一つの到達点をなす。作者が日本滞在中に見知った古典劇の影響がある——

> 特に文楽で、いわゆる実像と人形像の結びつきに魅せられました。また、ワイルドから、ワイルドが操り人形に魅せられ、役者は一種の操り人形というその考え方からも生じています。また、劇の主題、ある程度運命の操り人形だった三人を扱っているという事実とも関係がありました。三人は自分たちより実際大きな力に操られたのです。だから効果を狙ってというより、本質的なことなのです。[36]

「俺にリアルなんて言うな。俺はリアリズムが嫌いだ。鋤を鋤とあからさまに言う奴らは否応なしに鋤を使わせるべきだ」(19) とか、「俺が書くことはすべて自伝的だ。もちろん事実は変更してな」(25) とか警句や逆説を述べるワイルドを登場人物とする劇は、キルロイには必然だとも言える。そしてワイルド喜劇の主題と手法の人為性はキルロイ劇のシアトリカリティに通じ、'the play's the thing' を達成している。

『コンスタンス・ワイルドの秘密の転落』のあと、未刊の『ブレイク』をはさんで、キルロイは『メタルの形』と『俺のスキャンダラスな人生』を創作するが、二作とも言葉と語りへの依存が強く、演劇的実験性は抑える。最晩年の女流彫刻家を主人公にする『メタルの形』は、芸術の意義とプロセス、芸術と私生活の「失敗」(44, 52) の考察で『お茶とセックスとシェイクスピア』を引き継ぐが、実験性は亡霊の娘に限られて写実的であり、母と娘の女三人だけの劇にして『コンスタンス・ワイルドの秘密の転落』をさらに進めて女性像が複雑になり、社会的関心より母娘関係や性の女性的視点を強める。過去の重大な秘密を核にして、主として回想とフラッシュバックで明かし、娘との暴露的な会話、対決の議論による、回顧的分析的手法の内省によって、迫力あるドラマ

になっている。

『俺のスキャンダラスな人生』は『コンスタンス・ワイルドの秘密の転落』の対ないし補遺で、オスカー没後半世紀近く、自らの死の前年のダグラスが、オスカーとの関係、特に自分の結婚の「失敗」と一人息子の障害の悲劇を、モノローグで語る一人芝居である。大女のメイドは無言で、ダグラスが全編客席に語りかける秘密とスキャンダルの「恥ずべき生涯」は、主張と後悔、反撥と同情の深い感情を示すが、当然シアトリカリティの要素は希薄である。

キルロイ劇の特徴と魅力は、『コンスタンス・ワイルドの秘密の転落』と未上演未刊の『ブレイク』で終わるのかもしれない。「全体演劇の形態で、上演のさまざまな要素——台本、装置、音楽、演技法が広範に使用される」[37] など、いくつかの解説から、非リアリズムのシアトリカリティで『ブレイク』こそキルロイ劇の頂点をなすようだが、作者も「私にとってこのブレイク劇は一種の集大成です。私の作品で創作の継ぎ目の終わりになるかもしれません。……私の作品のハイライトの一つだと思います」[38] と語っている。

主題と手法、人間考察と演劇論がマッチして、舞台でこそ可能なヴィジュアルなキルロイ劇の魅力は、アイルランド演劇の一つのピークであり、よき理解者の演出家P.メイソンは、キルロイ劇に惹かれる理由を次のように語っている——

> その演劇性だと思います。トムがその作品、劇作品について語ったことの一つは、もし他のメディアで可能ならば、舞台向きではないということです。舞台の上でだけ可能なこと、時間と場所を弄ぶことができることを、とても強く意識しています。劇行為、意味、場所、期間を圧縮することができる点、演劇の約束事が遊びやおどけを要求する点、観客の想像力と役者・作家・演出家の想像力との関わり。これらがすべてリアルタイムでなされ、しかももちろん強い想像の様相をもちます。それでトムに惹かれるのです。この演劇感覚を大いにもち、また圧倒的に劇のヴィジュアル性の重要さを感じているからです。人形や旗や照明の使用など、その重要さを感じているからです。[39]

XII. マクギネス——異質な他者

　フランク・マクギネス（1953-）についての最初の研究書は次のように書き始める——

　　1982年以来フランク・マクギネスは、第二世代のアイルランド劇作家の中で、最も挑戦的で多作で創意に富み卓越した一人である。多才なこと、問題の広範さと問題に対処する奥深さ、それにマクギネスが企てる表現形式の実験は、前の世代の劇作家たち、ブライアン・フリール、トム・マーフィ、トマス・キルロイ、ブレンダン・ビーアン、ジョン・B・キーン、ヒュー・レナード、サミュエル・ベケットと並ぶ、戦後のアイルランド演劇の主要人物であることを保証する。[1]

　マクギネスはいろいろな点で異質な他者を重視し、他者の視点を追究する。他者との境界を意識し、ボーダーラインを越えて連帯する勇気を見せる作家である。

　社会から疎外される女性や同性愛者、北アイルランドのプロテスタント従軍兵士の犠牲や「血の日曜日」事件の衝撃、さらにアイルランドのイギリスやアメリカの異文化との接触まで、極めて広範囲な主題を支配するのは、異質な他者への関心と異なる立場へのこだわりである。「ボーダーランド」[2] に注目する複合的視点による劇世界は当然、驚きと疑い、緊張と苦悩、プロテストとパラドックスに満ちているが、同時に、理解と連帯、赦しと救いの可能性もはらむ。

　異質な他者は、シングやオケイシーらアイルランド演劇のアウトサイダーへの関心と結びつくところがあるが、アイルランド演劇常套の家庭劇から離れるマクギネス劇の手法は、滅多にアイルランド的リアリズムではなく、作者のさまざまな翻訳劇からも明らかな、広い関心と深い知性と豊かな詩想の反映で、多様で大胆なスタイルの混淆を示す。独白や歌や劇中劇の活用、表現主義や異

化効果の援用、古典や映画へのアリュージョンなどで、アクチュアルな問題のリアリズムにとどまらない、独特で難解ながら力強い劇世界を作る。

i. 異なるジェンダーと性

昔から国を女性視され、憲法が女性を家庭に結びつけるアイルランドで、ジェンダーによる女性の差別、社会での劣等視は避けられない。女性の視点と立場を取りこむことが不可欠と考えるマクギネスは、女性劇『工場の女たち』で劇作家としてスタートする。

また自ら同性愛者であることも密接に関わって、マクギネスは最初から同性愛ないしそれを匂わす関係を一貫して描き、芸術家と重ねることが多い。近年まで違法でタブーだった同性愛者のアウトサイダー的立場によって、偏見と差別に挑み、既成観念を問うて、マクギネス劇は今日的新しさをもつ。

1.『工場の女たち』

ドネゴールのシャツ工場の女性労働者たちが、労働強化に反対して、座りこみストで抵抗する話の『工場の女たち』は、作者の母や伯母たちの実態に示唆され、第二次大戦後の経済不況や社会問題を反映するリアリズム劇であるが、経営側や組合からだけでなく、女としても差別される、アウトサイダーの立場からの異議申立ての劇である。

シャツの縫製に従事する女性労働者たちが、戦後の不況と外国製品の流入で、過重なノルマを課され、整理解雇あるいは工場閉鎖をほのめかされて、ついにエレンの先導で抗議の山猫ストを断行し、工場長のオフィスを占拠して立てこもる。それは単に、生産性や賃金や退職など、経営側が突きつける新たな労働条件の悪化に抵抗するためだけでなく、働く者としての自立心や連帯感、良質な製品を作る自らの知識や技術への誇りからでもある。また、長年のプロテスタント経営者に代わった新米のカトリック工場長や、その苛酷な要求を呑む弱い組合オルグへの反撃であるばかりでなく、権力権威を笠に自分たちの立場を理解しようとしない、夫や神父などからの自立の闘い、女性を取りまく社会全体への抵抗でもある。工場でも家庭でも社会でも、女性であるがゆえに差

別され搾取されると考える人間性からの挑戦であり、「この工場をつぶすつもりか」というボナーの詰問に、「私たち自身をつぶしたくないの」(38)と答えるレベッカに凝縮される。

五人の女たちは、退職間近の六十代のウーナから働き始めの十六歳のローズマリーまで、母親から生娘まで、幅広く変化に富み個性的で、それぞれの条件に縛られて、工場労働への自覚もストへの連帯感もまちまちである。動揺や後退も見せ、ストの具体的成果あるいは敗北は不明ながら、おしゃべりや口論やからかいを続けて、最後まで占拠のまま持ちこたえる連帯で、それぞれに強さと自信を示す幕になる。最年長のウーナが女たちを代弁する——

　　負けないのがどんなことか知らない。勝つのがどんなことか。勝つために闘うことがどんなことかさえ知らない。最後の最後まであとへ退かないことがどんなことか知りたいの。私は続けるよ。(84)

男性の登場は、未熟な工場長ローハンと組合オルグのボナーの二人だけ、しかも少しの間しか姿を見せないが、経営陣も組合本部も、神父や夫たちも言及され、舞台袖の見えない姿で女たちにプレッシャーをかける。

例えば、ヴェラの夫は電話で、病気の子供の世話と自分のシャツのアイロンかけを要求し、カトリック経営者に協力すべきだと説く神父は、ミサに来るのを拒むなど、男性支配の社会を見せつけるが、女たちの反応によって、女性を操る仕組みが明らかになり、その裏返しで女性たちの苦悩が浮彫にされ、そのために男たちより人物として丸ごと描かれる。

主題と人物から、生硬なアジプロ劇になりかねないのに、そうならないのは、あけすけなユーモアやウィット、鋭いジョークや風刺に富んだ、女たちのやりとりによる。労働やストをめぐる議論より、ファッションや体型、夫婦のトラブルや社会問題もひっくるめて、おしゃべりや喧嘩になる、疎外されて喘ぐ女たちの生態と内面の苦悩を、おかしく生き生きした人物像と台詞で活写する。「いったん劇にすると、リアルな人物像が現れ、台詞には苦労しなかった。すべて私の頭の中にあった」[3]と作者が言うのももっともである。

身辺の現実に基づくだけに、人物の言動もその背景も作者がよく知るところで、リアリズムの力を発揮する佳作であるが、その後の展開からは、マクギネ

スとしては素朴な作品である。

2.『バッグレディ』

ホームレスの放浪女あるいは狂女のモノローグによる一幕物『バッグレディ』は、最底辺の女の埋もれた秘密を徐々に明かして衝撃を与える。

脈略のない断片的な独り言、婉曲的間接的に繰り返す女の話から少しずつわかってくるのは、父親に性的虐待を受け、神父に信じてもらえずに、生まれた子を取り上げられ川に流され、極貧の生活に落とされた自らのことである。口外することを禁じられた恐怖の体験で、それに直面することも明瞭に表すこともできない語りは、ぼろぼろの半生のことで、その姿に象徴される——

> バッグレディは農夫の重い服装で、地の粗いズボン、黒ずんだコート、ブーツを着けている。女らしく見えるのは頭をおおうグレイのスカーフだけで、髪を完全に隠す。背中に灰色のウールの袋を背負う。(385)

普通の言葉でストレートに語られない過去の暗い秘密であるため、そのモノローグは冒頭から、告白でありながら隠し、非難と自責の念が混じり、現実でありながらファンタスティックになる。恐怖の記憶に襲われ、その苦痛と無力感から、乱れた断片、わかりにくいイメージ、筋の通らない話になる。心理的抵抗を排するために、川に説明を求め、手に話し、あるいはトランプ札に代弁させても、過去と現在が融合し、記憶と語りが分離し、父親を「紳士」から「犬」さらに「悪魔」に変容させていくように、愛憎に引き裂かれた、混乱した複雑な語りになるのは不可避である。

純潔を奪われ、家族を失い、結婚の望みどころか、ジェンダーもアイデンティティも奪われたバッグレディは、「語る行為そのものを反抗、自己主張、アイデンティティにし」[4]、ドラマは正にそのトラウマと苦悩を語ろうとする乱れた心で成り立ち、語ることである程度の解放感を得る。長編劇になりうる内容の、ごく短い一幕物であるが、ストーリーテリングの伝統を継ぎながら、複雑な象徴的手法も利用して、モノドラマとして優れている。

3.『メアリーとリジー』

「世界史の観点からおそらく十九世紀で最も重要なアイルランド人」[5]とマクギネスが称する、イギリスに移住した工場労働者で、エンゲルスと同棲した実在のバーンズ姉妹を扱う『メアリーとリジー』は、歴史劇でありうるが、乏しい史実に基づき、むしろ「『ペール・ギュント』の強い影響による民俗劇」[6]、現実よりもファンタジーのまさる「夢の劇」であり、また、マルクス＝エンゲルスの社会主義を、抑圧され排除されるアイルランド女性の視点で捉え直す野心作である。

歴史書の片隅から発掘されたバーンズ姉妹は、母国で貧困と飢えにさらされ、イギリスに渡っても疎外される立場に変わりはない。二人の放浪で表されるのは、歴史から弾き出される女性、それも二重三重に裏切られるアイルランド女性の話である。

第一場「女たちの街」から「大地は開く」「魔術の聖職者」を経て第四場「飢饉の饗宴」までは、飢饉直前のアイルランドを放浪する姉妹が、「飢饉」「死」「病気」「移民」「飢え」「熱病」(29)の現実の中で、イギリス兵について歩いて追放された「木々に住む女たち」に出会い、アイルランドを象徴する「老女」や「息子」や「母」に遭遇して、目を開かれる「神話的象徴的風景」[7]で、女性として束縛され、アイルランド人として疎外される、惨めで不面目な状況を知り、体験する。

第五場「イギリス女王と時を過ごす」から「ベッド」「マンチェスター」「カールとジェニーとの食事」を経て第九場「どこ」までは、母親の勧めでイギリスに渡る姉妹が、若いヴィクトリア女王に会い、エンゲルスを案内してマンチェスターの貧民の実態を見せる。帝国主義の弊害とマルクス主義の創始に接しながら、マルクス夫妻やエンゲルスの振舞で、二人はイギリスでも縁辺の存在であることに変わりがないことを知る。

姉妹の貧困と疎外だけでなく、女の肉体性とアイルランド風も、エンゲルスとマルクスの知性やヴィクトリア朝の価値観とコントラストをなし、異質な他者との接点からの歴史の読み直しという作者の意図と挑戦は魅力的である。しかし、エンゲルスとマルクスが一緒にベッドにいる登場や、姉妹がマルクス夫

人の中産階級的立場と衝突する食事や、姉妹がエンゲルスとする性行為など、マルキシズムの人間的思想的弱点を強調しても、歴史の状況と直接かみ合わない空疎な描写であり、相互の立場と価値観の交流と影響という主題を、超現実的な実験的手法が生かしているとは考えられない。

　木々に住む女性たちの集団がアイルランド語で歌う第一場冒頭や、ロシア語で話す未来の少年が登場する最終第九場が端的に示すように、何よりも文体が特異である。歌の多用、短文の繰り返し、政治論文の援用など、変化に富むルースな構成であり、さらに「ヴィクトリア朝紳士の服装をした豚」(32) や男優の演じるヴィクトリア女王のシュールリアリスティックなエピソードさえある。

　そういう演劇的とも祭儀的ともいえる特異な手法が、過去から未来へと展開する姉妹の放浪とマッチするところはあり、一貫したストーリーより重層的で豊饒な流動性で歴史をさまざまな視点で捉えるのに役立つとしても、ドラマとしての達成は疑問で、女性と男性、アイルランドとイギリスの、異質な他者の歴史的意味合いをそらしている。「神話的象徴的風景」は歴史的状況と現実との接点をあいまいにし、演劇的表現としては失敗している。

4.『イノセンス』

　イタリア・バロック美術の巨匠カラヴァッジョを扱う『イノセンス』は、殺人も犯した呪われた天才画家の激しい世界を、家族、交友、宗教、あるいは貧困、性癖、売春などとの複雑な関わりで、特に同性愛の視点からそれらの要素を統一する、マクギネスの意欲作である。十七世紀初頭の異国の画家を描く伝記劇ないし歴史劇であるが、時代的背景は必ずしも重要ではなく、史実を変えてでも、厳しい状況に抗議し闘う異端画家の複雑な内面、特にカトリック教会に縛られながら、同性愛をおおっぴらにする、因襲打破の反抗の姿に焦点を合わせて、刺激的な作品である。

　カラヴァッジョの一生を、殺人を犯す1606年の一日に凝縮して、「生」と「死」の二部構成で描く『イノセンス』は、時間を圧縮し、場所を一定せず、現実と夢の交錯で、エピソードを自在につなぎ重ねるため、ストレートなリア

リズムにはならず、単純に統一的な効果は産まない。

　第一部「生」は、カラヴァッジョの無言の悪夢で開幕し、画家の破滅的生きざまと厳しい状況を捉える。家族を離れ、郷里を捨てて、画家として生きようとするカラヴァッジョは、妹の出産死のため、帰郷して家名家業を継ぐように、弟の神父に乞われるが、画家を目ざす決心を変えず、また同性愛のために、家系断絶を気にしながらも帰郷を果たせない中で、肉体関係をもてない売春婦レナとの奇妙な共同生活や、かつては自らも肉体を提供したパトロンの枢機卿に少年を斡旋する、男色やジゴロの生活を送る。

　カトリック教会の腐敗や都市の荒廃の周囲の現実の中で、カラヴァッジョの孤独と貧困と性行動の暗い異様さを暴露的激しさで描いていく。そして唯一の救いの道である絵では、生活は成り立たず、しかも視力の衰えもあって、画家としての自立も危ぶまれる、内面のおののきを捉える。

　社会的には何重ものアウトサイダーで、「ローマ全体で、画家、観察者、幻視者、人間の優れた解釈者として、俺は完全にひとり」(208)と、追放あるいは自己追放の生活を送るカラヴァッジョは、さまざまな外圧に抵抗し反抗して自滅への道を進みながら、画業に打ちこみ、愛撫するレナに自らの仕事を説明する——

　　俺が自分の手で描くのは、神の意図される目で見ること。見ることは神であること、神を見ることだから。……
　　普通の肉体と血と骨を取り上げて、俺の手でそれを永遠の光、永遠の闇に変える。……俺の絵は、美しいものと醜いもの、救われる者と罪を犯す者をつり合わせる。(208)

こうして神を引きあいに出す「危険な男」カラヴァッジョの「危険な言葉」のパラドックスを、枢機卿は「見る力で自らを救う、見るものを語る必要で」(243)と指摘する。

　画家としても同性愛者としても苦闘する現実生活の中でカラヴァッジョを捉え、自らを呪う姿で幕にする「生」に対して、殺人と大怪我の画家の登場で始まる第二部「死」は、枢機卿やモデルたち、妹や父親らの亡霊の一連の審問で、画家の内面に分け入り、その暗い情念と罪悪感が創作と関わることを示

し、暗闇を通過して光明に向かう経過を追う。伝記に盲従しない、夢ゆえのファンタジーとデフォルメによって、画家の「闇」を捉えると同時に、「俺は描くものに平安をもたらすことができる」(279) というカラヴァッジョの信念と自信で、『イノセンス』は断罪でなく、「カラヴァッジョの笑い声」(289) で幕になる。

　『イノセンス』の「二つの幕の間の対話」は、標題の「生」と「死」だけでなく、「現実と夢、闇と光、生と死、公的と私的、宗教と世俗、そして内的空間と外的空間の間の対話的関連性を産み出す」。[8]

　カラヴァッジョの波乱の生涯を一日に圧縮する『イノセンス』は、リアリズムを離れる実験作になる。時間は直線的に進まず流動的であり、舞台装置をなくして空間は自由で、現実と悪夢、複雑な内面と夢の歪曲の交錯で、ナチュラリスティックな写実にはならない。

　登場人物の姿やポーズ、小道具のイメージや配置は、カラヴァッジョの官能的世俗画と宗教的絵画にヒントを得た視覚的効果をもち、[9] 多用する動物イメジャリーには、性的抑圧を裏返した激しさがある。「イノセンス」と対極の性的異端や暴力沙汰の生活の中で、告白と祈りの画業に精進し、伝統に反して宗教画に農民や売春婦も使う「イノセンス」をもつカラヴァッジョを、マクギネスは「究極のリアリスト」と呼ぶ——

　　われわれが優れた芸術を恐れるのは、それが見なれたものを一変させるからである。ミケランジェロ・メリジ・ダ・カラヴァッジョは世の中を暗い乱暴な家庭とし、われわれの内にも外にもあるこの暗い乱暴さを見透かし乗り越える勇気で耐えなければならないところと見なした。画題を主として聖書から、モデルをローマの貧民から選んで描いて、カラヴァッジョは究極のリアリストである。[10]

　自らの罪と死へのオブセションで、実人生では欠けた光と美、愛と優しさを、強烈な光と影のコントラストのリアリズムで、テネブリズム（明暗対位画法）あるいはキアロスクーロ（明暗対照法）に結実させたカラヴァッジョは、異質な他者を描くマクギネスにとって恰好の題材であり、その人と画が示す劇的な性向と「逆さの」(284) ヴィジョンに現代の「人間の優れた解釈者」を読

み取るのは必然であった。

ただ、歴史の衣裳をまとっても、『ロウチ氏の死と復活』以上に激しく同性愛と社会の関わりを扱う『イノセンス』が、不評あるいは指弾を浴びるのは避けられなかった。また、現実と夢、闇と光、あるいは堕地獄と宗教、官能と人間性を交錯させる、異化作用とインターテクスチャリティに満ちた手法が、観客の理解と感興を得るのに必ずしも成功していないのも事実である。

5. 『黄金の門』

アベイ劇場と一時は拮抗したゲイト劇場の創設で、アイルランド演劇に大きな足跡を残し、また、世間周知のゲイのカップルであったヒルトン・エドワーズとミホール・マクリアモアをモデルとする『黄金の門』は、長い間のパートナー関係の果てに老いと死に直面する、最晩年の男性カップルの微妙な心理の悲喜劇を、最小限のプロットとリアリズムで展開する中編の佳作である。

同性愛を扱うことが多いマクギネスの作品群の中でも、有名な演劇人をモデルにし、作者自身の長いパートナーシップの反映とで、最も自伝的であるのかもしれないが、『黄金の門』は暴露の伝記でも告白の自伝でもない。

二分した舞台の、寝室で瀕死のガブリエルが横たわり、居間でコンラッドがパートナーの最後に対処する。二つの部屋もカップルも「別々でも一つ」[11]で、照明によって、一方あるいは両方が見える。また若い時の二人いっしょの写真を時に際立たせて、舞台の老齢の二人とのコントラストを強調する。

部屋を仕切る壁にもかかわらず、二人の台詞はオーバーラップして対話のようになることが多く、「同時、対照、意味の交叉を強調し」[12]、鋭いウィットやユーモアの応酬で、虚実不明な不貞の思い出など、長いパートナーシップに伴う現実の痛みを暴露しながら、二人の性格の違いにもかかわらず、愛情を見せ、別れのつらさを切々と伝える。

老いと死の現実に直面して感情が高ぶるガブリエルが荒れ、冷静なコンラッドが理解を示して甲斐がいしく世話する姿は、二人が演劇人であることは必ずしも重要でなく、性的含意の面当ての中で、同性愛のパートナーシップの不思議さと、異性愛と同じ愛情関係を見せて、生き生きした創造であり、終幕のコ

ンラッドが二人の愛情と痛みを要約する——

　　二人の男が出会った。結婚した。長く続いた。それから一人は死にかかり、他方はなるに任せた。彼はこの良い男、この偉い男を腕に抱いた。二人は傷つけ、耐えられないほど互いを憎むことができたが、一生の愛情を終わらせたくなかったからだ。「私ととどまってくれ、私に従ってくれ」と言ったが、愛は従順でなく、あらゆる困難に挑まねばならず、それでこそ続くからだ。私の最も不従順な、最も反抗的な、最も不思議な男だが、二人はこれまでついたあらゆる嘘を乗り越えるだろう。君なしでは私は何もできなかった。どう言ったらよいか、君なしで？そしたら何もない。私は無だが、君は私を何ものかにしようとしてくれた。そのために私は君を信じると言える。私はいつも信じてきた。(65)

　二人の内実をあらわにし、二人の間を取りもつのに関わるのは、病人の世話に雇われた看護師アルマで、自らも家庭の過去に悩む三十代の女であるが、ガブリエルを怒らせたり、嘘をからかわれたりしながらも、看病に当たっている中で自分も癒されていく。疎遠だったガブリエルの妹キャシーとその息子ライアンが登場し、兄妹の和解があり、ライアンとコンラッドの関係が言及されるが、すべて実態はあいまいな謎のままで、ガブリエルとコンラッドの長いパートナーシップの愛憎関係のみ明確になる構造である。

　ゲイのパートナーシップを微妙なおかしさの喜劇にし、特にガブリエルでゲイの類型を破る豊かな役を創ったのは、モデルに拠るリアリズムによるのだろうが、同性愛が異質な他者のインパクトをもつよりも、それを許容する社会の成熟度によると言えるかもしれない。

ⅱ．異国と異文化

　アイルランド北端のドネゴール出身で南の共和国に属するマクギネスにとって、北アイルランドは避けられないテーマであり、複雑な反応を示すのは当然である。南ではあまり知られていない第一次大戦に従軍したアルスターのプロテスタント兵士を劇化し、北アイルランド紛争の転機をなす「血の日曜日」事件を扱う。さらにアイルランドの特殊性を、異国と異文化のコンテクスト、特にイギリスとの関係で捉える。

独立派と自治派、カトリックとプロテスタントなど、歴史の遺産としての内部対立を、またイギリスやアメリカとの接触による異文化との衝突を、取り上げるマクギネス劇は、政治的文化的に異質な他者を抱えこむ、開かれた共同社会探求の現代劇として重要である。

1. 『ソンム川へ向かって行進するアルスターの息子たちをご照覧あれ』

数々の受賞でマクギネスの出世作となった『ソンム川へ向かって行進するアルスターの息子たちをご照覧あれ』は、アルスターの多数の若い兵士が志願して、第一次大戦のソンム川の激戦（1916年7月1日）で戦死した史実を扱う現代史劇である。それまでアイルランド演劇が避けてきたユニオニストの視点、アルスター・プロテスタントの精神と心情を捉える、勇敢な目新しさだけでなく、前作『工場の女たち』のリアリズムから離れる野心作でもある。

アルスターのプロテスタントでロイヤリストの青年たちが、イギリスへの忠誠を示すために従軍し、フランス戦線のイギリス軍で多大の犠牲を払った歴史的事実とそのトラウマは、アイルランド・ナショナリズムの高揚の中で、南では教育されることがなく、ナショナリストの背景で育った作者にとっても未知のことであった。しかし北アイルランドで奉職してプロテスタント社会に住み、いたる所にある大戦戦没者慰霊の記念碑でロイヤリズムの考え方に蒙を啓かれ、カルチャーショックを受けた作者は、北アイルランド紛争の状況下で、アルスター・ユニオニズムの伝統と取り組み、「大戦の遺産がアルスターの政治的文化的神話の形成に継続していること」[13]を劇化する。

ドラマは「回想」「入隊」「ペア」「連帯」の四部構成で、モノローグの「回想」の枠の中で、従軍の経過を追って展開する追憶劇である。回想と語りの主は、八人の戦友たちの中で唯ひとり生き残ったパイパーで、戦友の友情と死の思い出につきまとわれる老人による歴史の証言である。パイパーは生き残りの老人と回想の中の若者として登場し、他の七人は戦死した亡霊であり、「またゞ。いつものように、今度も。どうしてこうしつこいんだ」(97)とパイパーは執拗な亡霊あるいは神を逃れられないのである。

つまりドラマはパイパー老人の頭の中で起こり、写実的な描写や行為より、

内的独白と心象風景を主とする。だからソンムの激戦の犠牲者の劇であるにもかかわらず、大戦の原因や意味を論ぜず、戦闘や戦死を描かず、上官や敵も登場せず、戦闘までの兵士たちの複雑な内的葛藤と、ソンム体験を忘れられないパイパーの内面の分裂に焦点を合わせる。

「なぜわれわれはこうしたのか。なぜ皆殺しにされるままになったのか」（100）と自問自答するパイパー老人の前に、若者パイパーを含む兵士たちが出現し、パイパーの「踊れ」という掛け声で、「入隊」「ペア」「連帯」のプロセスが展開し、ソンムを追体験することで、疑問に答え、戦友たちの死の意義を理解しようとする。

八人の志願兵がイギリス軍兵営に着いて初めて出会う、第二部「入隊」では、出身地や職業、宗教や性癖で差異がある無名のロイヤリスト兵士が、時には猜疑心や嫌悪感で対立しながらも、「アルスターのため」「国王陛下とすべての国民の栄光のため」「宗教のため」（115）に連帯していく経過を描く。

ただパイパーだけは、支配階級のドロップアウトで、彫刻家として挫折し、ゲイでもあって、自暴自棄の生活で死ぬために志願し、ナイーヴな他の七人をなじるニヒルな「からかい屋」（104）として、複雑な葛藤の姿を見せる。

フランス戦線で実戦のショックのあと、束の間の休暇でアルスターに戻る、第三部「ペア」で、パイパーとクレイグは同性愛、アンダーソンとマキルウェインは同郷、ロールストンとクロフォードは宗教、ムアとミレンはオレンジズムで、それぞれペアになり、戦争を忘れさせる個人的つながりの中で、犠牲となる若い兵士たちの個性、思想、背景など、人間性とアルスター意識のルーツを明かしながら、しだいに「すべては嘘だ。俺たちは無駄死にする」（167）と悟る、戦争への幻滅とロイヤリズムの動揺を示していく。

照明と暗転で舞台を四つの場所に区分し、ペアになった四組を配する、カットバックとオーバーラップのモンタージュ技法を用いる。パイパーがパリで経験するキュービズム絵画や、マクギネスが演出したエイクボーンの『ベッドルーム・ファース』の影響がある、[14)] 想像力と創意に富む実験的舞台である。

ソンム川の激戦前夜の第四部「連帯」では、塹壕で戦闘命令を待つ恐怖と静けさの中で、兵士たちは復活祭蜂起の指導者ピアスを茶化し、ボイン川での戦

勝をパロディ化する模擬戦を行なって、気を紛らせながら歴史の神話化を剥ぐ。

「フィニアンのネズミ」(122)への偏見と皮肉に満ち、アルスター・ロイヤリストの連帯を確認していくおどけのあとで、パイパーも死ぬ願望も批判的アウトサイダーの立場も捨てて、アルスターへの忠誠を受け入れる――「ソンム川に向かって行進するアルスターの息子をご照覧あれ。私はかれらの命を愛する。私自身の命を愛する。私の故郷を愛する。私のアルスターを愛する」と神に唱え、そして「アルスターの繰り返しが鬨の声に転じ」(196)、冒頭の「回想」以来初めてパイパーの「老人」と「若者」が接近するラストで、パイパーの思い出語りとしてのドラマが完結する。

円環構造が示すのは、「『アルスターの息子たち』は、自殺志願で死ぬために入隊したパイパーが、八人の中で唯ひとり生き残るという中心の皮肉をめぐって構成されている」[15]とか、「この劇の優れた弁証法的特性は、他の七人の兵士はパイパーの元の不確実・疑問・分析の立場をとる一方で、パイパーは彼等の最初の無批判でナイーヴな立場に頼ることからくる」[16]とか言えようが、主題は、今日までも影響を及ぼすアルスター・ロイヤリズムの伝統の心理、異質な他者の観念の由来と継続である――

> マクギネスの関心は、ソンム川でのアルスター兵士の犠牲を記念するよりもむしろ、歴史の出来事がいかに支配的イデオロギーに、この場合アルスター・ユニオニズムに吸収され、それに役立たせられるかをドラマ化することにある。[17]

イギリス軍への志願とソンムの激戦での犠牲は、ナショナリズムが頂点に達する当時の南への反応で、その後の北アイルランドの伝統形成に大きな役割を果たして、対立意識の決定的要因の一つの神話になるから、『アルスターの息子たち』は歴史の証言をする歴史劇であると同時に、ナショナル・アイデンティティを今日の視点で問う現代劇でもある。しかもアルスター思想の代弁者をホモにする距離感や第三部「ペア」の非リアリズムの援用もあって、勇気と力量を示すマクギネスの代表作となる。

2.『カルタゴの人びと』

　ダブリンで平穏な学生生活を送るマクギネスは、デリーの「血の日曜日」事件に大きな衝撃を受ける。公民権運動で行進する市民にイギリス軍が発砲し、十四人の死者が出た事件は、アルスターのカトリック出身の作者にとって、ソンム川の戦いでの犠牲がアルスターのプロテスタントの心情を表すのに匹敵する悲劇で、その苦悩と嘆きを扱う『カルタゴの人びと』は『アルスターの息子たち』の対になる。

　しかし、北アイルランド紛争の大きな転機となる極めてアクチュアルな事件を扱いながら、事件のリアリスティックな再現やシーリアスな問題提起を目指すのではなく、実際、死者の名前の連禱だけが事件への直接の言及で、『カルタゴの人びと』は極めて特異な手法を用いる、アレゴリカルでコミカルな劇である。

　「血の日曜日」からかなりの年月が経ち、犠牲者たちが埋葬されている墓地で、死者たちの蘇りを願って見守る市民のドラマである。待ち続ける七人は、世代も背景もまちまちで、犠牲者たちと直接の関わりをもつのでもないが、それぞれに人生に苦しみ、事件のもたらした苦悩や恐怖、喪失感や罪意識に苛まれ、現実を受け入れられずに、待つことによって、死者の蘇りというファンタジーによって、解放され癒されたいと願っている。

　蘇りを待つ間に、七人はクイズを行なったり、歌をうたったり、ゲームをしたり、こっけいな気晴らしを続ける。その中で一番若いダイドーは、「血の日曜日」とも蘇りを待つこととも関係のないアウトサイダーで、待つ人びとに食物や外部の情報をもたらすゲイの道化で、時には同情的、時にはこっけいな視点でドラマを活気づける。

　特にダイドーの仕掛ける劇中劇『燃えるバラクラーバ』は、北アイルランド紛争の根源にある宗教や政治の硬直した姿勢をからかう騒々しいナンセンス劇である。登場人物の名前はすべてドハティの変形、男女反対のキャスティングの極端さに、アルスターの矛盾や固定観念のこっけいを重ね、風刺と無作法の募る中でダイドー以外は殺され、そして死んだ者が立ち上がってダイドーを撃つ。「本当のことを言って。まさに現実みたいでしょう？みんな気に入った？」

(344) と問いかけるダイドーに一斉に「ナンセンス」と答えるメタシアターになる。

しかし「何もかも起こった、何も起きなかった」(379) といえる状況で、「血の日曜日」の犠牲者の名前の唱和で鎮魂の祈りに転じ、朝の明かりと鳥の鳴き声の終幕で、希望のある幕になる。劇中劇で死者が蘇ったわけではないが、一種の「心理療法」[18]になって、涙と笑いのカタルシスで、不条理な現実を受け入れ、トラウマが癒され、自分たちが蘇ることになる。

パーセルのオペラ『ディドーとエネアス』の悲しみの歌「私が死んで地中に横たえられた時」での開幕、ウェルギリウスの叙事詩『アエネーイス』への言及、それに主役のゲイ男ダイドーで、デリーにカルタゴの悲劇をオーバーラップさせて帝国主義の批判とするが、断片的対応であり、ドラマの統一的効果にも象徴的関連性にも成功しているとは言えない。「演劇によって死者を祝福し、思い起こし、なんらかの命を与えるよう懸命に試みた」[19]と作者は力説しているものの、事件の重さにフィクションの軽さがマッチせず、紛争の不条理に迫る野心作ではあるが、ドラマとしての成果は疑問である。

3.『私を見守ってくれる人』

ベイルートの地下牢に鎖でつながれる三人の欧米の人質を扱う『私を見守ってくれる人』は、アラブ世界のテロリズムや民族紛争の現代世界を反映する国際エピソード劇であり、その中でアイルランドの異国異文化との関係を探る、マクギネスの傑作である。

人質を鎖で壁につなぐテロリストは、終始姿を見せず、尋問も要求もしないで、ただ監禁状態におく。不安定な中東情勢を反映して、ある程度の推測は可能だとしても、動機も理由も不明で特殊化しないため、かえって不気味である。テロ行為で拘禁される緊張状態の普遍化ともいえようが、作者が献呈している「勇敢な男ブライアン」、「序文」を寄せているブライアン・キーナンらの実話にヒントを得ている。

三人の人質は、アイルランド人ジャーナリストのエドワード、アメリカ人医師のアダム、イギリス人学者のマイケルで、ベイルートにやってきた理由は異

なるが、それぞれの国と国民性へのステレオタイプな偏見や誤解や敵意で、微妙な三角関係を形成する「文化的監禁状態」[20]でもある。そして極限状態の不安と絶望、緊張と無力感から、共通の敵のもとでしだいに偏見や対立を乗り越えて、理解と和解にいたるプロセスのドラマである。

身体的にも心理的にも囚われの三人は、恐怖と屈辱の現実に勇気と忍耐で抵抗しながら、退屈を紛らせ正気を保とうとする。壁につながれて接触できないから、すべては言葉と想像、フィクションと夢によるコミュニケーションになり、謎や歌、映画の撮影や家族への手紙、空中ドライブやスポーツ競技など、敵対意識の応酬や願望充足の交歓によって、連帯と慰めを得ていくサバイバル・ゲームになる。特に笑い、こっけいは、攻撃的であっても、苛酷な状況に耐え、見えない敵に抵抗し、互いに理解していくのに寄与する救いの手になる。

アメリカ人アダムは、苛立ってシニカルなエドワードと、冷静で礼儀正しいマイケルが、それぞれの国籍から気まずい不和を示す間に立って仲介する第三者の役だが、第五場で姿を消し、おそらく処刑されて、ドラマはアイルランド人対イギリス人の関係に焦点を合わせていく。

二人は例えば、片やアイルランド英語を「美しい方言」(129)と呼ばれて反撥し、片や十九世紀半ばのじゃがいも飢饉を「昨日起きた」(131)と責められ、長年の両国関係からくる敵意の応酬で、歴史観や国民性の違いを露骨に示す。それは「イギリスとアイルランドの局限され、しばしば動けない関係と、そのような依存関係に伴う心理的とらわれ状態」[21]のアレゴリーになり、「監禁、テロリズム、拷問のベルファスト／ベイルートの対応」[22]にもなる。

両国の敵対関係へのオブセションを作者は次のように述べている——

> 絶望的に不幸な結婚に似ていて、絶望的に不幸であり続けるか、何か起こって和解するか、どちらかである。この劇は傷を曝し、傷つけ続けるが、やがて治るか、傷つけを認めるかになる。[23]

釈放されるエドワードと、一人残されるマイケルが、鎖による長い隔離のあとで、スパルタ風に互いの髪を櫛でとかし、「元気で」と声をかけ合う、愛情の儀式のラストには、両国の和解への作者の祈りが聞こえるようで、「屈す

ることを拒み、自らのアイデンティティと文化に固執する」[24] ヒロイズムの話に、異国の交流の中での抵抗と理解と寛容の結末を付けて感動的である。

　正体不明の管理、待つ行為、その間のさまざまなプレイ、そして「沈黙」が頻出する『私を見守ってくれる人』は、『ゴドーを待ちながら』に似て、マクギネス劇で最もベケット的な作品であるが、いわゆる不条理劇ではなく、時代と場所も明確で、人物と台詞は個性化され、基本的にはリアリズムの劇であり、さらに大衆文化や文学の引用を多く用い、極限状態を笑いとばすなど、現代劇の手法を用いて、複雑な劇的緊張を仕組み、アイルランド人作家としても現代劇作品としても見事な到達点を示す。

4. 『有為転変』

　異国異文化のアイルランド - イギリス関係を考察する『有為転変』は、イギリス人文主義、エリザベス朝ルネサンスを代表する詩人で、『妖精の女王』で知られるエドマンド・スペンサーをモデルにした、エドマンドを主人公にする。

　アイルランド総督グレイ卿の秘書として、またコーク州の執政長官として、十八年間アイルランドに滞在し、チューダー朝によるアイルランド再征服に活躍したスペンサーは、まずチューダー国家の忠実な高級官僚であり、のちに新地主としてマンスター植民の代弁者であった。『アイルランド現状の管見』を著して、「野蛮」と「混乱」のアイルランドを、人文主義とプロテスタンティズムで「文明化」し、結局は完全に軍事制圧することを提唱する政治思想家でもある。エリザベス朝後期の両国関係を体現しながら、矛盾と苦悩の内部分裂を抱えるスペンサーは、詩人としてスランプに陥り、『妖精の女王』を完結できないで終わる。

　スペンサーが大半をアイルランドで書いた『妖精の女王』の未完の断片「ミュタビリティ」編から、劇のタイトルを取り、「変化と偶然」(34) を主題とする。1598 年、ヒュー・オニール蜂起の最中に設定し、スペンサーのアイルランド最後の日々を扱う伝記劇であり、一つにはスペンサーのアイルランドおよびアイルランド詩人との関わりで、一つには、同時代のシェイクスピアが

アイルランドに渡るフィクションによって、異質な二国関係を考察する、異色の歴史劇である。

　舞台は、アイルランドを去る直前のエドマンドの居城内と、アイルランド人が追放され逃げた森の中で、同時に進行し、エドマンドはまず官僚としてスウィニー王一家と関わる。スウィニー王は歴史上の王ではなく、戦いで狂い自らを鳥と思った古代叙事詩の人物、メイヴ女王もセックスと狂暴さで知られた伝承の人物で、しかも大きく変えられた姿で、二人は敗北により植民地化にさらされるアイルランドの象徴である。

　詩人フィレを召使とすることで、詩人エドマンドがアイルランド伝統の詩人と対峙する。ともに宮廷詩人であるが、『妖精の女王』でエリザベス女王に媚びる体制派詩人が、ドルイド教にのっとる詩人フィレの体制順応を批判し、アイルランド文化を侮蔑する。アイルランドを女性視する慣習に沿って、フィレを女性にして、詩人としての対比を顕著にする。しかし批判と対立にもかかわらず、スパイ活動のフィレを召使に抱え、予言者的詩人として魅せられることも否定できない。アイルランドが「野蛮な」「子供」であるどころか、むしろ精神的にも芸術的にも優れていると知るからである。

　もう一人の詩人ウィリアムが土地と成功を求めてアイルランドに渡り、エドマンドを訪れ、二人の対照およびフィレとの関連も描かれる。宮廷詩人でないウィリアムの自由な立場が、支配層の高級官僚エドマンドの詩人としての制約と分裂に対比され、アイルランドには新しい演劇というジャンルの紹介で、フィレはその商業性宗教性に驚く。ウィリアムの恐るべき才能にフィレは瞠目し、救い手として期待するが、ウィリアム自身は植民者希望で、エドマンドの複雑さとは対照的になる。シェイクスピアのアイルランド渡航はフィクションであり、カトリックあるいは同性愛的なウィリアムは曖昧な役柄で、エドマンドほどのリアリティがない。

　イングランドとの関わりはアイルランドに弊害をもたらし、さらに内部崩壊に導く悲劇になり、エリザベス朝による植民地化が、今日まで続く紛争のスタートになる。それでも弾圧に抵抗するアイルランド人は、反乱してスペンサーの居城を焼き払い、スペンサーは命からがら逃れるのだが、マクギネスは

『有為転変』では、いわば植民と抑圧への罪意識でエドマンド自ら城に火をつけるフィクションにする。ウィリアムもイングランドに去り、エドマンドが置き去りにした子供を、両親の国王夫妻をわが手で殺した王子ヒューが、育てる思いやりの決意で幕になる――「われわれの子として教育するが、性質は彼自身のものだ」(100-1)。

　異国異文化の結びつきに希望を抱かせる幕であるが、歴史的にはユートピアの夢想にすぎない――「『有為転変』はその非現実的な形態で、歴史劇とアレゴリーを混ぜ合わせ、いったん歴史の次元を明確にすると、結末のユートピアとアレゴリーに向かって進む」。[25]

　五幕十八場の『有為転変』は不思議な非写実的作風で、全般的に歴史的正確さは無視して、歴史上の文人を伝承の王や総称の詩人と対峙させ、シェイクスピアをアイルランドに渡らせる。エドマンドとウィリアムは一応フィクションであるが、『アイルランド現状の管見』の引用やシェイクスピアの詩や劇への言及で、間接的に実体化する。

　歴史と伝承、写実と象徴、文献と想像を混合する複雑な文体で、異国異文化の交流を考察する、歴史を借りた観念劇であるとも言える。侵略と植民の問題がからむ異文化の議論を、特に第二幕第三場の森と城の同時進行、第三幕後半の四つの場面の部分的断続的交錯、第四幕で演ずる劇中劇、第五幕の七場への細分など、実験的手法によって展開する。それは「有為転変」という主題に合うのかもしれないが、寄せ集めと未消化の印象を免れない。アイルランド初演の演出家が解説する主題を生かす手法か疑問が残る――

　　　ごく簡単に言えば、『有為転変』は、人生の秘訣は変化を受け入れることにあるという基本的真実についてです。……この劇はこの事実を、政治、歴史、性、感情、個人の見地から語っています。……二つの文化、二つの人種が、過去とともに前へ進みながら、起こった変化を認め受け入れるように求めています。すべての苦痛と恐怖に、われわれ双方が責任があり、双方が変化していて、その変化に可能性、未来への希望があるのです。[26]

　異国異文化のアイルランド-イギリス関係を扱う劇の中で、アイデアに満ちた複雑な手法の『カルタゴの人びと』『メアリーとリジー』『有為転変』が必ず

5.『ドリー・ウェストのキッチン』

　第二次大戦中の郷里バンクラナに設定する『ドリー・ウェストのキッチン』は、いわばマクギネスの先祖返りであるが、異質な他者の両側面である、性と国の境界をまたぐこれまでの傾向を引き継ぐ。ただ、アイルランドの片隅にアメリカ兵が登場することで、「オープンな性的関心と進んで戦う大義へのコミット」[27]が持ちこまれる。

　舞台を支配するのはドリーたち三姉弟の母親リマで、「すべての兵士を歓迎」(207)、「すべての国民を歓迎」(211)と言って、酒場で出会うGIを家に連れてくる、偏見のない親切な冒険心から、子供たちがそれぞれに性の問題を抱えて孤独でいるのを知り、解決してやろうとする。その結果、結婚に行きづまっている長女エスターは、GIの一人ジェイミーと恋仲になり、次女ドリーは旧友のイギリス士官アレックとの煮えきらない関係に折り合いをつけて、イギリスに住む決心をし、長男ジャスティンはGIの一人でゲイのマルコをパートナーにし、召使アナは、エスターが夫のもとに戻るため、ジェイミーとアメリカに発ち結婚する。

　このように孤独な人間関係と変化に富む性の悩みを一種のハッピーエンドにもっていく、開放性が魅力のリマは、いわば母なるアイルランドであるが、途中で死んで姿を消し、一家は終わりで離散することが示唆するように、もろさを感じきせる触媒的人物である。

　もう一つの異国と異文化のボーダーランドのテーマの方が広がりを見せる。大戦の中立国アイルランドが、北アイルランドに駐屯するアメリカ軍と協力することから、国際的関わりでも特にアイルランド－アメリカ関係に重点が移る。ドリーとアレックの結びつきにアイルランド－イギリス関係が続くが、イギリス士官はGIの率直な精彩を欠き、また『私を見守ってくれる人』の三国関係の継続で、アメリカ人アダムが途中で消される従属性と違って、否応なく比重をますアメリカを二人のGIが代表する。特にマルコは戦う姿勢で中立国

アイルランドに対峙し、「世界を救う強大な国家の冷静で自信のある代表」[28]になる。

　しかし、すべては孤独と満たされぬ性の一時的解決にすぎないことが危惧される。大戦が影を落とすようでいて、舞台は外部の動乱に煩わされない孤立した小宇宙であり、公的な戦争と私的な性の調和は、リマの死と戦争の経緯で崩壊しかねないもろさがある。

　『ドリー・ウェストのキッチン』は、ジェンダーと性、異国と異文化の、異質な他者の両方を扱って、マクギネス劇の集大成になりうる作品でありながら、そのような大作にはならない。一つには、両方のボーダーランドの主題が十分に相補的相乗的にならず、それぞれ別の領域と感じさせるからであり、一つには、アイルランド演劇に通有の台所を舞台にする写実劇が、中流階級の「ドリー・ウェストのキッチン」では、写実性でも、逆に実験性でも平凡であるからでもある。

　ややセンチメンタルなハッピーエンドは、同じく中流階級を扱う前作『鳥のサンクチュアリ』と合わせて「アイルランドの悪徳風俗喜劇」[29]と見なせるのかもしれないが、アイルランド－イギリス関係があっても、魔術によるハッピーエンドという不自然な趣向の『鳥のサンクチュアリ』のような凡作ではない。

　マクギネス劇の両端の『工場の女たち』と『ドリー・ウェストのキッチン』は、作者の郷里に設定し、基本的にリアリスティックな佳作であるが、マクギネス劇の真価は、両端にはさまれた幾編かにある。その魅力と威力は、主題が異質な他者で、異なるジェンダーと性、および異国と異文化にあるように、手法もリアリズムと実験性をまたぐ挑戦的なドラマツルギーにある。時空と人物の現実と写実によるリアリズムを基盤としながら、想像と詩想による飛躍と挑戦で、狭い舞台が広がりと流動性を得て、変化と多層の「ボーダーランド」に、抗議と祈りの小宇宙になる。ただ、大胆な組み合わせの手法がリアリティを離れすぎて失敗しているのも否定できず、マクギネス劇もまたそのデリケートなバランスで成り立っている。

注

(個々の劇作品からの引用は、「主要参考書目」の版により、カッコ内の数字でページを表す。その他の文献は、紛らわしくない限り、著者名または書名のみで表す)

近代劇

1) W. B. Yeats; *Explorations*, 415.
2) Ibid., 250.
3) George Moore, *The Untilled Field* (Colin Smythe, 1976), xvii.
4) *Explorations*, 252.
5) Lady Gregory, *Collected Plays* I, 262.
6) J. M. Synge, *Plays* II, 53-54.
7) Lady Gregory, *Our Irish Theatre*, 62.
8) *The Variorum Edition of the Plays of W. B. Yeats*, 568.
9) W. B. Yeats, *Essays and Introductions*, 274.
10) *Explorations*, 253.
11) *Essays and Introductions*, 224-5.
12) *Explorations*, 167.
13) *Essays and Introductions*, 224.
14) Ibid., 275.
15) Robert O'Driscoll ed., *Theatre and Nationalism in 20th-Century Ireland* (University of Toronto Press, 1971), 86.
16) W. B. Yeats, *Letters to the New Island*, 113.
17) *Explorations*, 166.
18) *The Abbey Theatre: The Rise of the Realists 1910-1915*, 72.
19) *Uncollected Prose by W. B. Yeats* II, 401.
20) *The Abbey Theatre: The Rise of the Realists 1910-1915*, 126.
21) Micheál Mac Liammóir, *Theatre in Ireland* (Three Candles, 1964), 57.

I. マーティン

1) *Uncollected Prose by W. B. Yeats* II, 155.
2) *Our Irish Theatre*, 17.
3) Denis Gwynn, 142.
4) Robin Skelton & Ann Saddlemyer eds., *The World of W. B. Yeats*, 172.

5) Denis Gwynn, 157.
6) Ibid., 158.
7) Ibid.
8) Andrew E. Malone, *The Irish Drama*, 64.
9) George Moore, 'Introduction', *The Heather Field and Maeve* (Duckworth, 1899), xxii.
10) Marie-Thérèse Courtney, 78.
11) Denis Gwynn, 144.
12) Michéal Ó hAodha, *Theatre in Ireland*, 30.
13) Jan Setterquist, 34.
14) Cf. Madeleine Humphreys, 67.
15) William J. Feeney, 'Introduction', *The Heather Field* (De Paul University, 1966), 10-11.
16) W. B. Yeats, *Autobiographies*, 386.
17) Una Ellis-Fermor, 119.
18) *Uncollected Prose by W. B. Yeats* II, 201.
19) Denis Gwynn, 145.
20) *The World of W. B. Yeats*, 175.
21) Denis Gwynn, 146-7.
22) Una Ellis-Fermor, 119.
23) Wayne E. Hall, *Shadowy Heroes*, (Syracuse University Press, 1980), 125.
24) Ibid.
25) *Autobiographies*, 427.
26) Ibid., 425.
27) Madeleine Humphreys, 122.
28) Una Ellis-Fermor, 125.
29) Ibid., 128.
30) Ernest Boyd, *Ireland's Literary Renaissance* (John Lane, 1916), 294.
31) W. B. Yeats, *Memoirs*, 122.
32) Denis Gwynn, 147-8.
33) Jan Setterquist, 92.
34) Ibid., 80.
35) Marie-Thérèse Courtney, 148.
36) Wayne E. Hall, 125.
37) Jan Setterquist, 22.
38) J. M. Synge, *Plays* II, 53.
39) Denis Gwynn, 142-3.
40) Ibid., 148.

41) Patricia McFate, 'Introduction', *The Dream Physician*, 23.
42) *Memoirs*, 118.
43) Ibid., 271.
44) Jan Setterquist, 35.
45) Denis Gwynn, 144.
46) Ibid., 148.
47) Michéal Ó hAodha, xiv.
48) *The Critical Writings of James Joyce*（Viking Press, 1959），71.
49) Una Ellis-Fermor, 120&134.
50) *Autobiographies*, 386.
51) Ernest A. Boyd, 303.

Ⅱ．コラム

1) *The Journal of Irish Literature* 2:1 （1973），43.
2) *A Paler Shade of Green*, 16.
3) Sanford Sternlight, 5.
4) *Three Plays*, 8.
5) Sanford Sternlight, 'Introduction', *Selected Plays of Padraic Colum*, xvii.
6) Sanford Sternlight, 37.
7) Sanford Sternlight, 'Introduction', xi.
8) Zack Bowen, 70.
9) *A Paler Shade of Green*, 18.
10) Zack Bowen, 71.
11) Sanford Sternlight, 24 参照.
12) *Explorations*, 184.
13) *A Paler Shade of Green*, 14.
14) J. M. Synge, *Prose*, 202. 参照.
15) Padraic Colum, *Thomas Muskerry*（Maunsel, 1910），5.
16) Zack Bowen, 75.
17) 父親が院長のため救貧院で育ったレベル．
18) *A Paler Shade of Green*, 21.
19) Zack Bowen, 76-78.
20) *Thomas Muskerry*, 4.
21) *A Paler Shade of Green*, 18.
22) *Thomas Muskerry*, 3&5.
23) Sanford Sternlight, 43.

24) *Thomas Muskerry*, 4-5.
25) Zack Bowen, 66.
26) Ibid., 64.
27) *A Paler Shade of Green*, 16.
28) *The Journal of Irish Literature* 2:1, 31-32.
29) *Cloughoughter*, 124.
30) *Moytura*, 8.
31) *The Journal of Irish Literature* 2:1, 31.
32) Zack Bowen, 85.
33) Sanford Sternlight, 'Introduction', xxi-xxii.
34) *Explorations*, 254.
35) *The Variorum Edition of the Plays of W. B. Yeats*, 208.
36) Richard Taylor, 36.
37) Zack Bowen, 23.
38) Sanford Sternlight, 42-43.
39) *A Paler Shade of Green*, 21.
40) Sanford Sternlight, 'Introduction', xxii.
41) Ibid., xxvi.

Ⅲ. フィッツモーリス
1) *The Letters of W. B. Yeats*, 496&495（『田舎の仕立屋』評）
2) *After the Irish Renaissance*, 170.
3) Carol W. Gelderman, 83-84.
4) Arthur B. McGuinness, 53.
5) Ibid., 31.
6) Carol W. Gelderman, 41.
7) Ibid., 47.
8) Austin Clarke, 'Introduction', *The Plays of George Fitzmaurice* I, xiii.
9) Ibid., viii.
10) Carol W. Gelderman, 103.
11) Ibid., 108.

Ⅳ. ロビンソン
1) Lennox Robinson, *Ireland's Abbey Theatre*, 83-84.
2) *Theatre and Nationalism in 20th-Century Ireland*, 86.
3) Michael J. O'Neill, 165.

4) *Curtain Up*, 18.
5) Ibid., 19.
6) Ibid., 21.
7) Andrew E. Malone, 177.
8) *Curtain Up*, 21.
9) Ibid., 33.
10) Michael J. O'Neill, 61.
11) *Curtain Up*, 43.
12) Michael J. O'Neill, 69-70.
13) *Curtain Up*, 43-44.
14) Ibid., 105-6.
15) Michael J. O'Neill, 85-86.
16) Lennox Robinson, *I Sometimes Think*（Talbot Press, 1956), 39.
17) Christopher Murray, 'Introduction', *Selected Plays of Lennox Robinson*, 14.
18) *Curtain Up*, 223.
19) *The Profane Book of Irish Comedy*, 196-7.
20) Michael J. O'Neill, 116.
21) Ibid.
22) Ibid., 113-4.
23) *Curtain Up*, 224.
24) 英米公演のタイトルは　*Is Life Worth Living?*
25) Christopher Murray, 'Introduction', 20.
26) *After the Irish Renaissance*, 26.
27) Michael J. O'Neill, 130.
28) 拙著『イェイツとアイルランド演劇』第X章参照.
29) *Curtain Up*, 98 参照.
30) Joseph Hone, *W. B. Yeats, 1865-1939*（Macmillan, 1967), 371n1
31) Michael J. O'Neill, 143.

V. マレー
1) Lennox Robinson ed., *The Irish Theatre*, 123-4.
2) Andrew E. Malont in Ibid., 112-3
3) Robert Hogan in *Irish University Review* 26:1 （1996), 155.
4) Albert J. DeGiacomo, 46.
5) Richard Allen Cave, 'Introduction', *Selected Plays of T. C. Murray*, xiii.
6) Andrew E. Malone, 190.

7) Albert J. DeGiacomo, 94.
8) Ibid., 92.
9) Ibid., 95.
10) Richard Allen Cave, 'Introduction', xix.
11) Richard Allen Cave, 'Editor's Notes', *Selected Plays of T. C. Murray*, 220.
12) Albert J. DeGiacomo, 135.
13) Ibid., 106.
14) Ibid., 114.
15) Richard Allen Cave, 'Introduction', vii-viii.
16) Albert J. DeGiacomo, 92-93 参照.
17) Ibid., 136-9 参照.
18) Ibid., 165.
19) Ibid., 150.
20) Ibid., 145.
21) Richard Allen Cave, 'Editor's Notes', 221.
22) Albert J. DeGiacomo, xii.

Ⅳ. キャロル
1) Christopher Murray, *Twentieth-Century Irish Drama*, 129.
2) Marion Sitzmann, 14.
3) *The Journal of Irish Literature* 1:1 （1972）, 12.
4) *After the Irish Renaissance*, 53.
5) Paul A. Doyle, 20.
6) Marion Sitzmann, 152.
7) Ibid., 154.
8) Marion Sitzmann, 146 参照.
9) Paul A. Doyle, 26-27 参照.
10) Ibid., 27.
11) Marion Sitzmann, 40.
12) Ibid., 120-1.
13) Robert Welch, *The Abbey Theatre 1899-1999*, 128.
14) Marion Sitzmann, 131-2.
15) *After the Irish Renaissance*, 55.
16) Paul A. Doyle, 41.
17) Marion Sitzmann, 173.
18) *The Profane Book of Irish Comedy*, 218.

19) Ibid., 219.
20) Marion Sitzmann, 174.
21) Paul A. Doyle, 43.
22) Ibid.
23) Marion Sitzmann, 22.
24) *After the Irish Renaissance*, 57.
25) Marion Sitzmann., 133.
26) *After the Irish Renaissance*, 62.
27) Ibid., 8.
28) Christopher Murray, *Twentieth-Century Irish Drama*, 132.
29) Marion Sitzmann, 167.
30) Ibid., 148.
31) *After the Irish Renaissance*, 63.
32) Marion Sitzmann, 146.
33) Ibid., 16.
34) *The Profane Book of Irish Comedy*, 213.
35) *The Journal of Irish Literature* 1:1, 12.
36) Paul A. Doyle, 108.
37) Ibid., 16.
38) D. E. S. Maxwell, 139–40.

現代劇

1) Harold Ferrar, 7.
2) *Our Irish Theatre*, 20.
3) Christopher Murray, *Twentieth-Century Irish Drama*, 138.
4) *Irish University Review* 32:1 （2002）, 152.
5) Ibid., 153.
6) Terence Brown, *Ireland: A Social and Cultural History 1922–1985* （Fontana Press, 1985）, 320.

Ⅶ. ジョンストン

1) 拙著『アイルランド演劇―現代と世界と日本と』第Ⅱ章参照.
2) Thomas Kilroy in *Denis Johnston: A Retrospective*, 50.
3) Robert Welch, 112.
4) Harold Ferrar, 40.
5) Denis Johnston, *The Golden Cuckoo and Other Plays* （Jonathan Cape, 1954）, 6.
6) Gene A. Barnett, 81.

7) D. E. S. Maxwell, 124.
8) Christopher Murray in *Denis Johnston: A Retrospective*, 106.
9) *The Golden Cuckoo and Other Plays*, 18.
10) 拙著『アイルランド演劇―現代と世界と日本と』第Ⅶ章参照.
11) *After the Irish Renaissance*, 135.
12) Christopher Murray, *Twentieth-Century Irish Drama*, 129.
13) *The Journal of Irish Literature* 2:2-3（1973）, 32.
14) Gene A. Barnett, 68-69.
15) Ibid., 63-64 参照.
16) *The Golden Cuckoo and Other Plays*, 4.
17) Una Ellis-Fermor, 202.
18) Harold Ferrar, 78.
19) 拙著『イェイツとアイルランド演劇』第Ⅸ章参照.
20) Harold Ferrar, 100-1.
21) Ibid., 105-6.
22) Gene A. Barnett, 98-99 参照.
23) 1954 年上演の登場人物表（257）参照.
24) Richard Allen Cave in *Denis Johnston: A Retrospective*, 101.
25) D. E. S. Maxwell, 126.
26) Harold Ferrar, 106-7（ラストは作品 306）.

Ⅷ. ビーアン

1) cf. *Brendan Behan: The Complete Plays*（Methuen Drama, 1990）.
2) Christopher Murray, *Twentieth-Century Irish Drama*, 155.
3) 拙著『アイルランド演劇―現代と世界と日本と』第Ⅰ章参照.
4) Brendan Behan, *Confessions of an Irish Rebel*（Hutchinson, 1965）, 31.
5) Alan Simpson in *A Paler Shade of Green*, 216.
6) 'The title phrase was colloqual Dublinese for any condemned prisoner', AnthonyRoche, 43.
7) 絞首刑の意味を隠すが、Douglas Hyde のゲール語による *Casadh an tSugáin* のパロディ.
8) *A Paler Shade of Green*, 211.
9) Colbert Kearney, 77.
10) Anthony Roche, 54.
11) Ibid., 53.
12) Raymond J. Porter, 21.
13) Desmond Maxwell in *Irish Writers and the Theatre*, 89.
14) Ibid., 94.

15) *The Profane Book of Irish Comedy*, 312 参照.
16) Ibid., 169.
17) *The Politics of Irish Drama*, 165.
18) *Brendan Behan's Island*（Hutchinson,1962）, 14-16 参照.
19) Michael O'Sullivan, *Brendan Behan: A Life*（Blackwater Press,1997）, 224 参照.
20) Christopher Murray, *Twentieth-Century Irish Drama*, 157-8 参照.
21) Colbert Kearney, 129.
22) *A Paler Shade of Green*, 214.
23) Colbert Kearney, 131.
24) Christopher Murray in *Cultural Contexts and Literary Idioms in Contemporary Irish Literature*（Colin Smythe, 1988）, 280.
25) *The Profane Book of Irish Comedy*, 153-4.
26) *Brendan Behan's Island*, 17.

IX. フリール

1) *Brian Friel in Conversation*, 22.
2) Ibid.
3) D. E. S. Maxwell, *Brian Friel*, 57.
4) George O'Brien, 42.
5) D. E. S. Maxwell, 60.
6) Geoge O'Brien, 42.
7) *Brian Friel in Conversation*, 28.
8) George O'Brien, 30-41 参照.
9) Elmer Andrews, 125.
10) *A Paler Shade of Green*, 222.
11) George O'Brien, 127.
12) *Brian Friel in Conversation*, 172.
13) Ulf Dantanus, 134.
14) Elmer Andrews, 137.
15) Christopher Murray, *Twentieth-Century Irish Drama*, 200.
16) D. E. S. Maxwell, 105.
17) *Brian Friel in Conversation*, 114.
18) Bernice Schrank in *Theatre Stuff*（Carysfort Press, 2000）, 128.
19) F. C. McGrath, 96 & 100.
20) Ulf Dantanus, 154.
21) *Essays, Diaries, Interviews 1964-1999*, 77.

22) Ibid., 74.
23) *The Politics of Irish Drama*, 43.
24) Robert Welch in *The Achievement of Brian Friel*, 144.
25) *Essays, Diaries, Interviews 1964-1999*, 117.
26) Ibid., 75.
27) Ibid., 74.
28) Sean Connolly in *The Achievement of Brian Friel*, 149-158 など参照.
29) Nesta Jones, 63.
30) *Essays, Diaries, Interviews 1964-1999*, 118-9.
31) Ibid., 118.
32) Sean Connolly, 152.
33) *Essays, Diaries, Interviews 1964-1999*. 75.
34) Ibid., 74.
35) *Brian Friel in Conversation*, 148.
36) *Essays, Diaries, Interviews 1964-1999*, 75.
37) *The Politics of Irish Drama*, 40.
38) Nesta Jones, 130-1.
39) F. C. McGrath, 227.
40) Ibid., 231.
41) Ibid., 211-4 & 219-24 参照.
42) Elmer Andrews, 202-3.
43) *Essays, Diaries, Interviews 1964-1999*, 135.
44) Anne Fogarty in *Irish University Review* 32:1 （2002）, 27 参照.
45) F. C. McGrath. 222.

X. マーフィ
1) Anthony Roche, 129.
2) *In Dublin* （15 May 1986）, 29.
3) Fintan O'Toole, 19.
4) *Talking About Tom Murphy*, 102.
5) Anthony Roche, 134.
6) Aidan Arrowsmith in *Irish University Review* 34:2 （2004）, 321.
7) Christopher Murray, *Twentieth-Century Irish Drama*, 166.
8) *A Paler Shade of Green*, 227.
9) *Talking About Tom Murphy*, 96.
10) Ibid., 95.

11) Fintan O'Toole, 92.
12) *The Politics of Irish Drama*, 236.
13) *Talking About Tom Murphy*, 101.
14) *Irish University Review* 17:1 (1987), 33.
15) Christopher Murray, *Twentieth-Century Irish Drama*, 168.
16) Fintan O'Toole, 177.
17) Ibid., 170-1.
18) Patrick Mason in *Irish University Review* 17:1, 103.
19) Richard Kearney, *Transitions* (Manchester University Press,1988), 164.
20) *Talking About Tom Murphy*, 106.
21) Rüdiger Imhof in *The Crows Behind the Plough*, 123.
22) Patrick Mason in *Irish University Review* 17:1, 100 & 110.
23) 孫娘たちの年齢から、単純計算ではおかしくなるが.
24) Fintan O' Toole, 245.
25) Anthony Roche in *Irish University Review* 17:1, 115.
26) Fintan O'Toole, 245.
27) *The Politics of Irish Drama*, 222 & 227.
28) Nicholas Grene in *The Cambridge Companion to Twentieth-Century Irish Drama*, 215.
29) Shaun Richards in *Canadian Journal of Irish Studies* 15:1, 95.
30) Fintan O'Toole, 95.
31) Alexandra Poulain in *Talking About Tom Murphy*, 50.
32) *Irish University Review* 17:1, 14.
33) Vivian Mercier in *Irish University Review* 17:1, 21.
34) Robert welch, 191.

XI. キルロイ
1) 'The Irish Writer: Self and Society, 1950-80', *Literature and the Changing Ireland* (Colin Smythe), 181.
2) Thierry Dubost, 147.
3) Ibid., 125.
4) *Theatre Talk*, 242.
5) Thierry Dubost, 137.
6) Ibid., 144.
7) 'The Irish Writer: Self and Society, 1950-80', 181.
8) R. F. Foster, *Modern Ireland 1600-1972* (Penguin Books, 1989), 4.
9) Anne Fogarty in *Irish University Review* 32:1 (2002), 26.

10) Ibid., 23.
11) Thierry Dubost, 138.
12) *Irish University Review* 32. 1, 87.
13) ロウチ氏に同行して学生ケヴィンが登場するが。
14) アイルランドで同性愛が「解禁」されたのは 1993 年.
15) Anthony Roche, 193.
16) Ibid., 198.
17) Christopher Murray in *Eire-Ireland* 29:2 （1994), 135.
18) Thierry Dubost, 139.
19) *Irish University Review* 32:1, 156.
20) Anthony Roche, 201.
21) Barbara Hayley in *Studies on the Contemporary Irish Theatre*, 47.
22) Nicholas Grene in *Irish University Review* 32:1, 77.
23) Ibid., 157.
24) Thierry Dubost, 128.
25) Ibid., 147.
26) Hiroko Mikami in *Irish University Review* 32:1, 109.
27) Anthony Roche, 207.
28) Thierry Dubost, 149.
29) Anna McMullan in *Irish University Review* 32:1, 132-3.
30) Thierry Dubost, 69.
31) Robert Welch, 232.
32) *Irish University Review* 32:1, 157-8.
33) Thierry Dubost, 132.
34) Ibid., 146.
35) Nicholas Grene in *Irish University Review* 32:1, 82.
36) Thierry Dubost, 138.
37) Ibid., 96.
38) *Irish University Review* 32:1, 156.
39) Thierry Dubost, 164-5.

XII. マクギネス

1) Eamonn Jordan, v.
2) マクギネスには *Borderlands* という学校劇がある.
3) *The Crows Behind the Plough*, 103.
4) Joan FitzPatrick Dean in *The Theatre of Frank McGuinness*, 148.

5) Hiroko Mikami, 76.
6) *Theatre Talk*, 301.
7) Eamonn Jordan, 123.
8) Ibid. 58.
9) Hiroko Mikami に詳しい説明がある.
10) Helen Heusner Lojek, 130.
11) Ibid., 212.
12) Ibid., 211.
13) Bernice Schrank in *The Theatre of Frank McGuinness*, 20.
14) Hiroko Mikami, 27-29 参照.
15) Helen Heusner Lojek, 67.
16) Eamonn Jordan, 43-44.
17) Bernice Schrank, 20-21.
18) Sarah Pia Anderson in *The Theatre of Frank McGuinness*, 123.
19) Eamonn Jordan, xiii.
20) Ibid., 172.
21) Ibid., 163.
22) Helen Lojek in *The Theatre of Frank McGuinness*, 134.
23) Hiroko Mikami, 98.
24) *Irish University Review* 23:2 (1993), 324.
25) Csilla Bertha in *Irish University Review* 33:2 (2003), 317.
26) Michael Caven in *The Theatre of Frank McGuinness*, 189-190.
27) Helen Heusner Lojek, 188.
28) Ibid., 190.
29) Hiroko Mikami, 147.

主要参考書目

Behan, Brendan
    An Giall; The Hostage（Catholic University of America Press, 1987）
    The Hostage（Methuen, 1962）
    The Quare Fellow（Methuen, 1960）
    Boyle, Ted E., *Brendan Behan*（Twayne Publishers, 1969）
    Kearney, Colbert, *The Writings of Brendan Behan*（Gill and Macmillan, 1977）
    Porter, Raymond J., *Brendan Behan*（Columbia University Press, 1973）

Carroll, Paul Vincent
    Farewell to Greatness!（Proscenium Press, 1966）
    Irish Stories and Plays（Devin-Adair Company, 1958）
    Three Plays（Macmillan, 1946）
    Two Plays（Macmillan, 1948）
    The Wayward Saint（Dramatists Play Service, 1955）
    Doyle, Paul A., *Paul Vincent Carroll*（Bucknell University Press, 1971）
    Sitzmann, Marion, *Indomitable Irishry Paul Vincent Carroll: Study and Interview*（Universität Salzburg, 1975）

Colum, Padraic
    Balloon（Macmillan, 1929）
    'Kilmore'（*Poetry Ireland Review*, 1981）
    Mogu the Wanderer or The Desert（Macmillan Company, 1923）
    Moytura（Dolmen Press, 1963）
    'The Saxon Shillin', *Lost Plays of the Irish Renaissance*（Proscenium Press, 1970）
    Selected Plays of Padraic Colum（Syracuse University Press, 1986）
    Three Plays（Allen Figgis, 1963）
    Bowen, Zack, *Padraic Colum*（Southern Illinois University Press, 1970）
    Sternlight, Sanford, *Padraic Colum*（Twayne Publishers, 1985）

Fitzmaurice. George
    The Plays of George Fitzmaurice I Dramatic Fantasies,（Dolmen Press, 1967）
    The Plays of George Fitzmaurice II Folk Plays（Dolmen Press, 1970）

The Plays of George Fitzmaurice III Realistic Plays (Dolmen Press, 1970)
Brennan, Fiona, *George Fitzmaurice: 'Wild in His Own Way'* (Carysford Press, 2007)
Gelderman, Carol W., *George Fitzmaurice* (Twayne Publishers, 1979)
McGuinness, Arthur E., *George Fitzmaurice* (Bucknell University Press, 1975)

Friel, Brian
   The Enemy Within (Proscenium Press, 1975)
   The Freedom of the City (Faber & Faber, 1974)
   Making History (Faber & Faber, 1989)
   Translations (Faber & Faber, 1981)
   Volunteers (Gallery Press, 1989)
   Essays, Diaries, Interviews 1964–1999 (Faber & Faber, 1999)
   Brian Friel in Conversation (University of Michigan Press, 2000)
   Andrews, Elmer, *The Art of Brian Friel* (Macmillan, 1995)
   Dantanus, Ulf, *Brian Friel A Study* (Faber & Faber, 1988)
   Jones, Nesta, *Brian Friel* (Faber & Faber, 2000)
   Maxwell, D. E. S., *Brian Friel* (Bucknell University Press, 1973)
   McGrath, F. C., *Brian Friel's (Post) Colonial Drama: Language, Illusion, and Politics* (Syracuse University Press, 1999)
   O'Brien, George, *Brian Friel* (Twayne Publishers, 1990)
   Peacock, Alan J. ed., *The Achievement of Brian Friel* (Colin Smythe, 1993)
   Irish University Review 29:1 Brian Friel Special Issue (1999)

Johnston, Denis
   The Dramatic Works of Denis Johnston 1 (Colin Smythe, 1977)
   The Dramatic Works of Denis Johnston 2 (Colin Smythe, 1979)
   Orders and Desecrations, ed. Rory Johnston (Lilliput Press, 1992)
   Barnett, Gene A., *Denis Johnston* (Twayne Publishers, 1978)
   Boyle, Terrence, A., *Denis Johnston*
   Ferrar, Harold, *Denis Johnston's Irish Theatre* (Dolmen Press, 1973)
   Ronsley, Joseph ed., *Denis Johnston: A Retrospective* (Colin Smythe/ Barnes & Noble Books, 1981)

Kilroy, Thomas
   The Death and Resurrection of Mr Roche (Faber & Faber, 1969)
   Double Cross (Gallery Press, 1994)

The Madame MacAdam Travelling Theatre (Methuen Drama, 1991)
My Scandalous Life (Gallery Press, 2004)
The O'Neill (Gallery Press, 1995)
The Secret Fall of Constance Wilde (Gallery Press, 1997)
The Shape of Metal (Gallery Press, 2003)
Talbot's Box (Gallery Press, 1979)
Tea and Sex and Shakespeare (Gallery Press, 1998)
Dubost, Thierry, *The Plays of Thomas Kilroy* (McFarland & Company, Inc., Publishers, 2007)
Irish University Review 32:1, Thomas Kilroy Special Issue (2002)

Martyn, Edward
The Dream Physician (De Paul University, 1972)
An Enchanted Sea (T. Fisher Unwin, 1902)
Grangecolman (Maunsel & Co., 1912)
Selected Plays of George Moore and Edward Martyn (Colin Smythe, 1995)
Courtney, Marie-Thérèse, *Edward Martyn and the Irish Theatre* (Vantage Press, 1956)
Gwynn, Denis, *Edward Martyn and the Irish Revival* (Jonathan Cape, 1930)
Humphreys, Madeleine, *The Life and Times of Edward Martyn* (Irish Academic Press, 2007)
Setterquist, Jan., *Ibsen and the Beginnings of Anglo-Irish Drama II Edward Martyn* (Lundquist, 1960)

McGuinness, Frank
Frank McGuinness: Plays 1 (Faber & Faber, 1996)
Frank McGuinness: Plays 2 (Faber & Faber, 2002)
Gates of Gold (Faber & Faber, 2002)
Mutabilitie (Faber & Faber, 1997)
Jordan, Eamonn, *The Feast of Famine* (Peter Lang, 1997)
Lojek, Helen Heusner, *Contexts for Frank NcGuinness's Drama* (Catholic University of America Press, 2004)
Lojek, Helen ed., *The Theatre of Frank McGuinness* (Carysford Press, 2002)
Mikami, Hiroko, *Frank McGuinness and His Theatre of Paradox* (Colin Smythe, 2002)

Murphy, Tom
Tom Murphy: Plays 1 (Methuen Drama, 1992)
Tom Murphy: Plays 2 (Methuen Drama, 1993)
Tom Murphy: Plays 3 (Methuen Drama, 1994)

Tom Murphy: Plays 4（Methuen Drama, 1989）
Tom Murphy: Plays 5（Methuen Drama, 2006）
Grene, Nicholas ed., *Talking About Tom Murphy*（Carysfort Press, 2002）
O'Toole, Fintan, *Tom Murphy: The Politics of Magic*（New Island Books, 1994）
Irish University Review 17.1, Tom Murphy Special Issue（1987）

Murray, T. C.
  Aftermath（Talbot Press, 1922）
  Michaelmas Eve（George Allen & Unwin, 1932）
  Selected Plays of T. C. Murray（Colin Smythe, 1998）
  DeGiacomo, Albert J., *T. C. Murray, Dramatist*（Syracuse University Press, 2003）

Robinson, Lennox
  The Cross-Roads（Maunsel & Co., 1909）
  The Dreamers（Maunsel & Company, 1915）
  Ever the Twain（Macmillan, 1930）
  The Far-Off Hills（Chatto & Windus, 1959）
  Killycreggs in Twilight and Other Plays（Macmillan, 1939）
  The Lost Leader（H. R. Carter Publications, 1954）
  More Plays（Macmillan. 1935）
  Plays（Macmillan, 1928）
  Two Plays Harvest: The Clancy Name（Maunsel & Company, 1911）
  Selected Plays of Lennox Robinson（Colin Smythe, 1982）
  Curtain Up（Michael Joseph, 1942）
  Ireland's Abbey Theatre（Kenniskat Press, 1968）
  O'Neill, Michael J., *Lennox Robinson*（Twayne Publishers, 1964）

アイルランド演劇・その他
  Ellis-Fermor, Una, *The Irish Dramatic Movement*（Methuen, 1967）
  Genet, Jacqueline ed., *Studies on the Contemporary Irish Theatre*（Université de Caen, 1991）
  Genet, Jacqueline and Richard Allen Cave eds., *Perspectives of Irish Drama and Theatre*（Colin Smythe, 1991）
  Grene, Nicholas, *The Politics of Irish Drama*（Cambridge University Press, 1999）
  Hickey, Des & Gus Smith eds., *A Paler Shade of Green*（Leslie Frewin, 1972）
  Hogan, Robert, *After the Irish Renaissance*（University of Minnesota Press, 1967）
  Hogan, Robert, with Richard Burnham & Daniel P. Poteet, *The Abbey Theatre: The Rise of the*

Realists 1910-1915（Dolmen Press, 1979）
Krause, David, *The Profane Book of Irish Comedy*（Cornell University Press, 1982）
Lernout, Geert ed., *The Crows Behind the Plough*（Rodopi, 1991）
Malone, Andrew E., *The Irish Drama*（Benjamin Blom, 1965）
Maxwell, D. E. S., *A Critical History of Modern Irsh Drama 1891-1980*（Cambridge University Press, 1984）
毛利三彌，『イプセンのリアリズム』（白鳳社，1983）
——，『イプセンの世紀末』（白鳳社，1995）
Murray, Christopher, *Twentieth-Century Irish Drama*（Manchester University Press, 1997）
Ó hAodha, Micheál, *Theatre in Ireland*（Basil Blackwell, 1974）
Richards, Shaun ed., *The Cambridge Companion to Twentieth-Century Irish Drama*（Cambridge University Press, 2004）
Robinson, Lennox ed., *The Irish Theatre*（Haskell House Publishers, 1971）
Roche, Anthony, *Contemporary Irish Drama*（Gill & Macmillan, 1994）
Sekine, Masaru ed., *Irish Writers and the Theatre*（Colin Smythe, 1986）
Sekine, Masaru and Christopher Murray, *Yeats and the Noh*（Colin Smythe, 1990）
Taylor, Richard, *The Drama of W. B. Yeats*（Yale University Press, 1976）
Welch, Robert, *The Abbey Theatre 1899-1999*（Oxford University Press, 1999）
前波清一，『アイルランド演劇―現代と世界と日本と』（大学教育出版，2004）
——，『イェイツとアイルランド演劇』（風間書房，1997）

あとがき

　十九世紀末から始まるアイルランド演劇は、普通「モダン」あるいは「二十世紀」とくくられ、「近代劇」と「現代劇」に分けることはしない。しかし、発足から百年も経てば、いわんや大きな社会的変動を経たアイルランドの演劇は、一律であるはずがなく、二分三分が可能であり、その違いは、例えば、アイルランド演劇のベスト・テンを考えると明白で、本書の「近代劇」からは誰も選ばれず、逆に「現代劇」の六人はすべて選出されるだろう。

　そのような区分の根底にあるのが「リアリズム」に対する姿勢で、比較的素朴に「リアリズム」を目ざす作家と、「リアリズム」と格闘する作家との違いだけでなく、同一作家でも、その関わり方は一様でない。しかもアイルランド演劇の伝統と魅力は、「ポエティック」よりむしろ「リアリスティック」と捉えられるところがある。

　本書は「近代劇」と「現代劇」からそれぞれ六人の代表的作家を選び、個々の作家、およびアイルランド演劇の流れで、リアリズムとの関わりを考察している。もちろん一見して明らかなように、イェイツ、シング、オケイシーが落ちている。他の拙著である程度扱っているからであるが、ことをあまり複雑にしない方が論じやすいからでもある。

　タイトルを「アイルランド戯曲」とするのは、外国人として、上演に接する機会がほとんどなく、研究対象が活字の戯曲しかないからであり、また、アイルランド演劇は常に劇作家の演劇であることが顕著だからでもある。

　その戯曲も多くが絶版で、しかも現役を退いた学究には、資料の点で酷しい状況は避けられないが、大阪教育大学附属図書館とアイルランドのナショナル・ライブラリーの助力が大きく、特記して謝意を表したい。

　また旧著から借用しているところがあり、特にロビンソン『屋敷』とジョンストン『夢見る遺骨』は、『イェイツとアイルランド演劇』から加筆して転載させてもらった。風間書房に改めて感謝の意を表したい。

最後になるが、前著に続けて本書の出版を引き受けていただいた（株）大学教育出版の佐藤守社長に感謝申し上げる。

2010年5月

　　　　　　　　　　　　　　　　　　　　　　　　　　　　　　前波清一

索 引

Behan, Brendan
    The Hostage『人質』137-143
    The Quare Fellow『凄い奴』133-7

Carroll, Paul Vincent
    The Devil Came From Dublin『ダブリンから来た悪魔』106
    Farewell to Greatness!『偉さとさらば！』104-5
    Shadow and Substance『影と実体』97-100
    The Strings, My Lord, Are False『主よ，弦が調子外れです』102-3
    Things That Are Caesar's『カイザルのもの』95-97
    The Wayward Saint『やっかいな聖者』104
    The White Steed『白馬』100-2
    The Wise Have Not Spoken『賢者は語らず』103-4

Colum, Padraic
    Balloon『気球』26
    The Betrayal『裏切り』25-26
    Cloughoughter『クルーウフター』38-39
    The Fiddler's House『フィドル弾きの家』28-30
    Glendalough『グレンダローホ』37-38
    Kilmore『キルモア』40-41
    The Land『土地』27-28
    Mogu the Wanderer『放浪者モギュ』26
    Monasterboice『モナスタボイス』39-40
    Moytura『モイツラ』36-37
    The Saxon Shillin'『サクソン・シリング』25
    Thomas Muskerry『トママ・マスケリー』30-32

Fitzmaurice, George
    The Country Dressmaker『田舎の仕立屋』43-46
    The Dandy Dolls『ダンディ人形』53
    The Enchanted Land『魔法の国』54-55
    The Green Stone『緑の石』55
    The Linnaun Shee『妖精の恋人』54
    The Magic Glasses『魔法のグラス』51-53

The Moonlighter『月光団員』46-49

　　The Ointment Blue『青い軟膏』55

　　One Evening Gleam『夕べの一瞬の閃き』49-50

　　The Pie-Dish『パイ皿』50-51

　　The Simple Hanrahans『素朴なハンラハン一家』46

　　The Toothache『歯痛』49

　　'Twixt the Giltinans and the Carmodys『ギルティナン家とカーモディ家の間で』46

　　The Waves of the Sea『海の波』55

Friel, Brian

　　The Enemy Within『内なる敵』145-8

　　The Freedom of the City『デリーの名誉市民権』148-153

　　Making History『歴史をつくる』160-6

　　Translations『翻訳』154-160

　　Volunteers『志願者たち』153-4

Johnston, Denis

　　A Bride for the Unicorn『ユニコーンの花嫁』119-123

　　The Dreaming Dust『夢見る遺骨』123-131

　　A Fourth for Bridge『ブリッジの四番手』116

　　The Golden Cuckoo『黄金のカッコー』115-6

　　The Moon in the Yellow River『黄河の月』114-5

　　The Old Lady Says 'No!'『老夫人はノー！と言う』113-4

　　The Scythe and the Sunset『鎌と日没』117

　　Storm Song『嵐の歌』115

　　'Strange Occurrence on Ireland's Eye'『アイルランズ・アイの奇妙な出来事』116-7

Kilroy, Thomas

　　The Death and Resurrection of Mr Roche『ロウチ氏の死と復活』194-7

　　Double Cross『ダブル・クロス』203-8

　　The Madame MacAdam Travelling Theatre『マダム・マカダム旅興業一座』208-9

　　My Scandalous Life『俺のスキャンダラスな人生』212-3

　　The O'Neill『オニール』191-4

　　The Secret Fall of Constance Wilde『コンスタンス・ワイルドの秘密の転落』209-212

　　The Shape of Metal『メタルの形』213

　　Talbot's Box『タルボットの箱』200-3

　　Tea and Sex and Shakespeare『お茶とセックスとシェイクスピア』198-200

Martyn, Edward

　　The Dream Physician『夢の医者』19-20

An Enchanted Sea『魅惑の海』12-13

　　Grangecolman『グレンジコルマン』18-19

　　The Heather Field『ヒースの原野』6-9

　　Maeve『メイヴ』10-12

　　The Tale of a Town『ある町の物語』14-17

McGuinness, Frank

　　Baglady『バッグレディ』217

　　The Bird Sanctuary『鳥のサンクチュアリー』234

　　Carthaginians『カルタゴの人びと』227-8

　　Dolly West's Kitchen『ドリー・ウェストのキッチン』233-4

　　The Factory Girls『工場の女たち』215-7

　　Gates of Gold『黄金の門』222-3

　　Innocence『イメセンス』219-222

　　Mary and Lizzie『メアリーとリジー』218-9

　　Mutabilitie『有為転変』230-3

　　Observe the Sons of Ulster Marching Towards the Somme『ソンム川へ向かって行進するアルスターの息子たちをご照覧あれ』224-6

　　Someone Who'll Watch Over Me『私を見守ってくれる人』228-230

Murphy, Tom

　　Bailegangaire『バリャガンガーラ』185-8

　　The Blue Macushla『ブルー・マキュシュラ』189

　　Conversations on a Homecoming『帰卿の会話』179-181

　　A Crucial Week in the Life of a Grocer's Assistant『食品雑貨店店員の生涯の決定的一週間』173-6

　　Famine『飢饉』176-8

　　The Gigli Concert『ジリ・コンサート』181-4

　　The Morning After Optimism『楽観主義のあとの朝』188

　　On the Inside『内側で』169

　　On the Outside『外側で』167-9

　　The Sanctuary Lamp『サンクチュアリ・ランプ』188-9

　　A Thief of a Christmas『クリスマス泥棒』186

　　A Whistle in the Dark『暗がりの強がり』169-173

Murray, T. C.

　　Aftermath『アフターマス』86-87

　　Autumn Fire『秋の炎』87-90

　　Birthright『長子相続権』79-81

　　The Briery Gap『茨の隙間』85

Illumination『啓示』92-93
Maurice Harte『モーリス・ハート』81-85
Michaelmas Eve『ミカエル祭前夜』90-91
The Pipe in the Fields『野原の横笛』91
Sovereign Love『ソヴァリン・ラヴ』85

Robinson, Lennox
All's Over, Then?『じゃすべて終わり？』67
The Big House『屋敷』71-77
Bird's Nest『鳥のねぐら』70
Church Street『教会通り』69-70
The Clancy Name『クランシーの家名』58-59
Crabbed Youth and Age『気むずかしい青春と老年』66
The Cross-Roads『分かれ道』59-60
Drama at Inish『イニシュの劇』68-69
The Dreamers『夢想家たち』62-63
Ever the Twain『いつか双方は』67
The Far-Off Hills『遥かな丘陵』66
Give a Dog –『一度悪評が立てば』67
Harvest『収穫』60-61
Killycreggs in Twilight『黄昏のキリクレグズ』76-77
The Lost Leader『なくした指導者』63-64
Patriots『愛国者たち』61-62
Portrait『肖像画』67
The Round Table『円卓』65-67
The White Blackbird『白いブラックバード』67
The Whiteheaded Boy『秘蔵っ子』64-66

著者紹介

前波清一　（まえば　せいいち）

1937年福井県生まれ
大阪大学大学院修了
大阪教育大学名誉教授
英文学（演劇）専攻
著書
『シングのドラマトゥルギー』（弓書房）
『劇作家グレゴリー夫人』（あぽろん社）
『イェイツとアイルランド演劇』（風間書房）
『アイルランド演劇―現代と世界と日本と』（大学教育出版）

アイルランド戯曲
―リアリズムをめぐって―

2010年9月12日　初版第1刷発行

■著　　者──前波清一
■発 行 者──佐藤　守
■発 行 所──株式会社 大学教育出版
　　　　　　〒700-0953　岡山市南区西市855-4
　　　　　　電話 (086) 244-1268　FAX (086) 246-0294
■印刷製本──サンコー印刷㈱

© Seiichi Maeba 2010, Printed in Japan
検印省略　　落丁・乱丁本はお取り替えいたします。
無断で本書の一部または全部を複写・複製することは禁じられています。
ISBN978-4-86429-014-2